杨庆祥 主编
新坐标

石中蜈蚣

赵志明 著

李壮 编

江苏凤凰文艺出版社

图书在版编目（CIP）数据

石中蜈蚣 / 赵志明著；李壮编. — 南京：江苏凤凰文艺出版社，2023.9
ISBN 978-7-5594-6397-5

Ⅰ.①石… Ⅱ.①赵… ②李… Ⅲ.①中篇小说－小说集－中国－当代②短篇小说－小说集－中国－当代 Ⅳ.①I247.7

中国版本图书馆CIP数据核字(2021)第243028号

石中蜈蚣

赵志明 著　李　壮 编

出 版 人	张在健
责 任 编 辑	李　黎　项雷达
特 约 编 辑	王　怡　郭　幸
责 任 印 制	刘　巍
出 版 发 行	江苏凤凰文艺出版社
	南京市中央路165号，邮编：210009
出版社网址	http://www.jswenyi.com
印　　　刷	苏州市越洋印刷有限公司
开　　　本	880毫米×1230毫米　1/32
印　　　张	9
字　　　数	220千字
版　　　次	2023年9月第1版
印　　　次	2023年9月第1次印刷
标 准 书 号	ISBN 978-7-5594-6397-5
定　　　价	58.00元

江苏凤凰文艺版图书凡印刷、装订错误，可向出版社调换，联系电话 025-83280257

新时代，新文学，新坐标

杨庆祥

编一套青年世代作家的书系，是这几年我的一个愿望。这里的青年世代，一方面是受到了阿甘本著名的"同时代性"概念的影响，但在另外一方面，却又是非常现实而具体的所指。总体来说，这套"新坐标"书系里的"青年世代"指的是那些在我们的时代创造出了独有的美学景观和艺术形式，并呈现出当下时代精神症候的作家。新坐标者，即新时代、新文学、新经典之涵义也。

这些作家以出生于1970年代、1980年代为主。在最初的遴选中，几位出生于1960年代中后期的作家也曾被列入，后来为了保持整套书系的"一致性"，只好忍痛割爱。至于出生于1990年代的作家，虽然有个别的出色者，但我个人认为整体上的风貌还需要等待一段时间，那就只有等后来的有心人再续学缘。

这些入选的作家都是我们这个时代的新青年。鲁迅在1935年曾编定《新文学大系小说二集》，并写有长篇序言，其目的是彰显"白话小说"的实力，以抵抗流行的通俗文学和守旧的文言文学。我主编这套"新坐标书系"当然不敢媲美前贤，但却又有相似的发愿。出生于1970年代以后的这些作家，年龄长者，已经50多岁，而创作时间较长者，亦有近30年。他们不仅创作了大量风格各异、艺术水平极高的作品，同时，他们的写作行为和写作姿态，也曾成为种种文化现象，在精神美学和社会实践的层面均提供着足够重要的范本。遗憾的是，因为某种阅读和研究的惯性，以及话语模式的滞后，对这些作家的相关研究一直处于一种"初级阶段"。具体来说表现在以下几个方面。第一，单个作家作品的研究比较多，整体性的研究相对少见；第二，具体作品的印象式批评较多，深入的学理研究较少；第三，套用相关的理论模式比较多，具有原创性的理论模式较少；第四，作家作品与社会历史的机械性比对较多，历史的审美的有机性研究较少；第五，为了展开上述有效深入研究的相关史料的搜集、整理和归纳阙失。这最后一点，是最基础的工作，而"新坐标书系"的编纂，正是从这最基础的部分做起，唯有如此一点一点地建设，才能逐渐呈现这"同代人"的面貌。

埃斯卡皮在《文学社会学》里特别强调研究和教学对于文学"经典化"的重要推动。在他看来，如果一部作品在出版 20 年后依然被阅读、研究和传播，这部作品就可以称得上是经典化了——这当然是现代语境中"短时段经典"的标准。但是毫无疑问，大学的教学、相关的硕博论文选题、学科化的知识处理，即使是在全（自）媒体时代依然发挥着不可替代的历史化功能。编纂这部书系的一个初衷，就是希望能够为大学和相关研究机构的从业者提供一个相对全面的选本，使得他们研究的注意力稍微下移，关注更年青世代的写作并对之进行综合性的处理。当然，更迫切的需要，还是原创性理论的创造。"五四一代"借助启蒙和国民性理论，"十七年"文学借助"社会主义新人"理论，"新时期文学"借助"现代化"理论，比较自洽地完成了自我的经典化和历史化。那么，这一代人的写作需要放在何种理论框架里来解释和丰富呢？这是这套书系的一个提问，它召唤着回答——也许这是一个"世纪的问答"。

书系单人单卷，我担任总主编，各卷另设编者。需要特别说明的是，所有的编者都是出生于 1980 年代以后的青年评论家、文学博士。这是我有意为之,从文化的认领来说,我是一个"五四之子",我更热爱和信任青年——即使终有一天他们会将我排斥在外。

书系的体例稍做说明。每卷由五部分组成:第一,代表作品选。所选作品由编者和作者商定,大概来说是展示该作者的写作史,故亦不回避少作。长篇作品一般节选或者存目。第二,评论选。优选同代评论家的评论,也不回避其他代际评论家的优秀之作。但由于篇幅所限,这一部分只能是挂一漏万。第三,创作谈和自述。作家自述创作,以生动形象取胜。第四,访谈。以每一卷的编者与作者的对话为主体,有其他特别好的访谈对话亦收入。第五,创作年表。以翔实为要旨。

编纂这样一套大型书系殊非易事。整个编纂过程得到了各位编者、作者和江苏凤凰文艺出版社的大力支持,尤其是张在健社长和青年编辑李黎老师的大力支持!在此向付出辛苦劳动的各位同代人深表谢意。其中的错讹难免,也恳请读者和相关研究者批评指正。记得当初定下选题后,在人民大学人文楼的二楼会议室召开了第一次编务会,参会的诸君皆英姿勃发,意气风扬。时维夜深,尽欢而散。那一刻,似乎历史就在脚下。接下来繁杂的编务、琐屑的日常、无法捕捉的千头万绪……当虚无的深渊向我们凝视,诸位,"为什么由手写出的这些字/ 竟比这只手更长久,健壮?"生命的造物最后战胜了生命,这真是人类巨大的悖论(irony)呀。

不管如何,工作一直在进行。1949年,作家路翎在日记中写道:"新的时代要浴着鲜血才能诞生,时间,在艰难地前进着。"而沈从文则自述心迹:"我不向南行,留下在这里,为孩子在新环境中成长。"70年弹指一挥间,在这套"新坐标书系"即将付梓之际,我又想起苏联作家帕斯捷尔纳克的一首诗《哈姆雷特》:

  喧嚷嘈杂之声已然沉寂,
    此时此刻踏上生之舞台。

倚门倾听远方袅袅余音，
从中捕捉这一代的安排。

敢问，什么是我们这一代的安排？

是为序。

2019.2.16 于北京
2020.3.27 再改
2023.7.11 改定

目录

Part 1　作品选　　　　　　　　　　　　001

I am Z　　　　　　　　　　　　　　　003

钓鱼　　　　　　　　　　　　　　　　014

歌声　　　　　　　　　　　　　　　　025

还钱的故事　　　　　　　　　　　　　032

晚稻禾歌　　　　　　　　　　　　　　069

昔人已乘鲤鱼去　　　　　　　　　　　085

刹车坏了　　　　　　　　　　　　　　108

四件套　　　　　　　　　　　　　　　115

三哥的旅行箱　　　　　　　　　　　　131

流动的盛宴　　　　　　　　　　　　　146

高处　　　　　　　　　　　　　　　　156

侏儒的心 　　　　　　　　　　　　　　　　　　　174

庖丁传略 　　　　　　　　　　　　　　　　　　　184

画龙在壁 　　　　　　　　　　　　　　　　　　　189

石中蜈蚣 　　　　　　　　　　　　　　　　　　　194

Part 2　评论　　　　　　　　　　　　　　　　205

"上天入地"与巨大的不可解——赵志明论 　　　　207

抽打这个世界，并刺下印记——赵志明论 　　　　229

作者与总叙事者的较量——论赵志明的小说 　　　239

Part 3　创作谈　　　　　　　　　　　　　　　251

我与我的写作 　　　　　　　　　　　　　　　　　253

在幽微晦暗的世界洞若观火 　　　　　　　　　　　255

Part 4　访谈　　　　　　　　　　　　　　　　259

"写着写着大鱼就出现了"——李壮、赵志明对谈 　261

Part 5　赵志明创作年表　　　　　　　　　　　276

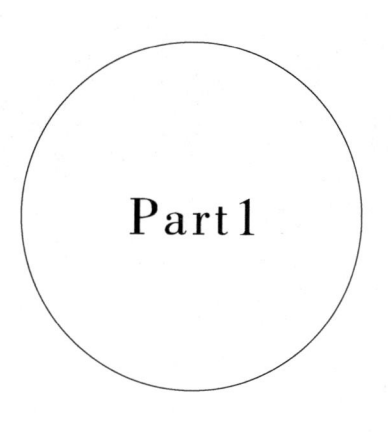

Part 1

作
品
选

I am Z

在我们那里，曾经有一个孩子，他的名字叫 Z。当然啦，开始的时候他是个孩子，在很多人残余的记忆里，他每天早上拉着他父亲的竹竿，领着父亲到镇上去。他的父亲是一个瞎子，到镇上去说书，以此为生。以前他也能一个人捣着竹竿毫发无损地走到镇里再回来。不过呢，自从 Z 能在前面领路之后，父子之间的关系就好像挂在了一根竹竿上。

那条通往镇上的土路，晴天的时候灰尘像面粉一样厚厚的一层，而下雨天呢，这些灰尘就变成了泥浆，泥浆形成了深浅不一的坑洼。有两排脚印互不交叉地形影不离地通往镇上。我们那里的人都说，瞎子虽然眼睛瞎了，但是却比谁都看得清楚，他们像蛇一样只走一条道，每次总是能按足迹返回。他们的眼睛也像蛇一样，在盯着人的时候会让人毛骨悚然，这个时候你一定记得要弄乱你的头发，因为在传说中蛇就是靠数清人的头发来置人于死地的。

开始的时候，Z 拉着他的父亲，两个人是一前一后地笔直地走着，因为 Z 希望他的父亲能踏着他的足迹行走，这样走得安全点。

不过后来有好心人告诉 Z，他不能这样给他的父亲指路，因为虽然他是他的父亲，但他是一个瞎子，让瞎子走在自己的脚印里，会让一个人越来越倒运。于是 Z 后来就微微侧过身子，让过半边，让瞎子走在自己的左边，同时小心地提醒自己的父亲，比如前面有个坑，或者有个坎什么的。不过提醒有时候于事无补，瞎子会踉跄，甚至带动 Z 一起跌倒。瞎子就会一叠声地谩骂，入了你娘的批哦。Z 充耳不闻，只是在前带路。等到 Z 稍微大了点，就会微微脸红，当然不是想到瞎子入了自己的娘，而是想象自己怎么和女的好。

但是瞎子究竟有没有入过 Z 的娘，这事谁也无法确定，因为谁也没有见过 Z 的娘。Z 很有可能是瞎子在地上白捡的，因为是白捡的，不是白日的，所以瞎子对 Z 也没有多少好眼色。这也能理解，一个瞎子，什么也看不见，心里该是苦到了极致了吧。而他也经常拿这话骂 Z，要是我能看见，我倒要看看你是从什么批里爬出来的货。

他们像是一根绳上拴着的两根蚂蚱，不是冤家不聚头。有时候东邻西舍的但凡有点好吃的，总会给这对父子留一点，但是 Z 就把好吃的全吃了，把不好吃的留给瞎子。有时候邻居会偶尔闲话，问瞎子上次荷包蛋卤肉饺子什么的味道怎么样，瞎子才知道好吃的 Z 吃了双份，不好吃的自己吃了双份。气急不过的瞎子就拿起自己的竹棍抽打 Z，边打边骂，这根竹棍就像是瞎子身体的一部分，说是孙猴子的金箍棒一点也不为过，可长可短，可轻可重。关键是它看上去不像是竹子，因为它从来没折断过、开裂过，它一成不变，至少在 Z 的心目中，这根竹竿超出了竹竿的范畴。好多次，他想让瞎子找不到这根竹竿，他把竹竿埋在土里，放在火里烧，扔到河里，但令他不安的是，每次他看到瞎子的时候，他的手里总是拎着这根竹竿。而随着瞎子将手中的竹竿扬起，Z就不由自主地吸附过去，被牢牢地固定在了竹竿的一端。

瞎子的职业是说书，什么说岳全传什么三侠五义什么大明英烈传，他都熟记在心，张口就能来。很多到茶馆喝茶的茶客对这些也耳熟能详了，但就是爱听，听到精彩处听到高潮处还是很受用，同时每到下回分解的时候仍然心痒难耐，就像趁儿子出远门迫不及待要爬灰一样。

瞎子说的这些，Z都不喜欢听，什么朱元璋啦什么赵匡胤啦，都是吹出来的高不可攀的，一点也不真实。可就是这不真实才让人爱不释手，真龙天子嘛，当然不可能和普通人一样啦。Z心里不服，他想这些人难道不拉屎撒尿放屁吗。瞎子对他的想法非常不屑，他嘲讽道，龙生龙凤生凤，老鼠的儿子就只会打洞洞。可是说着说着瞎子就来气了，不知道是洞洞两字刺激了他，还是因为他是瞎子而Z却两眼无损，显得是个走种货而让他咬牙切齿。瞎子就伸出手来作势要挖Z的眼睛。Z眼明脚快，意识到形势不妙，立马躲得远远的，等到瞎子不那么激动了，才又回来。

跟Z一样不喜欢瞎子说书的，还有跟Z差不多大的那一代。因为他们上学堂，跟有文化的老师接触，这些老师说起中国历史，跟瞎子的很不一样，他们对着历史教材，说得有板有眼的，像真实人物一样。另外呢，他们的父母渐渐手里有了钱，先是养了收音机，接着养了电视机。电视机是个好东西，那上面的人跟真的一样，会哭会喊，会蹦会跳。

Z在同伴家里看过，但因为别人晚上要早早关门睡觉，所以很多电视就看不到结尾，总是要第二天听人转述，很是不过瘾。他试着央求父亲买电视机，他知道买电视机要多少钱，也知道父亲手里有多少钱。不过瞎子一听就急了，他认为电视这玩意是傻子演给痴子看，有什么看头。Z就一旁嘟囔，当然啦你又看不见，你是瞎子嘛。瞎子一听就跳起来，操起竹竿就往Z身上戳，因为戳比抽打更快准狠，留给Z躲闪的时间也少。

Z被瞎子手中的竹棍戳得哇哇直喊，但是他也在戳父亲的心窝子，他一边疼，一边哆嗦着喊，你是瞎子你是瞎子你是瞎子你是瞎子。瞎子听了咬牙切齿，直翻白眼，小小年纪的Z第一次感受到了快意。

撇开父子间偶尔的纷争不谈，瞎子遭受到来自电视的打击更大。现在不仅是孩子，连茶馆里的茶客也在谈谈昨晚的电视节目了。开始的时候，他们还能在听书的间隙偶尔聊聊，后来就变成了完全不顾瞎子在说什么，直接摆开了电视的龙门阵。瞎子硬挺了一会，终于黯然离场。一旦不说书，瞎子的生命里仿佛也倒了一个支柱。他对Z也不那么深仇大恨了，居然掏出积蓄买来了电视。

瞎子再也不出门了，他守在电视机旁，虽然看不到画面，但让他稍感快慰的是，现在他可以听别人给他说书了。有不明白的地方，他就问旁边看得津津有味的Z。Z就会下意识地说一句，你不会自己看啊。瞎子又是一番暴怒，这次他不拿竹竿戳Z了，他拿着竹竿去戳电视。Z自然不想瞎子做出这样的傻事，他一边用自己的身体护着电视，一边说你疯啦，把电视机戳破了就什么也看不成了。瞎子冷哼一声，说，我又看不见，我就把屏幕戳破了，照样可以听声音。瞎子感受着竹竿戳在肉体上的声音，觉得那一端没有太强的挣扎了，也就不戳了，扔掉竹竿，叹息道，入你娘哎，谁入出你这样的傻瓜蛋哦。

有一次，电视里放的是佐罗，这个佐罗很神奇，武功高强，还喜欢在作案现场留下自己的名字。他用剑在墙上，在柱子上，在马车上，都写下了"Z"的标志。瞎子不太能明白，于是Z就拿过他的竹竿，在他身上比划了一个"Z"字。

是这样吗？瞎子问。是这样的。Z说。他刚在瞎子身上刻画了"Z"字，正在意气风发。他觉得他此刻就像电视里的佐罗一样，在打上自己的标志的时候，忍不住要喝喊一声"I am Z"。瞎子听到Z喊出这一声的时候，呆了一呆。然后他就说，你要是能这样活着也很好。我也没什么留给你，就给你这根竹棍吧。以前我用这个竹棍探路，以后你就用这根竹棍打上你的标志吧。

说完瞎子就死了。将瞎子埋葬后，Z也就在我们那里消失了，他什么也没有带走，只带走了那根报君知，当然谁也没有意识到这点。来年春天的时候，瞎子的坟头长出了萋萋青草，可奇怪的是，那片青草像被人刻意修建了一番，呈现出一个阴文的"Z"来。Z不就是瞎子那个孩子的名字吗？难道瞎子死了死了，心里还真的对这个孩子放心不下。想到这里，我们那里的人多少有些羞愧不安，因为瞎子在世的时候，他们对这对父子还有所照顾，瞎子撒手人寰之后，他们一时忘了Z，等到想起这个可怜的孤儿的时候，Z已经不知去向，下落不明。当然了，Z可能早就是一个孤儿了，因为在为瞎子净身的时候，有人说瞎子还是个童男子。人死屌朝天，瞎子的龟头鲜红欲滴，那是童男子死后才会有的现象，所有的精血都蓬勃欲出，意图洒向人间育出百万兵来。

我们那里的人一时惆怅，抬头看天的时候，他们发现天上飘过的白云上面有一个"Z"字形的黑洞；他们俯身看向河水，那些漩涡竟然也呈现出"Z"字形。不仅如此，天上飞的鸟，水里游的鱼，山上的一块石头，某一朵花，某一片叶子，甚至阿猫阿狗的身上，也经常能依稀看见那个"Z"字。他们以为这些都是九泉之下的瞎子的念想所致，却不知道这不过是Z投身大千世界，兴之所至地给所有他遇到的事物，用竹竿虚刺地打上了他的标志"Z"。他告诉世界，"I am Z"，那些花花草草山山水水，凡是目之所及，竿之所至，意念所触，万象纷呈，但那不是"我的"，而是"我"，就像孙猴子在如来的手指上写下"到此一游"的字迹，在中国大地上被传承了千年一样。那是"我存在"，那是雀跃，那是欣喜，那是"我故""我常在"。

当然我们那里的人不这样想，他们经常被这些打上"Z"标志的人弄得心慌不安。这些标志着在他们的生活中曾经有一个Z存在着，可是他从哪里来我们那里的人都不知道，他去了哪里我们那里的人同样不知道。他们记得Z，记得瞎子，记得那时的人，可是寒暑易节，树围由盈盈一握变成了合抱之粗，人事已经渐渐模糊。他们的孩子整天好奇地问"Z"代表什么意思，他们绞尽脑汁，也无法自圆其说，因为他们自己也渐渐困惑，那到底是什么意思，那究竟又有什么意思。

　　入你娘批哦。他们如是骂道。但是他们真的恍惚了，是谁入出 Z 这样的货来的呢。肯定不是瞎子吧，尽管他的坟头阴文的"Z"每到春夏就一目了然，但那也许是瞎子最终的遗憾和愤怒吧。可能他也不知道谁是 Z 的母亲，谁又是那个入出了 Z 的男人。

　　但是，终于，幸运的是，我们那里的人对打上"Z"标志的事物习以为常了。太阳底下无新事，缝缝补补又一年。他们日出而作日落而息，致力于生计，致力于繁衍，子又生子，子又生子，不知道几代而亡。

　　瞎子的死亡在 Z 的意料之中，他觉得瞎子早就是行尸走肉了。一个人守着黑暗过日子，可供回忆的事情越来越少，难免油尽灯枯。不过对于瞎子愿意将竹竿赠给他，他倒是意外的。他觉得竹竿已经和瞎子融为一体，瞎子一死，竹竿估计也就寸断了。他拿着竹竿，好似得了宝贝，在往外一路走的时候，他忍不住拿着它指指点点，在遇到的所有事情上都打上了"Z"的标志。"I am Z"，"I am Z"，"I am Z"，"I am Z"，"I am Z"，"I am Z"。他兴之所至，乐此不疲。

　　直到有一天，他遇到了一个怪物，Z 想在它的身上打上"Z"的标志，结果却总是不能如愿。为什么我不能在你身上打上"Z"呢？Z 好奇地问。

　　你能不能先告诉我，我在你眼中是什么样吧？那个怪物只是沉浸在自己的疑惑中。Z 刚想告诉它，它有狮子的脸，牛的身子，鳄鱼的尾巴，还有老鹰的翅膀。却发现怪物的外形有了变化，它现在是鱼的脸，马的耳朵，蛇的身体，鸟的尾巴，还长了青蛙的四肢。Z 发现告诉怪物它长什么样是根本不可能的，因为它随时在变化莫测，好似天下万物都在它的拼装图中，就像一个最复杂的魔方，永远翻不出同一的一面来。

为什么会这样呢？Z苦恼地说，为什么我既说不出你的外形，也没办法在你身上打上"Z"的标志呢？

因为我的名字叫"须臾"，所以我没有固定的形状，也不会被打上你的标志。怪物伤感不已，这个时候它又变了，饕餮的嘴巴，鲸吞的身体，牛饮的尾巴，它张开血盆大口，对着Z说，现在我饿了，我给你出一个谜语，如果你说不出来，那我就吃掉你。

怪物说道，什么东西早晨四条腿走路，中午两条腿走路，傍晚三条腿走路？

Z勃然大怒，就你这样不定形的东西，凭什么出一个这样的谜语，看我不打得你讨饶为止。于是Z不管须臾怎样千变万化，只是一个劲地用竹棍抽打它。怪物吃痛不已，越发地变化无穷，好似所有的物种都在轮番地拼接它的形体，先是动物的大杂烩，接着是植物的大杂烩，然后是有机物、无机物的大杂烩，到最后无限大的宇宙与无限小的粒子也奇怪地拼接在了一起。Z对眼前的一切景象视若无睹，只是一顿猛揍。打得怪物最后幻化成了一个人形，他先是一个婴儿，在地上手足并用地爬着，很快他站了起来，骨骼硬朗肌肉凸起，腋下和腹下长出了毛发，然后开始弓腰驼背，像一张弓一样慢慢张圆。这个时候Z的竹竿还在不停地抽打着他，他突然抢过了Z的竹竿，张弓搭箭，把自己连带着Z的竹竿一起射了出去，再也不见了踪影。

失去了竹竿，让 Z 懊丧不已，同时他也精疲力竭，只得坐下来喘口气，这时他觉得自己下腹处有什么在破皮而出。他解开裤子一看，发现长出了几根阴毛。

有个女人出现了，她说你就是那个叫"Z"的人吧，我也想你能在我的身上打上"Z"的标志。Z 告诉她自己的竹竿丢了，以前他都是靠这个竹竿打上"Z"的标志的。女人温柔地说，没有关系，即使没有了竹竿，你也可以用另外一种方式在我的身体内部打上"Z"的标志的。Z 将信将疑，但是在女人的引导下，他发现自己浑身慢慢滚烫起来，像一块烙铁一样。女人不顾烫手的温度，慢慢覆盖住了他，在他耳边说，我希望能有你的孩子，他们出生后都将在额头上带有你的标志，带有"Z"。

不过 Z 想，这些带着"Z"标志出生的孩子先是手足着地，然后是两脚直立，然后要拄着拐杖，度过最后的岁月，而且他们有可能身有残疾，可能是一个瞎子，也可能是一个聋子，或者身后长出一根尾巴。他们终究会消失不见，慢慢的一点儿影响也不留下。就是有 50 个带着这样"Z"字形标志的孩子出生，也没有任何意义。于是 Z 坚决不愿意和这个女人要孩子。

他对那女人说，我已经在你的身体内部打上了"Z"，不过我以后再也不想做这样的事了，既不想在万物的外形上刻上"Z"的标志，也不想在你们的身体里面刻上"Z"的标志。因为说到底，这样做是很无聊的。而且我是不是 Z，我是谁，都不重要。

女人想要跟 Z 在一起，哭喊着要留下，抱住 Z 的腿，在尘土里哀求他。女人告诉 Z，他既然在万事万物上打上"Z"的标志，他既然打败了须臾，让须臾灰飞烟灭，那么他就是万物的王，只要他愿意，万物都会听从他的意志，不敢不服从他。

可是Z想到自己曾经在飞翔的云上刻下"Z"字，在湍流的水中刻下"Z"字，在花蕊中，在鸟的翅膀上，在岩石上，在树身上，在阿猫阿狗身上，都刻下了"Z"字，那是多么愚蠢的行为。万物悠然自得，只有他在做着自以为是的毫无意义的事情。

他走出他生活的村庄，向世界进发，志得意满，沿途给自己遇到的所有事物打上"Z"字。那些事物是那么谦卑，但又是那么自由，即使被他打上了"Z"字，依然像什么事情也没有发生地继续着自己的旅程。而他呢，他孜孜不倦于给万物打上"Z"字，其实什么事情也没有做。

须臾告诉他，他虽然是Z，但他是Z并不重要。他对万物说"I am Z"是可笑的。虽然万物并不觉得可笑。但正因为万物不觉得可笑才尤其显得可笑。因为万物没有对他说，我是白云，我是苍狗，我是白驹，我是沧海。

Z觉得自己快要死了，他为自己找了一块最坚硬的石头做墓碑。那块石头是那么的坚硬，匠人为了要在上面刻下Z的名字，不知道折断了多少刀凿。最后当Z终于死掉的时候，那块墓碑上还是什么字也没有刻上去。也许Z的墓前就应该有一块无字碑，因为他对万物都打上了他的"Z"的标志，所以，别人一眼就能看出这是Z的墓碑。

不过，终究有太多事出乎我们的意料，在墓碑树立起来的刹那，一道闪电打在了这块墓碑上，留下了一个"Z"字形。因为石头坚固异常，这道"Z"字形经过千百万年时间的冲刷，依然不会湮灭，依然清晰可见。

时间荏苒，不过也就是须臾之间；时间浩荡无边，然而当下只是毫厘之末。有人认为这是一个人的墓碑，那里面埋葬的人叫 Z。不过也有人持相反的意见，以为那是史前文明，里面锁着关于我们这个时空的所有秘密。

持有这种观点的人说，"Z"是零和的意思，代表的是宇宙黑洞。宇宙黑洞在吞吐之间维持着零和系数，那是一种绝对状态下的平衡和安全，既不衍生，也不消失。或者说，有无相生，活着就是死去。

钓　鱼

　　我跟妻子说，我去钓鱼了。如果我不想待在家里，我就只有到外面去，到了外面能干什么，就只有钓鱼了。其实我不是不想待在家里，我只是更想到外面去。

　　每次我去钓鱼，我都会跟家人说，说了 N 多年。我的妻子慢慢变老了，母亲就更老了，儿子长大了。我的妻子不喜欢钓鱼，真的，她从来没自己钓过鱼，也没看过我钓鱼。我钓到鱼，她会马上就把鱼开膛破肚，做成一道菜。好像我钓鱼的目的就是让她做菜。她做鱼的手艺越来越好，但她吃鱼的胃口越来越差了。

　　我也并不是一开始就喜欢钓鱼，直到我结婚，直到妻子生了孩子，我才开始钓鱼，那是听别人说，鱼汤很补身体。我盼望能钓到鱼，以为所有的鱼我都可能钓到，我希望每天都能带回鲜美的不同的鱼类：鲫鱼、鲤鱼、昂公、甲鱼、青鱼，甚至黑鱼。我的母亲那时候很感激地给妻子做鱼汤，女人坐月子的时候需要人服侍，而妻子生的又是一个儿子。

　　我因此迷上了钓鱼。一有机会我就出去钓鱼，有时候甚至夜里想钓鱼了，我就穿衣起床。妻子惊醒了，问我起来做什么。我告诉她我去钓鱼。可是晚上鱼儿也睡觉，怎么能钓到呢，何况也看不见。

但是晚上钓鱼真的是很写意的事情。夜光静静地被河水反射开来，晚上生成的凉意和露水不停地落在身上。晚上鱼儿也许真的在睡觉，不吃食，反正我没有在晚上钓到过。水面有时候会不平静，极小的破水声传来，就像一个含在嘴里的梦，一不小心被吐了出来，于是从很深的水底浮上来，在水面破裂开来。鱼儿也许也在晚上做爱，偶尔泄露一点声音。

每次我晚上出来钓鱼，母亲和妻子都有一些担心。我能听到她们叹息辗转。甚至我回来的时候，她们也会辗转叹息，像熟睡中自然的动作，像梦话。

唯一能在晚上陪我出去的是我的儿子。可是开始的时候太小了，母亲和妻子根本不让带。小孩体虚，容易撞到不干净的东西，晚上尽量不外出，走夜路也要在眼睛上蒙个东西。再大一些的时候，比较放心了，他自己又害怕起夜晚来。到现在甚至以后，他有了自己的爱好，更不会陪我钓鱼了。

妻子对我钓鱼的看法一直在改变着。开始我和她都很轻易把钓鱼看成是夫妻间恩爱的一种体现。后来她觉得我喜欢钓鱼到发疯，是不是脑子有问题——这是她的原话。在我们关系紧张的时候，她疑神疑鬼，觉得钓鱼掩盖了我的很多见不得人的事情，那鱼怎么解释啊，花钱买的呗。最重要的是，她不爱吃鱼了。如果我不力劝，她就一点不动筷子。如果我表现得有点生气，她就顺从地吃一口，但她晚上肯定是不理我的。嘴巴紧闭，身体也紧闭。她抱怨说，吃了鱼,她嘴里总有一股鱼腥味,有时候更严重,就是鱼肠子烂了的味道,或者像淤泥味。她因为这个借口,不跟我说话,也不跟我亲热。其实晚上睡醒后,谁的嘴巴里没有一些肚肠子味呢。

母亲随着年纪变大,越发地任性起来。她对我不满意的时候,就把矛头指向鱼。那个时候,只要桌上有鱼,她就不吃饭了,也不喝水。严重的时候,她就会在地上躺一会,而且肯定是有外人在场的时候,这让我很没有面子。她会在地上蠕动身体,同时向我的父亲哭诉。我的父亲早就过辈了。她说抚养儿子的艰辛,越夸大越体现儿子的忤逆,有时候还加上媳妇。但是现在不会了。去年冬天她也走了,同我的父亲会合,我把他们的骨灰合葬在一起。她在病中也任性,有一天非得要吃香蕉,吃不到就会死掉。我知道她挺不了多长时间了,但我还是想让她吃上香蕉。那天下着雪,很冷。我让儿子去城里买香蕉,我自己拿了鱼竿就去钓鱼了。我走了很远,出了村,一直走到坟地那边。我开始钓鱼。我跟父亲说,母亲快抗不住了。

雪天野地的,没有一个人迹,连鸟也没有,只有雪花不停地落下来,积起来。我钓着鱼,想到雪能够覆盖鬼住的坟墓,却不能够覆盖人住的房屋。第二天,我的母亲就走了。

鱼儿在水里游来游去,有的时候你都能看见,甚至闻到一股巨大的鱼腥味。一般这种味道在村庄附近闻不到,只有人迹罕至的荒郊野外,比如乱坟摊旁边。那种鱼腥味突然逼近,逼迫得你不能动弹,然后又突然消失得无影无踪。一朵乌云突然遮住太阳,瞬间云影就走了。阳光射在水面,我觉得似乎打了一个盹。

我觉得那是一条非常大的鱼，比房子还大；或者是一群鱼，它们结伴游玩，在水里呼啸来去；也有可能不是鱼，那是什么呢？也许是死亡。很多人不敢钓鱼，不敢孤身一人钓鱼，不敢在偏僻的地方钓鱼，就是怕这个。

他们觉得我肯定是碰到过这种巨大的令人恐怖的鱼腥味的，而我又没有出现什么意外，又让他们觉得怪异，同时他们又越来越急切地看到我的意外。

每天，甚至是夜晚，我拿着鱼竿走出村庄的时候，他们肯定是留意着的。我一回来，他们肯定都知道。

比起成人来，孩子们更喜欢我一点。他们都喜欢钓鱼，在这一点上他们很像是我的儿子。可是他们用一根树枝，缠上一根他们妈妈纳鞋底补衣服的白线，线上拴着缝衣针弯起来的钩子，蹲在码头边钓鱼。码头附近有什么鱼，除了呆子鱼，他们什么也钓不到。但是钓到呆子鱼他们就很高兴了。他们把钩子送到码头的石缝里，呆子鱼看到了，就慢慢移过来。这种钩子怎么能钓到大鱼呢，钩子一用力就会被鱼嘴拉直了，鱼也就脱钩了。不过说实话，他们还太小，总有一天，他们会走出村子的范围，他们会发现钓鱼的好地方，会发现鱼窝。那时候，他们就像我的儿子了。可我要这么多儿子干什么用？只要他们能发现并享受钓鱼的乐趣就够了。

他们会找机会问我关于钓鱼的事。

"听说你钓到过五十多斤的鱼，是真的吗？"

是真的。那条五十多斤的鱼力气可真大。我在岸上，它在水里，我感觉到它的暴怒和狡黠。我感觉到它用力的时候就顺着它一点，而它呢，总是想出其不意地用力挣脱。我们较量了四个多小时，它终于安静下来，但我没法把它提上岸。它就保留了那么点力气，抗拒我把它提出水面。我妥协啦。我没办法把它拎在手上，或者扛在肩上。它一点不像地里长出来的东西，它是水里的。我只有跳到河里，沿着岸把它引向村庄，引向码头。

那是一次不可思议的经历。它跟在我后面就像一头牛，被我牵着鼻子走。有时候它也会发点牛脾气，不肯走了，在某个地方盘旋，像是和某块熟悉的地方告别。有时候它突然沉下去，好像听到了某种召唤。

越是靠近村庄，越是靠近这条鱼生命的终点，我犹豫了，考虑是不是把它放走，让它回到水的深处，把它藏起来，和它建立某种感应，在我钓鱼的时候，它会在水面时隐时现。它会赶跑我的鱼，它会让我眼前的水面热闹起来。可是已经晚了，这样的大鱼一旦精疲力竭，基本上就不可能复原了。即使把它放了，它也是死路一条，在某个水草丰茂的地方静静腐烂。

它是很大，有墙那么大，比床还要大。比他们的人还高，但是他们还会长个子，长得很快，比树慢一点，但比鱼可快多了。鱼长到一定程度，再长就慢了，很慢很慢，只横长不竖长了。力气很大，在水里，力气不比一头牛小多少。从头到尾都圆滚滚的，鳞片有碗口那么大。这是一个成功，但它更像是一个失败。她们都不爱吃鱼，独把那条鱼用盐码起来，每天割下一块来，煮熟了给我吃。因为这条鱼，她们想出了一个好计策，这条鱼不吃完，我就不能再往家里带鱼，因为家里没有多余的坛子装咸鱼了。也许他们以为这样一来，我钓鱼的兴头会多少受到一点压制。不，我还是照常出去钓鱼，只是我不往家带鱼了。

我有一个好朋友。一个人一生总要会有一两个好朋友吧，哪怕他对你真的一点不重要，也不妨碍他成为你的好朋友。他是有下风的，也就是狐臭。如果一个人站在狐臭患者的下风头，他就能很强烈地闻到，所以叫下风。有下风的人一般会有两种性格，一种是自卑，因此自闭，不敢出现在人多的地方，更不要说站在上风头了。这种人最大的愿望就是把自己散发的气味隐藏起来，比较喜欢冬天，即使在夏天也要穿长袖的衣服。还有一种是自私，近乎无耻。自卑的人不敢做的事情他都做，自卑的人刻意做的事情他一概不做。

我的好朋友毫不在乎别人对他的看法，他会在夏天穿着短袖，正对着电风扇坐下，把腋下的气味吹得满屋子都是。每次他来我家的时候，我的妻子拿他一点办法也没有。对一个有下风也胆敢坐在上风头的人，你有什么办法。我的妻子除了在他面前说风凉话，在我面前数落他，肯定也和很多人拿他特别是拿他的腋下说闲话了。她肯定很奇怪，怎么会有女人愿意跟这样一个人生活在一起的。

我的理解是：他们感情好，就闻不到这些了。或者是，他们感情好，这些就能忍受了。

有时候我的妻子会故意把头埋到我的腋下，使劲嗅啊嗅啊。这个时候我很是担心，担心她会闻到类似我的好朋友身上的味道，那她还会跟我生活在一起吗？

有吗？我问她，你闻到什么了？

还没有，她说，不过快要闻出点什么了。

她认为我闻不出我好朋友的下风，是因为我和他关系好。

但我也奇怪，为什么别人都能闻到，我就闻不到呢。

有一次，我就跟他说，别人都说你是个臭子，你到底是不是呢？

他张大嘴巴看着我，肯定有很多话他想说却没有说来。他看上去很吃惊，也很难受，似乎要下定决心，最后他只说了一句：没想到你是这样的人！说完他就怒气冲冲地从我的身边走开了。

这个时候，我闻到了一股说不出来的味道，很像坏鸡蛋的感觉，但又有一种温度在里面，那是腋下珍藏的体温。味道倏忽远去。

我跟妻子说了我的嗅觉，疑虑重重。

妻子很高兴，摆脱了这个朋友，她别提有多高兴了。

你知道一年到头，他吃了我们家多少吗？妻子说。

我不知道，也不在乎。我说。

他来吃我们家，怎么不见你吃他家去啊，没喊你是吧，告诉你，他就是那人。

喊了，我没去，你不是要我在家吃饭吗？

我要你在家吃，可没让你把什么人都往家带啊。别的人还好，他一来，得，不用吃饭了，赶紧憋着气吧。

你这不是跟嫌人穷势利眼一样吗？

我嫌人穷，我势利眼，现在你发现啦，早干吗去了。

行行。你这女人啊，就是不能说你什么事。我还是钓鱼去。

我找了一块僻静的地方坐下，拔了根草放嘴里嚼。春天的草有一股清香，那么多草，都绿了，散发出这种香味，让你想美美睡上一觉，躺在草根部位，躺在草的叶尖。也许呢，草会呼啦一下长得很高，把你的身体都遮掩起来，遮得严严实实的。你可以看白云在天空飘，也可以看白云在水里的倒影。

春天一到，鱼就欢快起来了，鱼一欢快，给人的感觉就是鱼多了起来，多到水里面都是鱼。只要掀开一点水面，你就能看到鱼的眼睛。还有，你随便拔一把草扔在水面，马上就引来鱼，它们突然蹿出来，噙住草的一端，一点点往下拽，然后突然一用力，就把草拽走了，拽到水的深处，安静地美餐一顿。真的，我觉得生活在水里的鱼最渴望的不是水里的水草，是长在岸边田野的草，它们也许做梦都想游出水域，游在空气里，大口地吞吃云朵，大口地吞吃被风轻轻摇晃的草，那些长在地里的草。这样的鱼，你会不会觉得它其实就跟牛羊一样？而且，如果我朝水面吐口唾沫，那唾沫立马就被鱼分食了。不止我的唾沫，我发现只要我随便往河里扔东西，它们就会一哄而上。我把鱼钩扔下去，它们就争着咬我的鱼钩。它们就这样被我反复钓起，也许它们渴望这样。

知道了这点，我想不钓到鱼都难。

自从我的家人表现得不太爱吃鱼后，我就没法再往家里带鱼了。用盐码起来的鱼已经没地方放，甚至村里的猫都知道我的家里都是鱼，它们成群结队，遍布屋顶、窗口，不停地表达着对鱼的渴望。这让人很烦。它们对鱼的渴望也许都超过了老鼠。你猜会怎么样，它们有可能和老鼠达成协议，通过鼠洞，悄悄潜入我的家。还好，老鼠天生会打洞，而猫再怎么想学也学不会。猫是不会打洞吧，虽然它们会缩骨功，可以在洞里自由进出，但它们不会打洞。

就像我，我肯定是天生会钓鱼的，所以我才爱钓鱼，才能钓那么多鱼，而且，是轻易就钓到的。我的好朋友就是这么说的，所以他从我这边拎鱼回家。他也喜欢吃鱼，但他从来不钓鱼。他全家都爱吃鱼，但他家没一个人爱钓鱼的。以前我能把鱼带回去，他就直接去我家拿。在我的家人还没吃厌鱼的时候，她们不喜欢他来拿鱼。很简单，鱼是我花时间钓到的，而他不花时间去钓，也能吃到鱼。关键是，我把时间花在钓鱼上，他却把时间花在不是钓鱼的事情上。他的庄稼比我的好，他的房子比我的大，甚至，他的两个儿子都结婚了，而我的儿子的婚事八字还没一撇。人比人，真是气死人的。虽然我不气，可我的妻子很生气，因为我只会钓鱼，钓鱼能钓到儿媳妇吗？我不气。我也不会跟人比较，那些都不重要。只有在我不能去钓鱼的时候，我才会生气，因为拿可以钓鱼的我和不能去钓鱼的比，只有这样，我才会生气。

扯远了。

等到我的家人不喜欢吃鱼的时候，她们倒是盼着他来拿鱼，因为腌鱼的气味越来越重了，沉重地覆盖了我们的生活。难道我们一辈子注定要和腌鱼联系在一起吗？我的妻子哭了，她的眼泪干后留下了的盐粒正好用来码鱼。这是开玩笑。可是他把鱼拿走后，我就会又开始往家带鱼。这真是一个两难的问题。好吧，既然她们不爱吃鱼，我就不往家里带鱼了。既然我的好朋友爱吃鱼，那他就可以直接到我钓鱼的地方去取。

他总能找到我的鱼窝，好像我身上有一种味道，他寻着气味就能把我找到。他慢慢地从河埂上出现，有时候我能在水面看到他半个身子的倒影，有时候是先听到他的声音。那时候就我们两个人。

我很想他哧溜下河埂，是为了看我钓会鱼，或者陪我待会。不，他从不，他仅仅是为了把我养在网里的鱼拎回家。最多关照一声：天晚了，还钓啊！然后他不等我回答，就拎着鱼走了。我钓鱼，一直是我一个人，一个人来，一个人回，至于手上有没有拎鱼，拎多少，我觉得并不重要。

是的，一点都不重要。就好像我钓鱼，难道非得钓到鱼吗？

钓到鱼的欢快，为时很短。就好像一个人的口感，就好像女人生孩子坐月子，就好像孩子突然长大，等着结婚成年一样。钓到鱼甚至成为一件悲哀的事情，因为黄昏日落，你不知道把鱼儿贻阿谁。我把鱼钓起，又放回大河。我不知道我再钓起的鱼是不是以前我曾经钓到过的。我把鱼钓起，又放生。这件事让我的好朋友很不高兴。

把鱼给我吃吧。他要求道。

我不给，还是钓了放，放了钓。

他不能理解。不光如此，他觉得我在他面前这样做是对他的侮辱。他以后不再来我面前乞讨了，我再也不是他的朋友了。

是这样吗？我突然想起我困扰多年的问题。我问他，别人都说你是个臭子，你到底是不是呢？

他从我身边走开了，我闻到了一股味道，入鼻难忘。这么说，他不再是我的朋友了，也许，他甚至成了我的敌人。

我甚至学那姜太公，不用鱼钩，只垂一根线在那水里。

后来，我连竿子什么的都不用了。

再后来，我甚至不用到水面坐着了。

在家里的任何地方，只要我想，我就能觉得面前是一个清清水域。一些鱼在里面，很多很多的鱼，它们生活在水里面。我垂饵钓起它们，它们的肚肠我埋在土里，养殖蚯蚓，它们的肉被吃掉，被浪费掉。然后，我还能钓起它们吗？从一个平面到另一个平面，一个空间到另一个空间，一种梦想到另一种梦想，一种生活到另一种生活。

多少年过去了。我的母亲安在？我的妻子比我更显老，我的儿子他结婚了，那又如何？

终于有一天，我的妻子，我怀疑她快要死了，我也是。她朝我微笑着，巨大的皱纹像水面被狂风鼓动。是的，她说，你好久没去钓鱼了。是吗，也许有一百天了吧。我的妻子她告诉我，不止一百天，不止十年。

时间不重要，我知道。我还知道，我一直是在钓着鱼的。于是，我跟妻子说，我去钓鱼了。妻子说，好吧，你去吧。

歌　声

1

那时我上小学。我父亲生了场大病，差点死掉。当时医院诊断他得的是癌症，只把这件事告诉给我母亲一人，她把这个锁在了心里。在省城待了一个星期他们就回来了，在当时，得了这个病就像见到了白无常，不是完全没有希望；只是希望不大，而且医疗费也不是普通人家能负担得起的。我的母亲是一个很传统的人，就想让我父亲吃好一点，就想对他好一点，就想在家里服侍他，守着他，直到死神来把他接走。她是最苦的，因为痛苦全在她一个人心里装着，谁也不给告诉：父亲、我、亲戚朋友、村人邻居；大家都不知道实情，她把这件事遮得严严实实密不透风。

父亲在床上躺了很长时间，至少有半年时间。一开始他还能到外面走动走动，和人唠唠家常，后来就不行了，大门不出二门不跨，似乎怕见到阳光。他的窗子用布给蒙起来，晚上也不愿开灯。整个屋子黑漆一团，根本就不知道他是睡还是醒。他的性子似乎也阴郁起来，一天甚于一天，不开口说话，谁也不搭理。常常是母亲自说自话，后来母亲的话也少了，也沉默下来，那个房间里的生气就更少了。

就是在这种情况下，母亲交给我一个特别的任务：唱歌。小时候我是挺乖的，也听大人的话。母亲让我唱歌我就唱歌，母亲让我站在父亲床边唱我就站在父亲床边唱。我老唱的一首歌就是《黄土高坡》，那时候正流行，广播里反复播。现在歌词也不怎么记得了，就记得前面几句了："我家住在黄土高坡，大风从坡上刮过，不管是东南风，还是西北风，都是我的歌我的歌。"我就记得这些了，一个前奏吧，后面记不得了。倒是当年的情景宛然还在眼前。有时，我依稀仿佛又回到那间黑咕隆咚的房间，听见母亲似乎在不停地催促我，"马鸣，再大声点、再大声点"。那时情况也就是这个样子。我站在父亲床前，像青蛙那样鼓起腮帮子，我的肺有力地翕张，我的胸膛急剧地起伏。

我就这样来回反复地唱，像个上了发条的机器，像录音机来回倒带；父亲了无声息而母亲无动于衷。我唱到声嘶力竭，像泄完气的皮球；我唱到父亲微微响起鼾声，而母亲则像一块石像陷坐在椅子里；最后逃也似的回到我的房间，逃也似的拱进被子里，却怎么也睡不着。空荡荡的房间里，似乎我的歌声在回荡，不知疲倦，永不歇止。我不知道我为什么要唱歌，为什么唱这支而不唱另外一支。是因为母亲的话吗——"马鸣，唱支歌吧，家里太阴了，也要热闹热闹。"我不止一次看见无边的风，四面八方的风，吹过辽阔的黄土高原，最后突然在我家降落，形成这歌声。这歌声无处不存，凝固在家里的每一寸空间，即使灯光也照不到的角落，手一碰就会响起。我们的家似乎被这声音占领了，这声音漫过我父亲的喉咙口，爬过我母亲的躯体，最后团团围住了我，从我的嘴巴进进出出。

我有过这样的错觉，我躺在床上，只有用手捂住嘴巴，才能确信不是我在唱歌，而是房子在唱歌。也许房子保留了我的歌声，更多的时候，并不是我在唱，而是房子在播放录音。尽管我张开嘴巴，但谁又能说不是房子的声音淹没了我？那个时候经常重复着做同一个梦：只要我的嘴巴张开，歌声就不由自主地跳出来。但是，却没有声音，一片寂静，只有风声轻摇。在一种纤弱细腻的节奏中，我惊恐地发现，我是在一个野地里唱歌，对着一座无名的坟墓……身陷伸手不见五指的黑暗中……我听到窗外野风呼呼地刮过。

没有别的声响，除了这歌声，反复响起，从早到晚，一天二十四小时，没有间隙。家里父亲沉默着，母亲沉默着，除了唱歌，我也沉默着。隔三岔五就有探病的人来，其中有我认识的，有我不认识的。开头的时候，还说说家常，还留下来吃顿饭、歇个夜什么的，随着父亲卧床的时间慢慢拉长，来看望的人就也都沉默起来，说不上几句话，表情苦重，前脚跟来后脚跟就走了。我疑心他们觉察到了屋子的鬼祟，听到了屋子的歌声，因而满怀惊恐。

2

在这里，我想跟你说说我的狗阿黄。阿黄是一条母狗，皮毛是黄的。小时候它是一条小黄狗，长大就变成了一条大黄狗。我就叫它阿黄。阿黄很亲我，每次早晨去学校的时候它都要送我很长的一段路，直到我怕它走丢或者被别的它不认识的狗欺负，狠了心赶它回去，它才恋恋不舍地猛跑开；下午放学跑到村口来接我的必定是它，才一天不见，它左蹿右跳的，不知道有多亲昵。

在我父亲生病期间，阿黄产下了一窝崽。它把它的产房置在厨房的灶门口。在我父亲生病期间，我最亲近的就是阿黄和它的小狗。常常是我搬张小板凳坐在灶门口，看毛茸茸的小狗在阿黄的怀里拱来拱去，看阿黄慵懒地卧着，眼睛半睁半闭，有时候张开嘴打哈欠，有时候就站起来，在屋里走动走动。它的孩子就呜呜叫，探着头在寻找阿黄。阿黄其实一直在看着它的孩子，这时候就卧回去。阿黄有了孩子后就不怎么出去撒野，最多跑出去大小便，很快就赶回来，不放心它的孩子。慢慢地，小狗们眼睛张开了，能够在厨房里跑。

自从阿黄产下小狗后，我对房子的恐惧就减小很多。有时候，在房子布满不祥的歌声时，突然阿黄叫几声，或者是小狗们在睡梦里的呜咽声，都会使房子安静一会。但是父亲就会开始咒骂狗叫声，说吵得他心慌意乱，休息不好。他仿佛适应了房子的怪声音，而讨厌其他的一切声音。这时候我就赶快跑到厨房，安稳住阿黄，不让它吠叫。

有时候来看望病人的亲朋好友会让阿黄惊恐不已，以为对它的小狗不利，会让它们母子分离，它就会不顾一切地狂吠起来，让客人吓一跳。母亲赶紧让我抱住阿黄，然后她自己带着客人去卧室看望父亲。这段时间阿黄没法平静下来，它总想吼叫，总想扑叫。我死命抱住阿黄的脖颈,大声喊它的名字,让它一点点平静下来,我抚摸它柔软的背,用手指罩住它的嘴。然后阿黄会用湿润的眼睛看着我,团着身子躺下来。但是它神经过分紧张,一有风吹草动,它就依靠狂吠抵住自己的惊恐不安,白天这样,夜晚更是这样。可怜的阿黄,也许家里生人来往太频繁了,叫它护犊的神经受不了。

每次阿黄一开叫,父亲就说他受不了。他变得越来越爱抱怨。他说狗这样叫真让人受不了,还能给他几天太平日子过过啊。他像一个小孩一样,狗一叫,他嘴里就叽里咕噜地说个不停,又是诅咒又是骂人话。母亲没有办法,她只有牺牲阿黄。她把阿黄的崽子一只一只拎着扔到了河里。阿黄无能为力,但是它心里肯定很伤心。它最后选择了离开这个家。不管我怎么呼唤寻找,它再也没有出现。

也许你觉得我在这里说阿黄的事有点莫名其妙。但在我的脑海,阿黄的遭遇和我的父亲和我的歌声是联成一个整体的。想到了其中一个,就必然想到其余两个。有时候,我会忘记我的父亲,而怀念不知所终的阿黄。在抱着它柔软的身躯的时候,我感到如此亲近,如此温暖。

3

对着墙根撒尿的时候,我发现墙基已经爬满了青苔。也许有一天,青苔会攀上墙壁、屋顶,会覆满人的身体和灵魂。这是可能的。父亲自从不出门不下床之后,他的房间就多了一股霉味;加之不洗澡,被子都已经油腻了,似乎能挤得出水来,房间里有一股倾家荡产倒霉户的味道。但父亲并不是完全地躺在床上不动,他会把手伸到被窝里从身上掀下手指甲大小的一块疥疮来,然后把它扔到地上。他就当着人面这样做,把手伸进被窝,掀下一块疥疮,然后放到他自己的眼面前看,放到鼻子前嗅闻,好像是一种炫耀。我怀疑他是不是吞吃过自己的疥疮。有时候他看着我和母亲,流露出一种很奇怪的笑容,我就坚信他吃了。我还要在他面前唱歌,我真希望歌声能带来暴风,把窗布掀掉,把被子掀掉,把我的父亲卷到半空中,把他身上的老皮像秋叶一般抖落下来。

　　有一天,一个外地的演唱团来到我们这里。他们中间有个侏儒,是他们宣传的主角。我很想看到那个侏儒,也想听他唱歌。我央求母亲让我去,母亲同意了,但要求我不能太晚回来,因为我要在老时间给父亲唱歌。那次演出,我就站在最靠近舞台的地方。侏儒出现了,跟我个子差不多。这个侏儒唱了好多歌,有些歌我听都没听过,但是他唱得很好听。我差点忘了母亲规定我必须回去的时间。这时候,像是一场预谋,侏儒开始唱《黄土高坡》。他在台上唱着扭着跳着,和台下的观众亲切交流,他的脸上挂着谄媚的做作的笑,他的山羊胡子搞笑地颤动着。有什么办法呢,熟悉的旋律一起,我的嘴巴就不由自主地张开了。所有的人都在看着我,我害羞极了,想闭上嘴巴,可是闭不起来,嘴巴不属于我了。我又惊又怕,眼泪顺着我的脸颊流下。我转身就冲到了外面。但是,在外面,歌声一直歇不下来。我只有跑回家中,站到父亲的床前,把歌唱完。房子该是多么得意啊。可是,我已经没有力气生它的气了。等到唱完歌,我气都喘不过来了。

　　晚上我做了一个梦:

侏儒快要死了,演唱团的领导急得团团转,因为侏儒是他们的顶梁柱啊。在奄奄一息的侏儒身旁,领导请求侏儒不要死。侏儒笑了,他吃力地提醒领导,还记得和他一起唱黄土高坡的孩子吗。领导说他记得。侏儒说,我是因为看到他我才会死的。我死了之后他会成为另外一个我,我唱的歌他都会唱,我的表情他都会有。领导还有疑问,说那小孩还会长个子呢。侏儒就从怀里掏出一个小瓶,说,让他喝下去,他就会被固定,不再长个子,而他的山羊胡子和皱纹就会冒出来。领导又问,他不同意咋办。侏儒肯定地说会同意的。说完他就朝我这么一笑,仿佛在说,你会同意的是吗。

还钱的故事

1

我们欠着堂叔家一笔钱，2000 块。一直没还的原因是我们家没钱，而堂叔又是村子里最有钱的人，堂叔虽然住在村子里，但他不是农民，大家相信堂叔一家迟早会搬到城里去。我的父母的打算是，一定要在堂叔一家搬走前把钱还上，因为一有了距离，人难免会疏远，就不那么好说话了。他们的想法是对的。之前，每到年前，主要是我的母亲就会上堂叔家的门，目的只有一个：打声招呼，钱是年看样子还不上了。我的母亲神态已经够羞愧，而堂婶甚至比我母亲表现出更多的不好意思来。他们忘了借钱给我们的好处，相反却好像突然发现借钱给我们是为了有巴望着我们还的想法，或者看到我们因为还不上钱表现出来的卑微，让他们有了压力。他们是喊我母亲为嫂子的人。

2

堂叔一家说搬就搬走了。他们把盖在村子里的气派的洋楼卖给我的一个堂哥，他的一个堂侄，据说是用这笔钱加上他们的存款，在城里的清凉花园买了新房。堂婶解释说，房子本来真不打算卖，卖了以后落脚的地方就没有了，根就没有了，你们不知道，在城里买个房有多贵，人都要脱层皮了。在城里买房当然贵了，那是有钱人才干的事。穷人想都别想，就算买得起房，难道可以在城里种地？这是当笑话讲。堂婶反复讲在城里买房的不易，我的父母就有了压力，他们以为堂婶这话是说给他们听的，是有意为之。虽然他们早就打算一定要在堂叔一家搬走之前把钱还上，可事到临头，夹在屁眼里的屎依然拉不出来。钱还不上，不要说面子，连夹里也没有了。那两天我父母灰溜溜的，走路都沿墙壁走，不敢抬起头来。他们怕被堂婶看见，到时候要是说什么钱不钱的事情，就落得尴尬了。堂叔一家的东西被两辆大卡车拖走，其实远不止两辆，更多的东西他们在搬家之前送给了隔壁邻舍。本来堂婶想要送我们家一个衣柜，我们家用的还是我父母结婚时候置办的那种老式衣柜，已经朽坏得厉害，结果因为找不到我的父母，就送给了永伢娘。永伢娘事后对我母亲说，你们也真是的，再怎么说，搬家也是大事，你们这样面都不露一下，再有量为的人也要有点气了。我的父母意识到做得不对，可是后悔已经来不及了。

3

事情唯一或许可能的补救方法就是赶紧上堂叔新家的门。堂叔新家的地址留给村里的几个人,没有留给我们,这也可看作事情在朝着不好的方向发展下去的一个征兆。我的母亲讨来了堂叔家的新地址:清凉花园19幢乙单元302室。清凉花园该是一个很大的地方吧,可能比我们所住的周家湾更大吧,一连串的数字让我的父母眼都花了,他们仿佛一下子陷入一个旋转的空间。他们都不认识字,不知道在一个迷宫样的花园里,怎么才能找到堂叔的家。尤其是那里面住的净是些有钱人,这让我的父母很茫然。等等吧,说不定有其他人已经去过堂叔的新家,知道具体的路线就好办了。

4

一转眼堂叔家搬走已经快两个月了。两个月下来,我的父母没有下定决心去摸门,他们的惰性一直在作怪,每每要准备去城里,连捎带的东西也准备好了,第二天又打退堂鼓,不是地头有活没做完,就是和某某人约好了去镇上办什么事情,不是怕天气好去了有可能摸了冷大门,就是怕天气不好这样上城会把堂叔的新家弄脏了。以前堂叔家还在村里的时候,上门那真是太方便了,什么时候都可以去笼络一下感情,借以达到放宽期限的目的。甚至上门的次数多了,堂叔一家觉得难以忍受,而我父母却怀着谦卑的态度暗自得意着。现在环境突然发生变化：首先，上堂叔家的门不再是一件轻而易举的事情，能不能找到就是一个问题；其次，在堂叔家因改变地理位置而焕然一新的房子里，我的父母农民式的狡黠在城市格局的套间里再也藏不住。真的，堂叔一家的态度其实左右着我父母的反应。

5

我父母迟疑着没有上堂叔家在城里的门。这注定要让他们后悔不迭。城里的堂婶让人托话了。托话的是邻村的一个中年男子。他到我们家，第一句说的不是堂婶交代给他的话。他说的是他自己的话。他说，没想到周家佬你外面也空了这么许多的债。意思是，你周家佬家底子虽然穷，可也没听过外面欠谁谁的钱，原来是伪装得好啊。事实上，也就空堂叔家那钱是大头，其他的生活用度钱是借借还还，没有失了信度。而空堂叔家的钱由于堂叔堂婶和我父母的默契，已渐渐不为很多人所知。这也助长了我父母拖欠的羞耻心。现在，堂婶让一个外村人传话，在堂婶也许是一时碰不到本村人，在我父母看来，这就有进一步将脸丢下去的危险。尤其是这笔钱数目也不算小，拖了多年不还，直到人家搬走也不还，就有了赖屁股的嫌疑。堂婶通过托话人的口告诉我们，他们家现在房子装修，需要很多钱，他们也已东挪西借了一些，无奈还差一两千块钱，别人指望不上，就指望哥嫂这里了，就算是帮衬一把，他们是不会忘掉这份情面的。可傻瓜也知道，为了让托话人完整地把话从城里带到乡下，堂婶必须对此番话做一番怎样的铺垫。铺垫的内容不得而知，但我父母的老脸已经黄了。以前是我们家比堂叔家快上一步，抢先将我们的可怜相呈给堂叔堂婶，现在倒了个个，堂婶抢先一步说出了她的窘相。况且，有钱人的窘相必定短暂，古戏文里多的就是贵人落难，有袖手旁观，有倾力搭救，有落井下石等各种世情百相，我的父亲是个老戏迷，他自然知道其中的紧要。更况且，堂婶自曝的窘相也未必是真，有可能只是投石问路，探探我父母的动静以做进一步的举措。如果那样的话，我们的境况就容不得半点乐观了。

6

其时正是苦水月里。这是我母亲的原话。苦水月原意是青黄不接，筷子头沾不到油水，引申开来就是搞不到钱，缺钱，所以生活难免清汤寡水，要熬过这段苦日子，等到庄稼出来了，在队里或给人家做活的小工钱结到手上，生活才会稍有改善。手头没有钱，还钱就是空谈。要去借吧，能贴心的也一样穷，处在苦水月里，也为钱的事坐在家里发愁。身边也不是没有有钱的亲戚，可人一有钱，眼眶子就高到额头上，即使借俩钱，也像打发上门的叫花子，徒取其辱而已。对此，我的母亲从她生活出发，引用的一条俗语比较形象：苦瓜结在苦藤上。我的母亲感叹说，只有这样，那才是真穷，身边连一个能提拔照应的也没有，陷在穷里再也难拔出脚杆来。我的父母亲跑了几处估摸着能借到点钱的亲友，失望而归。明知道堂叔那里钱不还上于情于礼都说不过去，但也只有坐等下去了。

7

堂婶托人带话，也没指望我们家就能爽快地把钱给送上城，她这样做，无非有两个伏笔。其一是给我父母一定的压力，如果真能把钱给准备好在那，那么也就不会太伤和气。其二是为她进一步的举动打好伏笔，托人带话其实也就是提前通知，这叫先礼后兵。当然，也不就是礼之后紧跟着就来兵，礼兵之间有个缓冲，那就是我的堂婶突然下乡来了。下乡就要东家坐西家转，话话家常，互相奉承。堂婶此番下乡是搞的突然袭击，我母亲想避之已经不及，只好卑微地用毛巾在凳子上使劲摸擦，以让堂婶坐。毛巾被反复使用，直到黑印逐渐淡化，看不出来，犹自不肯罢手，要再换另一条毛巾。堂婶已一屁股坐下来，说，老嫂子，你也太客气了。我母亲又给堂婶上了一碗凉开水。堂婶说，不要倒了，我一路喝过来喝水喝得肚子都快要胀破了。然后就话家常。堂婶是有备而来，我母亲是仓皇应对，高下之势明显。两人之间的谈心好比是在拔河，堂婶要把聊天引到钱上面去，我母亲则奋力要把聊天引离开钱。当堂婶心满意足谈到钱的时候，我母亲就无法抵挡羞愧潮水般的袭击了。堂婶无非就是把托话人的传话再说一遍，但由于此番是亲自出马，不比托话人的说话要受制于人，堂婶的叙述显得更加地圆润和紧迫。一般欠债的迫不得已会拍着屁股或大腿说：欠债还钱，杀人偿命。仿佛这是天大的道理，没有人不遵循。一般要债的会一脸后悔相痛心疾首说：借米好下锅，要米难下锅。以感叹要债之难犹如要米。由于我们是欠的堂叔家的钱，所以我们从来用不着向堂叔这样表态，这样表态隐隐有一种走投无路者的决绝和悲悯。堂叔家也不会用米这个典故来暗示我们还钱，因为这无疑骂对方是匹五辣子（匹五辣子，是苏北兴化一带一个传奇人物，聪明多智，历代相传下来，竟讹化成为无赖的一个代号）。我的母亲最怕听到的就是这句话，这意味着一个人他不光穷，更是穷得连尊严都不要了。也许，我母亲理解的尊严说到底也只是一个最起码的面子问题，就是不能被人看不起。可是在聊天的结束，堂婶向母亲抱怨道：老嫂子唉，你不知道，现在的世道是借米好下锅，要米难下锅。当然矛头也不是直指我父母，堂婶说的是那些欠她家钱的人家，这自然包括我们家。我的母亲就安慰道：欠债还钱，杀人偿命，放心吧，老婶子，这是赖不掉的。

8

堂婶那次下乡之后，我们家依然不能把钱还上。

9

我的母亲开始卖小菜。一开始是把地头的小菜挑一些去市场里卖，一个早上，好歹也能卖个几块钱。这只是一个开始。我的母亲经历了一番折磨，很多东西她要重新学习，比如看秤，比如算账，比如招徕生意。前面两个是技术性的难题，在经过几次可笑的失误之后，母亲终于能够应对，虽然慢，可那损失的只是时间。后面一个则要困难得多。我的母亲舌头非常地笨拙，她常常羡慕那些能拦客的嘴巴，但她喊不出口，通常只是默默坐在自己的菜前，有人来问讯，她就由衷地高兴，甚至于让秤很多。这样，母亲慢慢也就像一个不太会招客的菜农。每天有几块小钱的进账，这对母亲来说是一个不小的鼓励。她开始有意识地培植应景的小菜。如果不是欠堂叔家的钱是一块心病，母亲或者可以从卖菜中体会到从未有过的幸福感。

10

有一天，我们一家人在昏暗的灯下吃晚饭，结束的时候，又谈起了我们家欠堂叔家的钱，白炽灯越发地黯淡。总是这样，人的情感被转移到物上，然后再折射回来，弥漫成一片。那些被灯光照亮的地方，还有那些躲在阴影中的地方，仿佛都感染上了一种不知所措感，都在沉默中难受着。我的母亲和父亲交流想法，喟叹连连。然后他们把目光转到我身上。那时候我已经足够大，他们希望我能出人头地，有出息什么的。也许，就在那天，我的父母惊喜地发现，我已经长大了，个子比他们要高，嘴上有了胡须，虽然瘦弱点，但承载了他们的优点，也就是说，可以帮他们做点事了。我的父亲说，要是放在古代，我就已经可以讨老婆生孩子自立门户了。他们要我做的事就是上堂叔家一趟，把我母亲以前每到年前必讲的说辞再复述一遍，所不同的是由我来说，这隐含着父债子偿的善良愿望。堂叔堂婶必不会为难他们的子侄辈，何况这个侄子成熟在即，他们多少会把眼光放柔和一些。这件事之所以由我来做,一来我的父母去登门势必难堪,二来我多少读着书不至于找不到堂叔家的门。我觉得这不是难事,也并不丢人,答应去堂叔家一趟。

11

我。我叫周小伟,小草的小,伟大的伟。堂叔的儿子叫周小亮,比我小一岁,是我的堂弟。周小亮虽然比我小一岁,但我们一直同年级上学。小学里是同班,初中分班后我们不在一个班,但上学放学依然结伴同行。我们的成绩也差不多,但由于周小亮出身有钱人家,他的前途就比我光明得多,这样他的成绩看起来也就比我显眼。到初三的时候,我学习上有些吊儿郎当,那些为我好的人就拿我的堂弟来说我,包括我的父母,还有老师。他们能接受我的堂弟不学好,却决不允许我自甘堕落,这无疑是怜悯心在作怪。同时教我和周小亮的任课老师做家访的时候,必到堂叔家,酒足饭饱之后,周小亮才来我家喊上我,在他家宽敞明亮气派的客厅坐下,听老师说话。老师其实也只是顺带着讲讲我们,他主要是和我堂叔说话。待到老师走后,堂叔才把从老师那里得到的对我们的建议或者批评说给我们听。待到填志愿的时候,我的父母陪着我去听取堂叔的意见。中考成绩下来后,我比堂弟考得要好,我的父母难免有小人式的得意,而堂叔却着实为我感到高兴。录取通知书也是堂叔直接从学校拿回,亲手递到我手上。堂叔问我,这下高兴了吧。我的父母不会这样问我,他们只会从他们的角度说我没有让他们失望。我的意思是，相比我那不识字的父母，堂叔给我留下更多敬畏和感激的成分。还有，我和周小亮的关系肯定比我父亲和堂叔的关系要好。这也许是我的父母想要我去堂叔家一趟的原因，也是我毫不犹豫答应下来的原因。

12

我呼周小亮。周小亮回电问我在哪。当时我站在煤建路上，一个公用电话旁，那是一家小店。我跟周小亮说了，周小亮说，煤建路啊，离我家已不远了。这样吧，你待在那别走开，15分钟后我骑车来接你。我就在原地待了15分钟，15分钟后周小亮还没出现，随着时间一分一秒的过去，我渐渐失去了信心。我想，煤建路这么长，是不是周小亮在我不知道的什么地方也在焦急地寻找我呢。于是我就往前走，走了一段路后，我又想，要是周小亮这时候赶到，在那小店旁岂不是要看不到我了吗。我赶紧又往回走。回去站了一会，周小亮还是没有到，我怀疑是不是我地址说得不够准确，煤建路是煤建路，可煤建路上的小店难道就此一家吗？这样一想，我就觉得除了我站的地方，整整一长条街的两面都晃动着堂弟张望的头颅。我开始沿着大街奔跑起来，先是左，后是右，我跑得那么快，快到只要堂弟出现，在任何一个地方待上1秒钟，我就不会错过他。我跑了几个来回，累了，又回到有公用电话的那家小店。我突然想到我干吗不再呼周小亮一次呢。

13

　　煤建路是一条老街，它的两旁都是些不起眼的店铺，卖各式各样的物品。它们的柜台一律陷在屋子的暗处，好像一个老年人瘪嘴瘪舌的模样。在我奔跑的过程中，我发现我超过了一个又一个行人。这些行人真的是行人，他们一直走着，并不停下来向某个店铺看上犹豫的几眼，或猫着腰，手臂搭在柜台上和老板聊上几句。他们一路走着，眼神一路飘着，好像他们不紧不慢只为赶往另一处地方。相反，那些店铺却对行人有着天生的好奇和渴望。这些店铺，无人问津，它们靠什么生存呢？很明显，它们不是展览馆，不能依靠展览就能存活下来。跑着跑着我觉得孤单起来。我真想走进店铺，和每个老板说两句话，装作对他们的某件物品感兴趣，问问价格和性能，然后说声对不起，再转进隔壁的店铺。这样我就能在这里详细把煤建路一条街搬到这里，像一个导游一般告诉你们这里有什么，忘了我此行的目的，任天空从我的眼里翻落。

14

　　周小亮问我到哪去了。我说没到哪去，我一直在煤建路上。周小亮说奇怪那我怎么没看到你呢。原来他也骑着车在煤建路上好一阵来回，一直在寻找站立不动的周小伟，就好像周小伟一直在寻找一动不动的周小亮一样。两个人真是一对小兄弟啊。周小亮说，现在好了，你就站在你站的地方别动，等我骑到你眼前吧。我于是就一动不动，果真看到周小亮，我的堂弟骑着车，吱嘎一声停在我的面前。他其实也没什么大变样，但我就觉得如果淹没在人群中，我还真不能认出他来。周小亮，他黑了，也更胖了。

15

周小亮骑着车带着我，沿着奶香路，转一个大弯，过一座小石桥，抬头就看到了清凉花园。在清凉花园里，我们下来推着车走，周小亮边走边告诉我留意哪些建筑，比如花坛，一定是要在六个角的花园左拐，然后是变电器，找到这个巨大的家伙，它旁边就是19幢，从中间那个楼梯上去就是乙单元，302在3楼，靠左手的那个门。这就到周小亮家了。周小亮比比画画，不厌其烦地给我寻找醒目的路标，就是为了我下次再去他家，就可以自己直接上门，不用他接了（真实情况是自从那次以后，一直到现在，我再也没有能够上堂叔家）。他们的客厅比原来乡下的那个客厅要小很多，一张八仙桌放在那里，古旧不堪，甚是寒碜，可那是正宗的红木家具，客厅靠西面的墙上挂着贺乔迁之喜的横匾，是堂叔所在的单位送的，有署名。客厅装修得很简单，地面是马赛克，没有铺木板，没有他们乡下的家那样光洁。随后我又参观了书房和周小亮的房间，觉得那才是城里人应该有的房间。堂叔堂婶都不在家。他们在下面。周小亮从哪里摸出来一只足球，在地上拍了两下，问我，我们去传会球吧。他换上足球鞋、足球服，给我找了一条大短裤，我穿的是假冒的运动鞋，便宜货，那时候所有的运动鞋我们好像都习惯称之为"耐克鞋"，可以跑步踢球打篮球。周小亮告诉我，他的父母在小区里开了家"水老虎"店，也就是锅炉房，卖开水，我们踢球时会经过那里。

16

果然在开水房我看到了堂叔和堂婶。开水房除了冲开水外，还兼卖冷饮，一个冰柜放在门口。堂叔坐在锅炉旁的椅子上，一个电风扇对着他吹，这么胖的一个人，坐在锅炉旁，虽说有电风扇对着吹，可脸上没有汗也是让人觉得奇怪。我觉得堂叔奇怪了，就只喊了声叔叔，并没多看两眼。堂婶站在门口，见我们两个过来，就给我们拿冷饮，冰柜门给冻住了，堂婶费了很大劲才打开。堂叔问我，毕业后想在哪里工作。我说，可能留在常州不回来了。堂叔说，留在常州也好，毕竟大地方，人有发展。然后堂叔又说，你要是想回溧阳，我倒可以帮你找个好点的工作，常州我就帮不上什么忙了。旁边堂婶说，你也别说大话了，以为还是那时啊。后来我才知道原来堂叔提前退休了。原因是，堂叔帮他自己的二哥，也就是我的另一个堂叔，在他的部门里谋了个职，那是前两年的事了。谁知道这个二哥突然在今年贪污了数目不详的钱，并且事情败露了。作为领导的堂叔除了逼他的二哥吐出赃款，还引咎辞职了，以换取单位不再追究他二哥的事情。可他的二哥并不领这份情，只骂堂叔牺牲兄弟保全自己。闹得凶的时候，二哥腰里别了一把小攮子扬言要杀了堂叔，大家都别想有好日子过。终于兄弟之间再无走动。堂叔退休后，就在小区里开了这家开水房，每天出售开水，因为是夏天了，所以还兼卖冷饮。在我们等堂婶取冷饮的时候，有居民拎着水瓶过来打水，他们把一毛两毛的硬币扔在作为柜台的一张桌子上。堂叔任由硬币在桌上堆积，只有要找钱的时候，堂叔才会打开他身前的抽屉，那里面全是白花花的硬币，在硬币上面，有一个塑料饭盒，里面才是整齐的纸币。我的堂叔，他老了，体态臃肿，神色困倦。我怎么也想象不出眼前的这个堂叔竟和我们眼中最有钱的堂叔是同一个人。想到他每天看着角币纷纷洒落，每天笼络硬币，把它们按币值用报纸成十成百地卷起，每月或每星期把这些硬币再送到银行，我都为他感到难受。我的堂叔，他以前可是挣大钱的人。现在他却只挣这些小钱。一时间，我都为我的父母感到羞愧和不安了。

17

吃完冷饮，我和周小亮在小区里找了块草地传球。一开始我们只是用脚把球尽量准确地往对方脚下踢，后来我们慢慢放开，盘带也有了，颠球也有了，传球也随意并且不隐藏力道和讲究脚法了。从小直到堂叔家搬走，我和周小亮几乎形影不离，度过了我们的童年、少年，还有青春期的开始阶段。我们一起看动画片，一起做冰棒，一起捉泥知了，一起游泳，一起学骑车，一起学英语单词，一起上学，一起放学回家，一起长小胡子，一起学会叛逆，一起去镇上理发、租书、打桌球，一起到邻村看露天电影，一起和别人打架，一起开始对女性朦胧地向往，一起玩游戏机，一起参加中考，然后我们分开。我们分开后，各自交了女朋友，各自学会了抽烟喝酒，各自看了Ａ片，各自迷上了足球，各自在一个城市上学，一直到现在。周小亮抱着一只足球对周小伟说，我们传会球吧。周小伟想到自己的使命，稍微犹豫了一下，然后说，好吧。他们已经好久没有在一起了，没有互为参照物地成长，好像彼此消失了一样。他们在这个小区、这个城市、这个国家、这个星球的草地上踢着足球，他们的欢笑从草地上茂盛地往上长，他们的汗水流过身体，滴在傍晚的绿色的草地上。这块草地躲在几幢楼中间，从他们开始踢球的时候，这里就是一大块阴影，现在太阳更低，阴影的面积更大了。有时候，足球会滚到小区的道上，阻碍了一个行人或者一辆汽车的前进。他们吃惊地看着球在水泥路上滚，然后沮丧地由靠近的一方去把球捡回来。哈，你输了。失误的一方则更谨慎地玩球，直到又一次失误出现。他们相视而笑。他们好像不是两个人在玩着足球。经过的行人可以感觉到两个大小伙子的快乐，可看不到这两个小伙子身旁隐匿着那么多的奔跑的身影，他们把在各自学校踢球的经历全带回来了。他们融合在各自的球队里，奔跑，传球，进攻。在足球后面，是脚和身体的跟进，是喘气的咻咻，汗水的淋漓，喊叫的呼应，像潮水一样推动着足球。天很快暗淡下来，球依然在两个身体间传递着。两个痴小伙哎，堂婶出现了，她说，不要再玩球了，回家吃晚饭啦。

18

　　直到吃过晚饭，我都没想好怎么才跟堂叔堂婶说那件事情。收拾桌子之后，堂叔进他们的卧室看新闻联播，堂婶和我还有周小亮坐着谈天。问过我爸妈好，又问了些家里村里的事，堂婶开始说周小亮的事给我听，说周小亮就爱踢什么足球，可平时又找不到人踢球，有你来陪他踢球不知道有多高兴呢。周小亮说，小伟你不知道他们多老古董，连踢足球都不许，好像是多大的坏事。堂婶说，你敢说踢球不影响学习吗？周小亮不说话，过会对周小伟诉苦说，我妈还是什么都管，整天学习成绩什么的，她就看到这些，整天啰唆。妈，你不知道你有多啰唆。堂婶说，好啊，现在就嫌我啰唆了，等我老了还会是养人的，天啊。周小亮说，你老是这样说，好也被你说到不好啦。堂婶转过来又跟我说话，这次是问我工作的事情。你还是别回来啦，堂婶语重心长地跟我说，溧阳是个小地方，不懂得用人才啊。原来堂婶的单位里，新来的一个大学毕业生，竟然被委屈到只能干扫扫地这样的杂活，连堂婶都看不过去了。大学毕业生都只能扫扫地，而我只是一个中专毕业生，我要是回来还有什么能让我干呢。我虽然不大相信，却还是吓了一跳，未来陡然变得沉重起来。出去了就别回来。我的堂婶给我忠告，你不像小亮，你自己考出去了，能够留在外面真的不要回来。小亮要是初中考的时候自己不考砸，也就能出去啦。结果只能考本地的技校，毕业之后能有什么出息呢。堂婶喟叹一声。我和周小亮一时都不知说什么好，都把头闷到桌子上。

19

　　这时候有个女人过来串门,手里拎着一串粽子,才煮熟的,还冒着热气,用一个塑料袋装着。看样子是一个邻居,和堂婶显得很熟悉。她进门看到我说,哎呀,你家有小亲戚在啊。堂婶说,是周金辉那边的侄子。周金辉就是我堂叔。女人打量了我几眼。我想她一定看出我的寒酸了。虽然刚吃过饭,这个女人还是盛情邀请我们吃她的粽子。才煮熟的,趁热吃才好吃。她很殷勤。堂婶说,我真的吃不下了,怕吃了不消化,晚上睡不好觉呢。这样吧,让他们两个吃吧。于是,在堂婶和那个女人的目光注视下,我和周小亮剥开粽叶,开始吃那冒着热气的粽子。周小亮吃得漫不经心。我不能像他那样,只有一口一口一五一十地吃着那粽子,一直把它吃完。那个女人一直看着我们吃,好像急于知道我们对粽子的评价,可她不问,我们也就没说。女人张大着眼,好像失望于我们默默地吃她的粽子。我好不容易吃完一个,那个女人忙不迭地说,啊,再吃一个吧。我看着堂婶,堂婶也说,要吃得下就再吃一个吧。我说我吃不下了。旁边周小亮突然把光粽子扔在了桌上,大声说,粽子还是生的呢。那个送粽子的女人吓了一跳,狐疑地看了看我。是有点生。我说,不过,还好……那又怎么样呢,我皱着眉头吃完了一个里面夹生的粽子,硬硬的米粒被我艰难地咀嚼,下咽,消化。但我不可能像周小亮那样直呼:粽子是生的。其实我吃到发现里面夹生的时候，我就放慢了速度，尽量先啃食粽子的外部，想等周小亮发现粽子是生的，然后由他把这个事实说出来，那样就可以放弃吃它了。可周小亮吃得太慢了，也许他对粽子充满了厌恶，因为她们要他吃它，他根本就不想吃这个粽子，他吃，只是做做样子，或者，只是陪陪我。所以等到我吃完了，他就把粽子扔到桌子上，皱着眉头噘着嘴巴说，粽子是生的。其实他根本不知道粽子是不是生的，他只吃了粽子的外围一点点。那个女人看了看周小亮扔在桌上的粽子，那上面有周小亮的牙齿印，但她看不出生的痕迹。于是又看看我，好像明白周小亮只是不想吃粽子所以才说粽子是生的，而我呢，我把粽子吃进肚里，却说是生的，那就是说谎了。如果是生的，我会一声不响地咂咂有味地把它全吃到肚里吗？我吃了她的粽子，却又附和周小亮的随口之词（啊，周小亮的有钱人家的公子哥脾气），那不是很无耻吗？我被她看得很不安，我应该能知道这个女人送粽子来的用心，就是想让堂叔一家尝尝，刚煮熟的就送过来，她是堂婶的一个朋友呢，还是堂叔以前的一个下属的妻子？她没想到粽子竟然会有可能是生的，这让她很惶惑，而这惶惑竟然是我给她的，我不应该说这粽子是生的。后来她说，啊，生的，可能是太急着出锅了，明天我再送几只过来吧。她笑起来闪闪烁烁的。两个家庭妇女继续她们的话题。我则跟着周小亮到他卧室里，听歌，看他画的画。

20

在周小亮的书房里，我跟周小亮坦白了这次来访的目的。周小亮要我晚上住在他家，我想起我来不仅是为了陪周小亮踢球，吃邻居送来的粽子，和周小亮促膝谈心，抵足而眠。我跟周小亮说我这次来是有任务在身的。知道吗，周小亮，我家欠了你家 2000 块钱，这钱已经一拖再拖了好几年，早就该还了，可就是一直还不上，现在还是还不起，因为我们家没有钱，你妈第一次托人传话，第二次亲自上门，就是要我们还这笔钱，我们也知道不能再拖下去了，这样对你们不公平，可是，我们家还是没有钱，所以我的父母让我过来跟你爸妈说说，打个招呼。你看，我就要毕业了。毕业了我就能工作了，那时候我的父母就不用供养我读书，而且我也能挣到钱了，那时候，我想，最多半年时间，就能把你们家的钱还上了。我说的时候很诚恳，并没体会到羞愧，或者说是羞愧感并不强烈。周小亮显然吃了一惊，一时不知说什么好，过了会他说，我去帮你把那女人赶走。他好像从来不知道我们家欠他家钱的事情，一直以为我只是一个他从小玩到大的堂兄弟而已。

21

送粽子来的那个女邻居走后，我跟堂婶说了我母亲要我转说的话。本来我想，跟堂叔说可能更管用，可是吃过晚饭后，新闻联播起，一直到现在，堂叔就没有出来过。我跟堂婶说了这番话后，就很想从堂叔家逃走。原来跟人说这样的事还是很难为情的。不过好在堂婶很有耐心，她很认真地听完了我的陈述，然后安慰我说，回去跟你爸妈说，别为钱的事太多心了，老叔子老婶子难道这么不讲人情吗。我把这个看作是对我们最后一次要求的默许。我的任务基本完成。我起身告辞,周小亮送我,一直送我出了小区。他问我,这么晚了住在哪儿,回去显然是不可能了。我告诉他我住在一个朋友家中,我那个朋友的父母为他在城郊买了幢房子,目前就他一个人住,我住过去很方便,而且已经提前电话联系过了。这样,周小亮才放心回去。

22

第二天我回家,跟我父母详细汇报了事情的进展。我的母亲松了口气。开始问我一些其他的事情。譬如堂叔堂婶好吗,我想到堂叔发福的身体陷在椅子里的碍呆样,回答说好。譬如小亮见到你后还亲热吗,我说亲热。譬如说房间大不大,我就具体说了说。譬如说还做了些什么事,我就说了足球和粽子的事。我的母亲知道堂弟还能和我玩得投机,感觉很欣慰;粽子的事情她批评我傻。问及晚上住在哪里,我说住在一个朋友家。如果说此行还有不如人意的地方,就是住宿这件事了。母亲的意思是晚上我应该睡在堂叔家,和堂弟挤一张床,抵足而眠什么的,那样无疑能增加我和堂弟之间的兄弟情谊。

23

不过,事情还是按照它自己的路线固执地延伸着,我的行为毫无意义。远在城市的堂姊终于对我们失去了耐心和怜悯，将一个巴掌狠狠甩在我家庭的脸上。是的，那是一记响亮的巴掌，随着那声清响，我的父母颜面几乎丢尽。我的父母迅速衰老，以对应耻辱涟漪般的扩散。他们是农民，他们根本无法想象法庭，那是一个让人眩晕的场所。然而堂姊现在已经是个城里人，和众多的城里人为伍，她已经不惧怕法庭，甚至敢于为了一点钱而要上法庭了。堂姊要为了2000块钱的债务，和我的父母法庭相见。那又是种怎样的相见场面。法院是不讲人情的地方，堂姊的脸已经铁青得可怕，脸放到刀也斩不进的地步，这和法院给人的感觉已经非常吻合了。据说，堂姊首先是在西门菜场和一个上城买菜的人扬言的。这不排除谣言的可能性，我的父母更愿意相信这是谣言。可那是真的，虽然谁是那个上城买菜的人始终揪不出来，我的父母无法和她做到三对六面，但在众多张口舌后，这个消失的沉默的人无疑证明了事态的确凿性。我的母亲牙龈发炎了，只能啜稀饭，讲话也讲不清楚，为了减缓疼痛，她用一只手掌托着捂着腮帮子，好像那面腮帮子里的牙齿会突然掉下来。即使这样，我的母亲还得起早摸夜，继续卖小菜。生活到了这个地步，真的是不易且不齿了。就是在镇上那简陋的菜场里，堂姊的弟弟，隔着菜摊证实了传言不是流言。他说，嬷嬷，我姐说了，那笔钱再不还的话就只有上法庭解决了。

24

母亲卖小菜，用一根扁担，一头菜篮子上别把秤（曾经丢失过一把秤，价值50元，等于一个星期的菜都白卖了），一头菜篮子上挂张小板凳，这样忽悠忽悠挑着上街。路上遇着的都是些上街喝茶的老头，他们也都赶早，边走边咳，咳得咯噔咯噔的。遇着了说话，母亲一开始挺难为情，后来也就坦然了。伊挑着菜担子，走得很快，一会超过一个喝茶的老头，一会又超过一个喝茶的老头。扁担在肩上嘎吱嘎吱响着，告诉人们母亲一路走得有多快。

25

母亲卖小菜，赶早了能在菜场里拣个好旮旯，然后用塑料瓶子去接来自来水，敷在铺开来的菜上，让水一层一层渗下去。一切摆弄停当后就坐在菜后面的小板凳上，开始等顾客。母亲不会拦顾客，对那些能言善辩者，母亲羡慕之余有些不屑，瞧那些个×嘴。一句俗口，多少有些愤愤之意。母亲也不会结交朋友，她来就是卖菜，到点市场上人散去，她也就回家。卖得好就高兴点，卖得不好则失落些。她不怎么和挤在她边上的同样是卖小菜的人搭话，是不想让人知道她卖小菜的苦衷。那些卖小菜的，母亲眼观耳听，知道她们都是碎嘴皮子，过话筒。

26

堂婶的弟弟侧着身子把腰弯向我母亲的时候，真像个买菜的。母亲以为是个买菜的，心里一阵高兴，她抬起头，看着这个随时准备挑走一把小菜，留下一块两块钱的男子。她没有认出来这是堂婶的弟弟。当他说出那番话后，母亲脑子里乱得厉害。一时间，乱糟糟的市场消失了，那些晃动的身影叫嚣的声音都不见了，母亲坐在板凳上，她身前的小菜摊子移到了她的身后，紧跟着也小下去了，小板凳也没了，母亲坐在地上，周围没有一个人影，没有一丝动静。那一瞬间，困扰母亲多日的牙疼不治而愈。真的，牙就不疼了。

27

母亲没有按时收摊。别人都走了，母亲还坐在那里，想着多卖点菜出去，其实，她神情恍惚得厉害，有人来买她的菜，她都没有反应。买菜的人咕哝两声就去别家了。现在人都散得差不多了，只有有摊位的还在继续卖菜，但已经没有来买菜的人了。疏疏散散的几个人就像严重脱发的脑袋上的几根毛。市场显得很空。有个卖红薯的女人一直在看着我的母亲，这会儿人少了，就推着由柴油桶改装的烤箱过来这边。"没生意做啦。"卖红薯的女人搭讪。她问母亲刚才发生什么事了，那个男人是什么人，为了多少钱要打官司。刚才一幕她看在眼里，连说的话也由别人口中知道了。市场上有什么事传得是真快。她们两个在渐渐毒起来的阳光中聊起来。

28

这样，我的母亲有了她在市场上的第一个朋友，这个卖红薯的女人是我一个初中同学的母亲。我的初中同学叫王海。当母亲说起王海这个名字的时候，我已经记不起当年的初中同学长什么样了。但是王海的母亲知道我的名字。两个母亲谈到自己的孩子，发现年纪差不多大，在同一个学堂里读过书，有可能是同学的时候，她们就各自说出了自己孩子的名字。我母亲对王海的名字跟我一样陌生，但当王海的母亲听到我的名字的时候，她一把抓住了母亲的手。怎么不早说呢，原来你儿子就是周小伟，你就是周小伟的母亲啊。两个母亲顿时亲近了不少。母亲跟我说，她（指王海的母亲）怎么对你印象这么深呢。但我是真记不得了。王海到底是谁，她的母亲怎么一听到名字就能想起我，而我却怎么也想不起来。你同学的妈真好。我的母亲对我说，真是个热心人，知道他们逼债的做法，很是愤愤不平，说她要来帮助我们，说要回去跟你同学的爸爸商量商量，明天早上给答复。这个答复就是，他们愿意借钱给我们还债。但是他们的钱在银行里，存的是死期，如果不到期拿出来就没有利息了，如果他们取出来给我们，只要我们承担银行的利息钱。也就是说，他们只不过把钱从银行换一个地方，除了有可能承担的风险外，他们这么做没有任何不利，相反能得到我们的感激，如果这件事情传扬出去，他们还将得到邻里的赞誉。不过如果到时候，他们的钱我们还是还不上的话，那除了借出的钱让他们揪心，还要承受邻里的笑话那是肯定的。这个世道还有这样傻的人吗，竟然去帮助人，家里就是有十万八千的家产，也不应该平白无故地帮助人啊。难道真的是钱多到烧都烧不掉吗。他们肯定也隐隐有这样的担心。所以他们提出一个要求：钱，我们给你准备在家里了，让你的儿子来拿。

顺便同学之间玩玩,王海回来了。

29

　　傍晚的时候我骑着车去王海家。那个村子我知道,沿着去后周的公路直接往前骑,就能看到一个村子淹没在一大片农田中。那是个叫方里的村子。母亲让我去方里的王海家,美其名曰是看望老同学,其实是去借钱。但我不知道王海家具体在什么位置,村头村中还是村尾,我一点印象也没有了。母亲说,怎么会呢,你同学妈说你以前去过他们家。你去的那会他们还是老房子,现在盖了楼房了。但我还是想不起来。王海是我的初中同学那是无疑了,我也肯定去过他们家,也许还不止一次。一路骑着一路想着,我总要找出一点熟悉一点的话题,母亲临行前交代,要对人客气点,哪怕是你同学家。客气的意思就是低卑。半路上下起蒙蒙细雨来,湿了我的头发,我的视力被阻,看不很远。额头的头发垂下来,往下滴着水,然后在脸颊上流淌。其实雨很小,有点像雾一样,虽然感觉全身都在往下滴水,但并不是真的,我的衣服好像还能抵挡一阵子,贴肉的地方还是干的,这让我好受点。之所以傍晚前往,是因为我同学,也就是王海的父母要到傍晚才能回到他们的家。其实王海的母亲跟我母亲说我可以早点去,王海在家。母亲的意思是早去了大人不在家也没用,不如晚点去,母亲的意图只是钱。我害怕我根本不认识王海,或者王海真是我同学,但我已经不知道和他说什么好了。我只希望这雨不要大下来,最好在我回家的时候能停下来。

30

我们家所在的村子叫周家湾,周围的村子计有大沈家、小沈家、潘家、霍家等。从小我们就会念这样的顺口溜,比如:大沈家小沈家,逼上炖蛋蛋(我们的方言,家念 guo,蛋蛋也念成 guoguo,是以押韵)。潘家,旮旯头;霍家,翻跟头;周家湾,后头湾,并起来打台湾。周家湾是最大的,所以最有气势,可以嘲笑周围的一些小村小队。在我小时候,光靠念这些顺口溜就能把诸如大小沈家潘家霍家之流的小孩子弄哭。但是后头湾我始终不知道在哪里,也不相信两个湾并起来就真能把台湾怎么样。在我们村口有座桥,就叫周家湾桥。孩子们经常从桥上往河里尿尿,边尿边说,尿台湾喽尿台湾喽。其实台湾跟我们周家湾真是一点关系也没有,现在都 21 世纪了,全村上下仍没有发掘出一个台湾佬亲戚就是明证。跟我们村有关系的只能是周围的村,相互村子里的孩子们经常打仗,形成割据势力,在形势紧张的时候,落单经过别村是件危险的事情。

31

我在好像是王海家的门前停下,那果然是王海家。不过,一开始的时候我不敢确认。那是一幢小楼,有围墙,围墙里面是院子,一扇铁门,上面还有锁。我想有锁可能就没有人在家了,立了有一会,就想还不如去村口等王海父母。王海父母骑着一辆三轮车回来了。坐在车上的王海母亲大脸盘子。远远看见我就亲热地招呼我，哎呀周小伟你来啦。看到王海母亲我想起来这真是我同学母亲，不过我没想到的是王海龙竟然改了个名字叫王海。改名字是为了复读考学校，而王海龙改名王海后，果真考上了天津的一所学校。现在我就知道为什么王海母亲对我印象深刻了，当王海还叫王海龙的时候，他和我同班同学，有一次中午王海龙在操场和几个男生追逐打闹，突然小腿骨折了，不知道一起玩的人中间有没有我，不过后来送王海龙去医院的人中有我。腿骨矫正之后，王海龙上着石膏回校继续跟班，直到跟不上趟了才休学一年，然后再中考又复读的。在他跟班的那段时间，他母亲留在学校照顾他，有时间和精力熟悉他儿子的同学们。我跟着王海父母又回到小铁门前。他们开始以为我摸不着他们家了，我告诉他们我找到了这里，发现铁门上锁才到村口等他们的。王海母亲说，周小伟你真好记性。王海父亲说，你没喊王海，王海在家呀。他们开始喊，王海王海，快下来开门。王海龙跑下楼，开了院门。他母亲说，王海，周小伟来啦。语调里有一种怂恿的热情。于是，王海龙就很热情地跟我握手。他们非得要我吃了晚饭再走。王海龙父母忙晚饭的时候，我和王海就在楼上听歌聊天（第二天我还从他那里借了两盘磁带，后来直到磁带丢失了也没再去还他）。我想还是不吃晚饭的好，几次下楼，却都被他们挡回楼上，我也就不好再坚持了，那样显得我来他们家只是为了拿钱。有一次，我几乎听到他们喉咙口的怪罪：周小伟啊周小伟，是不是没有借钱的事，你就不会想到来看看我们家王海啊。我很羞愧，而且晚饭也快好了，这顿可以说是为我而准备的晚饭，我要是不吃的话就太辜负他们的一片心意了,虽然没有我他们晚饭还是照吃。我和王海龙继续聊天,得知去了天津的王海乒乓球技艺突飞猛进,竟然拿了天津市乒乓球赛业余组的冠军,让我大吃一惊。要知道王海龙骨折之后手术并不是很圆满,当时他走路就有点瘸相,到现在,王海走路依然带点跛,没想到却促成了他的球技。

32

晚饭后他们又一次盛情挽留我。他们很有把握地说,天又下雨,晚了不回去我父母是会想到的,他们家又不是别人家。又说,这么晚了,让我带这么多钱回去他们也不放心。等等。我就住了下来。他们家湿气很重,也许是淫雨的缘故,也许是新房的缘故,到处都是湿里湿糟的。吃完饭我们玩四副牌的升级,坐在王海的大床上,那床也是新打的,房间里只有这里光线亮点。一张小方桌正好可以放在上面当牌桌,我们四个人盘腿而坐,很容易感到疲劳。我和王海对家,他父母对家。他母亲喊王海王海,喊我却是小伟小伟的,我想到在学校的时候她好像也是这样,喊王海龙全名,喊我却是小伟。她看上去很活泼健谈,不时地笑,因为是四副牌,手抓不开,有时候就会把一门两门牌反扣在桌面上,出错牌的时候表情很无辜也很夸张。相反王海的父亲却不怎么说话。我们晚上吃了韭菜,四个人都吃了韭菜,房间里弥漫了韭菜味。我注意到王海的母亲牙齿上面嵌着一根韭菜叶,在牙齿表面打成团,非常醒目。想避开不看却总是能看到,我的头就有点晕了。我怀疑我的牙齿说不定也嵌了一根韭菜叶，试着用舌头舔了好几遍，感觉牙齿缝里真有嵌物，可能是肉也可能是韭菜的碎片，只有尽量少开口说话。有一阵子外面雨下得大起来。我们就停下来听雨声。其实雨声听不出什么名头。但王海的母亲一说，听，雨点子又大起来了。我们就不由自主放下手中的牌，垂听起来。王海的母亲还起来把窗打开，以便我们能更清晰地听到雨声。雨夜的空气清新，冲淡了房间里面重重的韭菜味，但窗子很快又被关上。四个人又团团坐下，韭菜味又开始包围我们。直到王海的父母回到他们的房间，我和王海睡下后，韭菜味才开始减轻。

33

我和王海龙关了灯，在黑暗里说着话，回忆往事。上初中的时候，王海龙的腿没有受伤之前，我确实来过他家。当时，他家还是砖瓦房，带个小院子，有桃树和梨树。卧室在东面，东墙上嵌一扇两叶的窗户，一根电视的外天线就竖在窗户边。那时是春天，桃、梨都开花的时令，方里村后有块被水环绕的一小块土地，王海龙称之为蛇岛，其实是几家人家的菜园子，上面有很多的蛇，什么样奇形怪状的都有，那些蛇会在晒太阳的时候吐出紫色的雾，捉蛇的人都不敢上这个小岛，我们问王海龙是真的吗，王海龙点点头说是真的。我们就计划去这个蛇岛上探险，于是来到王海龙家。最大的问题是不要被蛇咬到，要穿上长衣裤，走没有草的地方，手里还要拿上一根棍子。到小岛上只有通过一条船，那是一条小木船，船主人看得很紧，不轻易给人用，这也被我们看作蛇岛凶险的一个证据。王海龙可能还说过别的什么，好像是说蛇岛下面是一个宝藏，这是就它四面环水的地理特征说的。其实那次探险什么也没有探到，连一条蛇也没有看到，在春天嗡嗡作响的空气里，我们空自紧张了一回。失败让王海龙倍感沮丧，他似乎还想再组织一次，但已经没有人响应他了，虽然为了增加诱惑力，他添加了详细的关于宝藏的传说，而忽略了众多可怕的蛇。那个拥有小船的人，他其实是看守宝藏者，从他的祖上开始，看守宝藏就是他们父子相传的任务了。但眼前的王海已经不记得这些了。他像一个成年人那样下结论说，什么地方没有蛇呢，什么地方没有未被挖掘的宝藏呢，什么地方没有死人呢。少年时期的王海龙不是这样的，在我的想象中，当他的同学们不再受他鼓动后，他没有放弃，n多次偷偷走上小岛，置身于遍地吐着火焰的蛇群，看到那紫色红色黑色蓝色的雾气氤氲，甚至有一次，他放弃了所有安全的装备，渴望被最毒的毒蛇咬到，渴望死在小岛上，消息传出，以向我们证实他所言不虚。那情景又会是怎样呢，他伤了一条腿的时候，他的妈妈是那样伤心，如果他死了，他的父母也会伤心而死吗？这启发了随之潜入我脑海的一个梦。

34

我，在蒙蒙细雨中向一个叫方里的村子出发，找一个叫王海的人。细雨打湿了我的头发，有些水打到我的眼睛里。我来到了方里的村子。已是黄昏。虽然下着雨，可黄昏还是来临了。我找不到王海的家。这时候我看到了一个孩子,他在村后放几只鹅,知道王海这个人和他的家,自告奋勇要给我带路。我怀着感激跟在孩子的后面,转了很多条弯路,后来就出村了。他在一个坟墓前停下,对我说,这就是王海的家了。说完孩子就跑了,他的几只鹅跟在他后面摇摇晃晃,几团雨线中的白影很快就变黑了。王海给我开门,我们坐在墓室摇曳的灯光下,谈的都是一百多年前的往事。在这样一个陌生的环境里,我好像装得很心安理得,可我是多么地怕啊。醒来后,梦境挥之不去,窗外是淅沥的雨声,旁边一侧躺着王海,他响着鼾声,可多像是假的,我摸了摸他的脚,有点冰凉地贴在我手指上。我觉得我好像在墓室里,躺在一个死人的身边,我不能吵醒他,周围漆黑一团,找不到窗;即使摸黑打开窗,打开了还是黑暗。这是一个陌生的地方,陌生的村子,陌生的家。我睁着眼睛,体会到小时候经过邻村的恐惧:那么多孩子的眼睛逼上来,恶狠狠的不带半点怜悯之情。是的,没有怜悯,小时候我们就这样了,长大了,在没有怜悯的路上我们更邪恶,更勇敢。

35

王海的父母早就起来了,做好了早饭,然后喊我和王海起床。我没有刷牙,只洗了把脸。他们已经把做小生意的家伙都搬上了三轮车。吃完饭,我等了他们一会,可他们好像忘了他们答应的借钱给我们的事,于是我只好说我要回家了,然后他们才恍过来,拿了钱给我,一再嘱咐我要收好了,又拿出欠条来让我签字,在一式两份欠条上我都签了周小伟,他们收了一张,我收了另一张,他们说等还了钱他们的欠条就会还给我。我又一再地跟他们说谢谢。王海还在吃饭,他父母给我钱的时候他没有抬头看这边,我走的时候他已经跑到楼上去了,在阳台上跟我说再见,让我经常来玩。王海的父母要我和他们一起走,王海的妈妈骑三轮车,他的爸爸骑自行车,也准备要赶早市了,他们已经比平时晚了。可我不想和他们一起走,就先走了。

36

堂叔家那头的窟窿终于填补上了。我的父母终于可以长舒一口气了。他们觉得他们不再欠堂叔家什么了,他们还觉得和堂叔家再没有什么关系了,也不是毫无关系可言,现在我的母亲可到底对堂叔一家颇有一番微言了。她把矛头指向堂婶,认为所有的事体都出在我的堂婶身上,我的堂叔在我母亲眼里依然是一个好人。当没有经济纠葛的时候,我的母亲头脑里的小农意识抬头了,无债一身轻,她再也没必要感到低卑了,现在堂婶出现,我的母亲可以平等对待之,也就是说,可以有恩报恩,有怨报怨了。毕业之后我顺利留在了常州,工作其实差强人意,不过,在我母亲看来,常州总比溧阳强,而且,当她得知周小亮的工作并不好,好像堂叔在周小亮工作一事上并没有起到什么关键性的作用之后,她的满意加强了。原来,考虑到我如果回溧阳工作,势必要找堂叔帮忙,这件求人的事情让母亲到底收敛和保留许多。现在这最后一件制约消除了,我的母亲觉得真的没什么了，真的不用和远在城里的堂叔家有任何交道可打了。事情真的是这样吗？可还钱的故事，那种影响还远没有结束呢。

37

还记得在水房里堂叔陷在椅子里的表情吗，堂叔真的生病了，而且是一场大病，是癌。消息传到村里的时候，堂叔已经奄奄一息，大限将至了。几乎全村人都出动去医院看望堂叔，或者去堂叔家里，适值不在家的也托人带上礼，不管礼重礼轻，那是一份人情啊。我说几乎，那是因为我们家没去，父亲本来要去的，被我母亲制止了，很多人都来邀母亲的，但她回绝了，捏了个什么理由我不知道，反正是在堂叔患病期间，甚至是他要死的那段时候，我们都没有去看望过堂叔。这是不应该的。也许母亲只是不想见到堂婶，那是母亲看得很重的一段恩怨。如果换了是堂婶生病，我想母亲会乐意一去的，人死为大，恩怨也就消泯了。堂叔生病，母亲其实也是很关心的，在人面前，她就不止一次感叹，说像堂叔这样好的人怎么会得这个恶病呢，并希望堂叔好起来的。母亲虽然没有去看望过堂叔一次，但她却对好几拨去看望堂叔的人说起过，如果大医院看不好，不如信信邪，两头都不放弃，机会总要大一点。后来堂婶真的就堂叔生病这事搞了点迷信活动，堂叔竟然真的就好起来了。

38

  堂叔生病期间,周小亮来过常州一次,在我这里住了三天,然后回去了。一开始我们避开堂叔这个话题,中午饭我们各吃各的,到晚饭才在一起吃,还都喝了酒。我已经知道堂叔的病情严重,周小亮的表情却并不如我想象的那样不轻松。白天在我上班期间,周小亮给屋子打扫卫生,顿时清洁明亮了许多,他还给我买了一把鲜花,插在我桌子的花瓶里。他还谈起了小建的事情。小建是我们另一个从小玩到大的伙伴,现在金坛,一个电器公司上班。他喜欢上了一个女孩子,想请那女孩子吃肯德基,趁机表白自己的感情,可是他不知道怎么做把握更大一点,效果更好一点,他不知道怎样去握那女孩子的手。那么你呢,周小亮问我,有对劲的女孩子了吗?我说没有。以前的女朋友毕业后就断了,现在刚毕业,什么都还要慢慢来,没想到找女朋友的事情。他也没有确定关系的女孩,不过网上认识不少女孩,他都喊她们妹妹,其中一个很喜欢他,是那种看得出来的喜欢,可是他不知道怎么办。你知道,周小亮对我说,我爸现在这样,我什么事情都做不来。周小亮,也许在等他可怜的父亲死掉,既然是非死不可的,那为什么不早死早好呢。不是。周小亮很爱他的父亲,不想他的父亲死掉,他在尽一份儿子的责任。堂婶为堂叔的病情,或者说是生命,信邪,虽然是抱着一试,却也是全力而为。作为当事人的儿子,周小亮的行为被赋予了某种神奇的意味。比如说这次周小亮来常州,就是因为命数上说,周小亮只有东行，不能北上，才能对病人有利。于是周小亮东行，先到了金坛，在小建那住了几天，接着来到我这里。这样巫医规定的时间也就到了，他可以回去了。在堂叔最危急的时候，周小亮告诉我，甚至在溧阳城里，他可行动的区域也被严格规划，只有在划定的区域活动，他的父亲才有可能度过危机，而只要他擅自走出这个范围，他的父亲就会暴毙身亡。其实，堂叔真的是命悬周小亮的双脚。而周小亮呢，双脚被他父亲的生死所束缚，行走之间，难免举步维艰。不止一次，周小亮心中涌起冲动，想走上不能踏足的界限，那样，如果命数是真的话，那他父亲必死无疑，关键是周小亮就可以提前获知和宣布他父亲的死期了。他被允许行走的是他父亲的阳界，他被禁止行走的就是他父亲的阴界，只要他走在阳界上，他父亲就能存活下来，如果他胆敢踏上死地，他的父亲就大难临头了。可谁也不能保证周小亮在意识中有多少次想踏上死地，或者是其意识已经在他父亲的死地翩翩起舞。死亡只是一个证明而已。可是不。周小亮害怕了，谁叫他是他的父亲呢，难道他可以大逆不道到制造他父亲的死亡吗。周小亮回去之前的那天晚上，我们谈起了堂叔的病，堂叔的死亡。虽然我尊重堂叔，爱他如爱我的父亲，希望他好起来，不至于死去，可我还是显得冷淡了。当堂弟终于忍不住流出眼泪的时候，我竟然在想着他是不是想过要亲手终结自己父亲的生命。

39

堂叔终于好起来了。这让所有人都感到宽慰。几年之后，周小亮结婚了，婚礼被安排在溧阳最豪华的酒店举行。在堂叔生病期间，凡是去看望过堂叔的村里的人都被邀请去参加了婚礼。那是一场盛大的体面的婚礼，参加婚礼回来的人都赞不绝口。我们家没有被邀请，因为我们没有在堂叔生病期间去看过堂叔。现在堂婶利用堂弟的婚礼而不需用堂叔的葬礼来给我们一个难堪。也许，堂婶根本不是想打击我们，在她眼里，我们没有那么重，她只是利用婚礼的机会给众人一个答谢而已。可是我的母亲又一次受到了打击，这次她连一句怨言都找不到。在众人不厌其烦夸谈喜宴的时候，我的母亲觉得丢人到家了。

40

　　回头说借钱给我们家的王海一家。我的母亲在规定期限之前把本金和利息还上了。王海的母亲本来这样说过，因为我和王海都是独生子，没有个兄弟姐妹的，不如走动亲热起来，好同学也胜过亲兄弟啊。可是我再没有去过王海家，因为我觉得别扭。我的母亲本来要强求我的，逼我要在正月里去王海家拜年。可我觉得如果把这作为借钱的附加条件，那有什么意思呢。我根本不想去王海家，他们帮助过我们，怜悯过我们，我们就非得有什么表达吗，那还不如他们一开始就不要伸出援手，我也不会接受的。我现在长大了，心里有点恨恨的。我想我不会接受任何人的怜悯，我也不会去怜悯任何人，因为包括你我，其实都不懂怜悯为何物。也是在几年后，那时候我的母亲和王海的母亲的姐妹情谊已经凉了下来。母亲目睹了王海的母亲在街上羊癫风发作，倒在地上口吐白沫。这个突然的场面让母亲一阵昏厥，当母亲醒过来挤上前去的时候，她的姐妹已被人拖往医院了。母亲没有想到这个帮助过我们的好女人也是一个可怜的女人。其实她的可怜不光于此，早在王海龙上初中的时候，她的丈夫就嫌弃她了，当时她是一个农妇，而他却在水利局上班，他在外面赌，也在外面嫖，家里搞得一塌糊涂。后来因为作风问题，他被单位开除，而她开始做一系列活计，终于使这个家又像点家的样子了。在他们帮助我们的时候，是他们最好的时候，可是后来，王海的父亲又开始不学好了，王海的母亲之所以主动提出要把钱借给我们，也是怕放在银行不保险，会被她男人取出糟蹋掉。等我们把钱还上的时候，王海也就毕业了，这笔钱正好派上用场，因为刚工作的时候有很多地方需要花钱。现在他的男人要跟她离婚了，而王海竟然很厌恶她……我的母亲好不容易把事情的枝节弄清楚，暗自庆幸还好没有拖欠他们的钱不还。因为我们是穷人，习惯被人怜悯，却不知道怎样去怜悯别人。

晚稻禾歌

小暑不算热，大暑在伏天。

——《二十四节气民谣》

十月熟者谓之晚稻。

——宋·沈括《梦溪笔谈》

夏至开秧门，一家人男女老少齐上阵。老嬷嬷头跟中年妇女要吃辛苦，半夜三更鸡叫才头遍，就得爬起来下秧田拔秧，以便天亮后家人能一刻不停地莳秧。好在天上还有亮月子，照得远近分明。秧田蓄着水，虽然漫过脚踝，但不及膝头盘，人骑坐在秧凳上，像划一只小小的船，一边弯腰拔秧，一边脚腿使劲往前蹚。

早起天凉，需要穿上长袖长裤，脸庞脖颈等裸露处再抹上花露水，以防止虻丝蚊虫叮咬，疼痒不说，还会影响拔秧苗的进程。脚上套双长筒软蛙鞋，上端用细绳子绑牢靠了，防止进水，腿脚长时间泡在水里会引发关节痛。

四处挂下的游丝上，有露水泛光，只见三三两两的人影，从村里各处现身，然后又归拢到一处。秧田齐整撒上稻种和稻草灰之后，就要不时上水，为了便于上水，家家户户的秧田都团团紧靠在一处。下了秧田就开始干活，有的妇人边拔秧边跟邻田的人讲闲话，有的妇人一声不吭地埋头干活，手脚麻利的妇人真好像水上漂，笨重的婆娘少不得一会是脚一会是秧凳，要深陷在秧床上。时而有鱼儿泥鳅青蛙蛤蟆，弄出点水花声响。

拔秧是体力活，更是技术活，手法娴熟的拔秧人，能左右手同时开工，五指灵动，像点钞票一样利索，一手一捉，合起来就是满满一把，再入水抄去根部泥土，从秧凳下抽出准备好的稻秆捆扎好，随手搁在秧凳后的秧床上。循而有序，真像流水线作业。这样的秧把，按照起拔的顺序一环套一环，插秧的时候垫出来的秧苗就不会乱，称之为有"秧门"。

妇人们一口气拔秧拔到天光大亮，这才归家吃早饭。男人们这个时候也下地了，会将秧把用挑箕挑到自家田地的埝头，目测大致需用的秧苗，将秧把三三两两地抛到水田里，保证插秧的人一把秧插完，身旁的秧把触手可及。等到待插秧的水田抛满了秧把，一天插秧的活也就正式启动了。你一行我一行，开始插秧。

在常武地区流行有《莳秧歌》，专门描述插秧的情景：

白米饭好吃田难种，面朝黄土地背朝天。

手里抓秧把将秧莳，横平竖对齐脚拖直。

一窠里最好三五根，包心插秧田地要荒。

两指头夹秧根要挺，烟筒头秧苗难成活。

躬背弯腰手不撑膝，一手分秧苗一手插。

插秧快如小鸡啄米，鸟叫一声六窠头齐。

这首《莳秧歌》，到如今没有几个人能完整地背下来，不过歌里讲授的一些动作要领却代代口耳相传。在插秧季，经常看到村里的老人忍不住教导年轻人，或者家里的父亲声色俱厉地训斥儿子，就是因为动作要领不到位，不像是一个种田人该有的样子。种田这碗饭不好吃，是一只泥饭碗盛着，指靠天吃饭，比不得金饭碗、铁饭碗，旱涝保收。正因为如此，庄稼人在种田这件事上更加马虎不得。

插秧的时候，正赶上入梅后出梅前，天气最是折磨人。若是晴天，秧田里的水升温很快，到了中午就晒得烫脱脚毛；要是赶上落雨天，泡在水里人更是冷得牙关打战；最盼望是阴天，再有点微微细风，就觉得天公作美了。

等到所有的秧田都插满了秧，再抬头发现已经进入夏天，耳畔响起知了的叫声。充足的日照有助于稻棵拔节，茁壮成长，这个时候除了施肥薅草，算是庄稼人最闲的一段辰光。宋朝诗人范成大在其诗《四时田园杂兴》里说：

昼出耘田夜绩麻，村庄儿女各当家。
童孙未解供耕织，也傍桑阴学种瓜。

古今农人的稼穑生活，其实在根子上没有多大的变化。

夏至过后是小暑，小暑之后是大暑。在长江下游的江浙地区，大暑又称为入伏，分为"头伏、二伏、三伏"，统称为"大伏里"，意即一年中最热的时候。"夏练三伏，冬练三九"，说的就是一年中最炎热和最寒冷的两个时间段。在入伏后，孩子们可以一天到晚泡在河水里洑浴，即使晒脱皮大人也不会过多干涉，只是水火无情，少不得反复叮嘱注意安全。不过一等到入秋就不允许了，担心小人人头会感冒生病长疮疖，严禁下河，虽然天气的炎热变本加厉，有"秋老虎"之称。

　　天气酷热，乡下消暑的方法不外乎几种：喝稗米茶；将瓜果冰在井水里随时开吃；尽量不外出，窝在阴凉有风的处所。稗米茶其实是一种粥，先将大米放在锅里炒到焦黄半熟，然后添加水煮，煮熟了盛放在脸盆里放凉，要喝的时候就舀一碗，像茶不是茶，不像粥却是粥，毛糙糙的，生津止渴解乏，还能果腹。

　　瓜果主要是自家地里长的水瓜、老鼠瓜、厘瓜等。西瓜很少自家种，一方面是不太好种，一方面也是怕长出来被人偷，索性买了来吃。经常有人开着拖拉机或者三卡，走村串户卖西瓜。花几十块钱就能买担把西瓜，放在床底下隐着，吃之前再用井水激一下，冰冰凉，甜滋滋，确实能消暑。

　　村里的野猫头自从举家搬走后，只有逢年过节才回来，有时候是他一个人，有时候是夫妻二人，不忘给长辈张节尽孝，因此被村里人称道。野猫头的妻子招娣是隔壁村上人。两个村子靠得近，多有适龄男女通婚，一来二去整个村子里的人家便都成了拐弯抹角的亲家，不是男方房门里的阿伯阿叔，就是女方房门里的阿姨阿舅，眉毛胡子一把抓，有两条腿会走路的都是亲眷。

　　野猫头的人生运气格外好，早年和下放知青义博结下了交情。义博的父亲是市里的一位大领导，义博调回城里后就一路高升，做到主管农业物资局的一个头头，回过头来不忘落难时的故人，特别照顾提拔野猫头，最让人羡慕的就是让野猫头也成了城里人。野猫头发达之后，两个村里人，几十张嘴巴，对他的乔迁高就议论纷纷。

野猫头夫妻的身畔至亲也并不清楚他具体做什么营生，有时还会加入众人的咸淡闲谈，贡献出来点唾沫星子。

有一天，野猫头突然叫了一辆拖拉机，送了一车的西瓜回来，每家每户送了两个大西瓜。原来他包种了城边上几百亩的田地，在其中种了十几亩的西瓜。敢于种这么大面积的西瓜，自然不愁销路。西瓜种得好，天气也成全，产量蛮高，利润笃定。

野猫头专门送西瓜下乡，这事引起轰动。大家想不到的是，野猫头变成了一个"大地主"。他们更想不明白的是，在城边边上种地，究竟比在村里种地要高级到哪里去。野猫头平常回来看望老人，毕竟还穿得体面，看上去像一个城里人，现在跟着拖拉机下乡，随意穿着不讲究的粗布衣裳，活脱脱一个脚杆上烂泥没有揩干净的乡下人，跟他在村里时几乎没有分别。

转眼西瓜下市。按例来说，西瓜地如果不想荒废，就要赶紧拉掉藤蔓，翻耕灌水，种上晚稻秧苗，否则就没有收成只能抛荒了。偏这要紧时候，招娣引产坐了月子。招娣的妹子来娣，出门嫁在自家村子里，挨门挨户给村上几个老头子老嬷嬷头传话打招呼，希望他们有空并愿意的话，就去帮野猫头插秧，挣点工钱。

原来农忙一结束之后，很多人闲下来，或者进厂里上班，或者去外地打工，野猫头急切之间寻不到人手，也请不到短工。时间不等人，秧苗不等人，野猫头就想请老家里的一些老人，还能插得动秧，也愿意去做这份工的，过去帮他插秧。工钱方面他自然不会亏待，另外，他也会包上一辆三卡早晚来回接送人。要是愿意住在他那里的，也可以带上一身两身换洗衣裳，他那边房间多，老人们全部住下也都不成问题。

正是湿里湿糟的天气，一天不洗浴，身上就有难闻的汗腥气，不好近人。带着换洗衣裳出门，在别人家洗浴洗衣裳，难看且不好意思，所以这些老人虽然答应去帮忙插秧，却都不愿意住在野猫头家，还是要趁夜赶回来，即使大清晨早起就要再赶过去插秧，甘愿忍这来回的奔波辛苦。

没承想到，天气交关热，上半天九十点钟光景，秧田里的水就跟面糊汤一样烫脚，背上的两用衫都要烤焦似的，就有这么热。头一天上，他们搭着三卡赶到目的地，刚下田没一会工夫，一人插了不到两趟秧，野猫头就过来招呼大家休息，他是怕老人们累力中暑。这么稍微一打停，转眼就是吃中饭时间。午后一两点钟，外面的阳光戳人眼睛，正是温度最高的时候，空气都似乎热化了，变成人身上的汗，要不然人身上怎么会涌出这么多汗呢？吃过午饭，又安排午休，虽然老人们不好意思，想要下田干活，但是却不住野猫头夫妻的左劝右劝，只能督个胧充打个盹。

待到睁开眼睛时，已经下半天四点多，在乡下的话，已经要淘米洗菜做夜饭了。大家再去插秧，发现早晨抛到水田里的秧把，因为泡在水里时间过长，已经发蔫了，秧把心不仅发烫，秧叶子也都捂黄了。如果再不插到田里，罗汉神仙也没办法让它成活。大家益发不好意思，闲话也不讲了，闷声发财，快手快脚赶秧。

五点才过头，野猫头就来招呼大家歇夜，说夜饭已经烧好了。这次大家索性不理睬，野猫头下田拖也不肯歇夜，一定要把田里的秧把插完。西天落霞红彤彤，倒映在秧田的水面上，就像是一桶柴油漏到精光，油花浮在水面上，花花绿绿的，分外好看。下午插下去的秧苗，看上去还有点蔫头耷脑的，但是上午栽下去的秧苗已经喝足了水，腰杆立起来，秧叶子也见精神了。

在野猫头的几次三番催促下，大家这才上了田埂，就着田横头的沟渠清水，洗手揩脸，洗脚穿鞋。这个时候，天光已经暗下来。再不收工，就要看不见了，如果有害鸡叫眼的人，看什么都要模糊一片了。轮到野猫头夫妻两个过意不去，趁着老人们不愿意歇夜的工夫，又杀了一只鸭煨在锅里，伙食因而更加丰富，都赶上吃喜酒了。

老人们肚里盘算的是另外一笔账，既然是来打工，时间就要凑足了，不能偷工减料。按照当天来讲，他们满打满算，莳秧不到三个小时。做三个小时，却要领一天的工钱，他们是赚到了，主人家不就亏煞。抛开出手的工钱不谈，这样慢交交地插秧，也会误了秧期，估计有一半田即使插上秧，也不会有什么收成。这是他们心痛的地方。老人们凑在一起合计，最后推出一个代表，跟野猫头讲话。

"大家都商量好了，一会三卡送我们回去，我们取上换洗衣裳，还跟三卡回来，就住在你这边，只是要给你们添麻烦了。这样一来，早起好赶早，歇夜也不怕晚。上半天早开工两个小时，下半天再晚歇夜两个小时，紧赶慢赶，不会误了你这边的秧苗长势。"

野猫头花钱寻帮手来莳秧，可不就是怕田地搁荒吗，现在听老人们这般替自己着想，又能避开日昼心里的高温，两全其美，何乐而不为。他于是照应三卡师傅路上千万要小心，送人回去之后，等他们拿了换洗衣服，再将人接回到自己家里。等到三卡突突地开走后，他就开始着手整理房间。毕竟是夏天，铺几张凉席，点几盘蚊香，一个房间挤挤能睡下三四个人。两个房间就能让老人们都住下了。他又跟妻子商量，自从搬离乡下，这些叔婶们还没来新家里串过门，等到插完秧，索性留他们在家里多住几天，好好招待他们。

这么聊着天的时候，三卡的突突声又传到了门口。老人们一来一去往返的时间，竟然比夫妻两个想象得还要快好多。饶是这样，也已经是晚上九点多了，不看电视不听收音机的话，在乡下都足以一觉睡醒了。想着明天早起还要莳秧，大家纷纷倒头就睡。外面，亮月子朗照着秧田，四下里蛙声一片，家里面很快也鼾声四起，老人们很快都睡着了。

野猫头伺候老人都睡下后，又快手快脚给招娣泡了一碗徽子。招娣边吃徽子，边问野猫头："来娣不是说好了要来帮忙的吗，怎么一天下来人影子都没见到她的？"野猫头说："她帮忙喊来了人，估计大热天的就不想动了，在家多快活啊。"招娣说："她想快活，除非去拾去偷。你明天一大早就打电话到乡下去，把她拖过来。这么多人在这边，烧饭洗衣裳的活，她总是逃不掉的。"她又照应丈夫，"现在天气这么热，宁可田地荒废了，也不要让几个老人受累坏出毛病来。你看好了点，他们既然来到这里，我们就要负起这个责任来。"野猫头说："这个我心里有数，你就好好养你的身体，什么都不要烦心。"

第二天大清早起，老人们就下田了，每个人一口气插了两分田，才赶回来吃早饭。早饭是肉馒头白粥就小咸菜，吃完了早饭，太阳还没有脚杆头高，又插了两趟，这么一来两亩田就消灭了。这个时候眼看着温度开始往高里走,野猫头再来招呼大家歇晌,也就没有人推脱了。老人们心里有数,知道误不了秧期,心思也就放松下来。吃中饭前后,开始谈老空的谈老空,讲古今的讲古今。

这些老人,大都出生在解放前后,见过当兵的扛枪路过,也见过土匪飞刀寄函勒索,说到土匪被砍头,也就跟剖一个瓤熟透的西瓜一样,头咕噜咕噜在地面滚。那时候他们还年少,已经分不清是耳听还是眼见,说起来却都是活灵活现的。解放后土匪就稀少了,能吃饱饭谁还做缺德事情呢?后来就是农业学大寨,能下田的男女老少都在大队里挣工分。

俗话讲得好:"人多好种田,人少好过年。"这不正应了眼面前的景了不是。不过那时候人山人海,这种盛况现在人想都不能想见。生产队长负责生产,大队会计负责统计工分。有调皮偷懒的,就有手脚勤快的,有活泼逗笑的,就有开不得玩笑的,一样米养百样人,十根手指头伸出来还有长短之分呢。

老的还没老去,娃娃辈又接茬了,像野猫头这拨人就是老人们看着长大的。野猫头十六七岁的时候父亲因病过辈,他上面还有两个兄长,那个时候都已经成家分门别户。野猫头和他的老娘生活,直到娶妻生子,仍然在一起。讲起来兄弟三人却不和睦,虽然老娘在堂,也不过是桶箍护住了桶身,不至于散架而已。正因如此,野猫头才和义博结成了异姓弟兄,要好得跟一个人一样,是穿同一条裤脚管的联党。

乡下有句老话,"六十六,掉块肉;七十三,鬼来搀"。老人六十六和七十三岁的时候,最见下小辈的孝心,普通人家是过寿,稍微讲究的人家会放场电影,请来乡镇上的放映员,在打谷场上支起两根毛竹,拉开银幕,架好机器,就等开场了。

野猫头老娘六十六岁的时候,义博已经回到城里,专门下乡来拜寿,出钱放了两部电影。一部是《五女拜寿》,一部是《静悄悄的左轮》,前者是传统戏剧,后者却是那时比较兴潮的反特大戏。不说费钱多少,就这派头也是被无数差不多年纪的老人艳羡不已的,不好意思跟儿女说,怕遭来一顿白眼和唾沫,却是悄悄动了心思的。

当时当地,放场电影是要轰动好几个村落的,不过起因却不尽相同,主家滋味也大不一样。像老人过寿啦、家里添丁啦、学生考取学堂啦、当兵入伍啦,放场电影是喜庆,也被人交口称赞;如果是小偷小摸行事不端被抓住了接受惩罚,所交罚款被用来放电影的,全家人就有点抬不起头来了。所以村里游手好闲的人经常会互相这样开玩笑,"好久没这么消停了,老表你要请大家来看电影啦。"势必引来反击,"什么事情也要有个先来后到,你老兄还没请,我怎么敢抢在你前头呢?"

中饭前后,一众老人着实热闹地回顾以前村里放电影的盛况。当时不要说电视机,收音机都没有几部,都是听有线广播的,看场电影确实稀奇,难免要携儿带女,呼朋引伴,津津乐道。通常是放映员还在主家吃饭喝老酒,谷场上就搁满了条凳,宁可晚饭一家人站着吃,也要先占住个位置。如果放电影的消息提前就知晓了,免不得要将三姑六婆等长辈请来,平时连豆腐都舍不得捞一块的人家,这番也要割点肉,沾点荤腥了,说是过节一点也不为过。更有那些做小生意的,闻风而动,夏天敲梆子卖雪糕冰棒,冬天在电灯泡下卖多味瓜子,电影再精彩也顾不上看了。

说到《五女拜寿》,大家又都是一个来劲,都是中国人,还是比较欢喜看古时候的戏。做官的老丈人平时瞧不起穷书生,奉承几个官二代女婿,没承想一朝落难,几个金贵女婿都是眼里鼻尖见识货,这时怕惹祸上身,撒泡尿都要离老丈人三条麦垄。反而是穷女婿既往不咎,不仅殷勤侍奉,还出面帮老丈人打赢了官司。最后头就是老丈人再次过寿的场面,前面几个女儿女婿没皮虼蚤般扭扭捏捏的难为情状,让人直呼痛快。母女翁婿尚且如此,真是讲透了人情世故。但是大家也就能讲个囫囵概,毕竟时日久远,人老了记忆也不济。谈着谈着谈不下去了,越谈不下去越勾心火,恨不能马上再放一遍。

野猫头说:"这个好办,我让建国去租个录像带送过来。"建国是野猫头跟招娣的儿子,夫妻俩就这么一个宝贝疙瘩,考上了技校,也是一个大小伙子了,离村那会还是拖着两行鼻涕的小孩子。

老人们连连罢手,说:"建国不是上学吗?还是不用麻烦他了。再说了,日昼心里热煞,还是不用让孩子吃这趟辛苦。"

野猫头说:"晒太阳算什么吃苦,又不是出力生活。他现在实习,三天打鱼两天晒网的,去不去实习单位我们也不晓得,成天就在家里打游戏。"招娣在一旁也说:"让建国过来,这么些姨婆叔公的在这里,也应该来张望一下。你们也好久没见到这个细小伙了吧,大个头大小伙子家了,再过两三年就要帮他讨老婆,还不要脱我们一层皮啊。"

野猫头夫妻两个种地住在田边上,在城里另有单元套房,只有建国一个人住在里面。野猫头给建国打了一个电话，语气有点严厉，听得大家忐忑不安的。好在半个小时后，建国就过来了，果然是大小伙子家了，体面得很。大家都夸招娣有福气，这么标致的一个年轻人，还愁找不到老婆啊。建国脸皮薄，见人之后就不知道说什么好，被人夸更是手脚都不知道放哪里了。他把录像机支好，录像带放进去，就说："没什么事，我就回家了。"野猫头又凶他："回去多看看书，少玩点游戏。"

大家就都笑，说："马上讨老婆的人了，你还这么管他，还当他是小把戏啊。想想毛家庄的毛卵子，孙子也打酱油了，还要管儿子，结果被孙子一趟说，不希望爷爷做个坏榜样，以后父亲这么管他，他就不想结婚了。真是人小鬼大。"

接下来看戏，这种记得一小半忘却一大半的故事，最容易看进去，少不得一边看一边热议，有撩起衣裳襟角抹眼泪的，也有跺脚叹大气的。都是尘土埋到脖颈梗的人，家家都有一本难念的经，生活苦不苦倒是其次，儿女孝顺才最为看重。但往往是老人体恤孩子，孩子却不怜见老人，不是做使唤仆人，就是做出气筒子。旧社会童养媳的遭遇，都强过现在的阿公阿婆。不哑不聋，不做姑翁。人生下来就好比秧苗一样金贵，细心呵护灌溉，人老了就像稻草秆子一样不招人待见，只好鼻头一捏，忍气吞声。

说到孝顺，眼面前妥妥地站着一个代表。野猫头对自己老娘孝顺不说，对招娣的娘老子也贴心贴肺的，讲话都轻声轻气的，从来没有重头话说，连带着对招娣的弟妹都好，这样的好后生打着灯笼也难找。可惜的是，野猫头搬到了城里，少了一个表率，村里的风气日下,老人们急得跳脚也没用。好日子没有好人过,这是顶顶糟心的。

情感宣泄之后,汗也不出了,两腋生风,再下田插秧也不觉得累。等到歇夜的辰光,却是两个男人一前一后地来招呼大家,走在前面的是野猫头,走在后面的是富态尽显的义博。大家羡慕野猫头的好运气,对义博却是满怀敬畏,连带着对二人的交情也觉得神秘莫解。义博和他的经历,野猫头和他的好运气,都很像戏曲里面的故事。

义博是因为招娣坐月子,同着自己的女人一道来看望,听说村里很多老人过来帮忙插秧,就下田同长辈们打声招呼。他没有什么架子,跟着野猫头的辈分走,野猫头喊什么他也喊什么。在老人们看来,一个人有很大的身份,又不摆架子,嘴巴还甜,那就没什么缺憾了。

野猫头跟大家说:"义博才是大老板,我只是他身边拎包的小伙计。"义博说:"讲什么这么难听,我的就是你的,我们两个人还分什么彼此。"老人们说:"嗬,这么大的地面,解放前沈家的大地主沈有财也比不上啊。当时沈有财家里有几十个长工短工,还有使唤丫头。了不得,了不得了。"义博说:"时代不同,现在都机械化了,种有插秧机,收有收割机,倒是比以前轻松很多。只是西瓜田被周围稻田包围住了,插秧机开不进来,只能辛苦众老了。"

老人们说:"哪里的话,我们也是劳碌惯了,歇不住。现在家里小年轻都不爱种地了,纷纷往厂里跑。贪快活,把地扔给安徽人家种,自己买粮食吃。我们要种地反倒嫌弃我们寻麻烦。插秧割稻揉菜籽，这样的事体有时候梦里头都想着呢。人老了就得活动活动手脚，要不就坐胖了，就变老年痴呆了。"

义博大笑，说："听听，讲到我的心坎里去了。我当初逗猫头承包地，嘴巴两层皮都讲秃了。不就是为了退休之后有个地方活动活动手脚，不讲挣铜钿，换身健康就蛮值得了。再讲了，市场上买的小菜哪有自己地上种出来的好吃。"

老人们连连称是，就这样一边聊着天，一边往家赶。义博比野猫头大几岁，有一对男女，倪子金华比建国长一岁，囡囡小琴比建国矮两岁。回到家里，待到大家团团坐好，义博又来打趣野猫头，"建国都快要结婚了，你还能让招娣怀上，真是好本事。索性给建国生个弟妹出来也好，做什么要引产"。

义博的老婆叫陆英，在台面下用脚尖踢义博。义博说："我讲的话对劲唠，我老婆还在台底下用脚尖踢我，怕我讲出不上台面的话。在座都是嫡亲，又是长辈，我这个人就是直性子，有什么讲什么，大家一家门里人，用不着见外。"陆英讲："你这个人就是好嘴巴子坏思想，狗嘴里长不出象牙牙齿。"义博就张开嘴，说："要是长出象牙，那就金贵了，随便敲一颗卖，就够你跟金华小琴吃一世人生了。"

讲到小琴，也已经上高中了，如果考上大学，就准备继续供她念下去，考不上大学就出来寻个单位上班。这是义博的打算。念书有出息最好，但可能就要离家，到时候不一定会把家安在什么地方，天南地北，上海北京，没个定数，说不定最后还要留学美国，拿张绿卡，几年都见不到一面。人无远虑必有近忧，一双男女最好还是留在身边，现在能照顾就照顾点，老了之后轮到他们来侍候。

招娣也认同，在卧室里扔话过来说："就一两个孩子，舍不得放他们在外面。宁可在眼面前见着来气，也比见不到伤心强。"

义博说："招娣，我俩想到一堆了。有个事体，正好我们两对夫妻都在，这些老长辈们平时请都请不齐，这个时候也都在，干脆做个见证人，把我们家小琴许给你们建国怎么样？建国这个细佬，我跟陆英是看着他长大的，真是越看越欢喜。"

老人们也乐，他们虽然不知道小琴长啥样，但是义博陆英站在面前，料想面相不会差到哪里去。再说了，女方家境好，那是第一等重要的，性格脾气长相还在其次。建国面相好，能攀到这门亲，比他老子野猫头当年更有造化。野猫头不置可否，陆英说："这种事情才不要你们男人家掺和，只会越掺和越乱，我跟招娣商量就好。"

虽然建国和小琴的事八字还没一撇，但是喜庆的氛围已经调动起来，大家都表态愿意做见证人，用不着吃猪腿，喜酒一定是要来喝的。几个老头平时无事，一天三餐酒，早起上茶馆喝，喝到中午再回家，晚上继续弄点老烧酒，一天下来，半斤八两不在话下，都有点酒量。一来二去，就把义博喝醉倒了。

十来亩田的秧，三天就插完了。野猫头夫妻又留老人们住了两夜，才肯放他们走。还是喊同一部三卡，送老人们回去。三卡师傅也跟老人们熟了，开始聊天，"你们这么大年纪，还出来帮人家插秧，真是不容易"。老人们说："哪里是来做生活的，我们是来歇亲眷的。"语气里透着骄傲。三卡师傅说："这个野猫头，人一看就是好脾气，团团面面的。以前是跟你们一个村上的人吧？"老人们说：

"是啊，同村人，算起来是侄子或外甥啦，都是同一个房门里的亲眷。"三卡师傅说："他的外号倒也奇怪，为什么叫野猫头？"这个问题让老人们陷入了沉默，大家都不说话了。

原来，野猫头年轻的时候，就有一样毛病，因为长得体面，喜欢拈花惹草，明里暗里的跟村里的大姑娘小媳妇眉来眼去。野猫头和招娣结婚之后，稍微有点收敛，但还是管不住自己裤裆里的家伙。这些往事，难免让老人们颜面无光、有口难言。后来野猫头夫妻搬走，义博的提拔是一方面，野猫头躲避自己的风流债才是根本。

不过这些都已经是过往的事，若还住同一个村，难免常常勾起心火，现在隔得这么远，也就慢慢淡然了。现在大家沉浸在此次插秧之行的欢愉里，觉得真是不枉此行。一个老人突然想起老早年前的一句歌词，忍不住哼了出来：

"高高山上一棵稻，姑嫂两人扛水浇。啥人糟蹋我格稻，拔根鸡毛夯断他格腰！"

车里的老人们都笑了。

昔人已乘鲤鱼去

战国的时候，有一个人名字叫高，因为琴弹得很好，大家都叫他琴高。琴高曾经在宋康王手下做过乐手，宋康王死后，琴高理应继续为下一任宋王服务。

有一天夜里，琴高梦到一条鲤鱼跟他说："你怎么还待在宋国呢，我已经等了你五百年。难道你忘了我们之间的约定吗？"琴高听得一头雾水，问鲤鱼："你说我们之间有约定，那又是什么约定呢？"鲤鱼说："等我们见了面，你自然就明白了。"

第二天琴高醒来，梦境还历历在目。那条鲤鱼缓缓沉入水中，河水清晰透彻，无数朵花灯悬浮在水中，将水上水下都照亮了。只见那条鲤鱼趴在水草丛底的鹅卵石堆上一动不动，仿佛睡着了，唯有它嘴角的须子起伏荡漾。

因为这个梦，琴高辞去了乐手的职务，游历各地，希望有机会遇到梦中的那条鲤鱼。他四处拜访名山大川，与其间隐士侃侃而谈。这些隐士对他的琴技非常佩服，说："此曲只应天上有，人间能得几回闻。"作为回报，他们将自己的修炼之术择要传授给琴高，希望琴高也能管窥天机，得道成仙。

说来奇怪，倏忽过去了两百年，琴高竟然还活于人世。有人说他通过那些隐士习得了长生不老之术，有人说是因为山神水怪留恋他的琴声，所以赐他奇珍异果，让他永葆青春。

琴高的琴技益发精进，天地万籁俱在其中，变化更是随心所欲，听者无不叹为观止。琴高偶尔说起两百年之间的掌故，历数家珍，如在目前。很多人因此相信他是活神仙，纷纷拜在他的门下，他的门徒竟然多达百人。

有一年，琴高带着他的一众弟子在涿郡一带游学。在路上遇到一个老妪，坐在路边的一块石头上歇息，拐杖远离老妪，掉在路的一边。众弟子视若无睹，都走过去了。唯有琴高停了下来，问她："老人家，你为何只身在此？"老妪说："我家就在不远处，也就是几步路程。"琴高又看到那拐杖，于是拾取了还给老妪，说："即使几步路，拄上拐杖总要方便些。"老妪连连称谢，自谓走累了坐在石上歇息，不想一阵风来，却将自己的拐杖吹出好几丈远。

老妪说："少了拐杖，我真是寸步难行，咫尺也如天涯。有了拐杖，料想也能一步登天。"琴高听着这话奇怪，却见老妪取出一颗珠子要送给他，说道："我有一个邻居，被困好几百年了。只为了等有缘之人。它说与那人有过约定，莫不是订立契约之人耳阔忘记了。"

琴高接过珠子，认出是一颗避水珠，暗自称奇，再看那老妪，却已经不见了。问身边弟子，却都如在梦中，他们既不见有老妪，也不见有石头，反觉得师父今日言行怪异发昏，倒像是在梦中之人。

站在波急浪滚的涿水边上，琴高忽然开悟。他分明看到涿水深处，一条鲤鱼酣睡其中，泥沙已经将它的身子大半覆盖，而水草在它周身疯狂摇曳。琴高取出避水珠，含在舌下，对一干弟子说："你们在这里等着，为师去去就回。"说完纵身跳进了湍急的涿水，岸上的弟子们面面相觑，不知道该哭还是笑，是留还是走。

却说琴高跳进水里，因为有避水珠护身，河水在他脚下分开，又在他头顶合拢，托着他缓慢沉落河底。河水横向奔流如千军万马，水泡蒸腾如天际沉雷滚动。不一会儿，琴高便来到鲤鱼旁边，他用手抚去鲤鱼背脊上的泥沙。就像蒙了多年老灰的铜镜被打磨一新，一下子铮铮发亮，鲤鱼身上金色的鳞片开始焕发夺目的光彩。琴高一边以手拭泥，一边说道："我已来看你，你为何却还要贪睡？"那鲤鱼兀自沉睡，连尾巴都不曾动弹分毫。

琴高这时才看到鲤鱼的一根须子，却是伸到了旁边的一只硕大的蚌壳里，被蚌壳牢牢地夹住。琴高上去拔，不过是蚍蜉撼树，哪里拔得动。眼前景象，就琴高一个活物，一鱼一蚌，俱都石化了一般。琴高使去了浑身大半的力气，气喘吁吁，瞥见遭泥沙深埋的一块石头，露出一截恰好坐人。琴高坐在石头上，突然灵魂出窍般，对这一幕似曾相识。

琴高说："原来如此。"他吐出避水珠，将珠子纳到河蚌嘴边。原是死物一般的河蚌突然张开了嘴，将珠子吸了进去。鲤鱼的须子趁这当口缩回，重新获得自由，一如琴高最初梦中所见那般起伏荡漾。周遭飞沙走石，河水蒸腾如沸。那鲤鱼却在此际醒来，说道："你既然来了，那我们就走罢。"琴高骑坐在鲤鱼身上，鲤鱼尾巴甩出一轮水花，鱼头已经拱出水面。

琴高此刻已了然于胸，风高浪急也不过如履平地。鲤鱼驮着他，绕游三匝，带出一个巨大的漩涡，仿佛无端多出一只无量大碗，要把涿水全部吸尽舀空一般。

鲤鱼据此获得了巨大的推动力，就要跃出水面，平步青云之际，琴高听到熟悉的声音："我借你避水珠，让你们相见，你却连谢我一句都没有就要离去吗？"正是那老妪的声音。想来河蚌与鲤鱼朝夕相伴，因为含住鲤鱼须，遂也修炼成精。说不定也是鲤鱼借须子给它一用，好让它幻为老妪递话给琴高。

琴高心下歉然，想要回头看时，不提防一个浪头打来，竟然将他从鲤鱼背上打落。正因为这一看，又牵出万般事端。正所谓："世人皆道神仙好，神仙烦恼也不少。"

琴高乘着鲤鱼，在弟子们艳羡的目光中消失在云端。然而，做神仙的生活，并不像凡人设想的那么妙不可言。仅仅是活得那么久，就让初登仙籍的人有些无所适从。在尘世，琴高已经足够长寿，算得上见闻广博之人。可是在天上，活了更长时间的仙人比比皆是，琴高那点可怜的见识在他们那里就是小巫见大巫，不值一哂。

也就是说，琴高成为仙人之后，颇为形单影只，大多数时间都是一个人度过的，最多是乘着鲤鱼溜达一圈，哪像在人间有几百个弟子前后簇拥着。尽管琴高不是一个爱慕虚荣的人，可是神仙也寂寞难耐。于是乎，琴高再次将心思志趣托付给了琴瑟。

琴高抚琴忘情，没想到有金甲武士前来宣旨：在仙界，禁止一切形式的喧哗。

神仙不复哭笑，长吁短叹被查知了要被警告，连高声说话都不敢。打坐的打坐，炼丹的炼丹，值守的值守，都像一群木偶泥人，呆头瓜脑，灭尽人欲，只存天理。

仙界什么时候才热闹些呢，那要等到王母设下蟠桃盛宴，各路神仙都来赴宴，尽享美食醇酒莺歌燕舞，才有寒暄客套，呼朋引伴，尽兴而归。其他时候，神仙们即使偶有小聚，也是不敢大张旗鼓的。

在蟠桃会上，琴高由于是新晋神仙，不过是叨陪末座，与有荣焉。在宴会半途，值日星官将新科神仙目录奉予王母。王母点名琴高，让他展露才华，弹琴一曲。琴高不敢大意，施展平生所学，真个是低处如流水无声梦破，高处响遏行云。曲毕躬身而退。

王母颔首赞许。却有一神站起身来，说道："许久未曾听闻如此雅音，恰值王母座下诸位神女都在，不知王母可否请她们弹上一曲，也好让我们再一饱耳福。"

王母准命，就有那董双成等仙出列，吹笙击磬，鼓簧震石，众声彻朗，灵音回绕。其中独有一款声音，恰似凤头龙首遨游众声之上，余声好比彩云追月、众星捧月。

琴高运足耳力，识得那是云璈之音，刚柔相济，疏密有致，扣人心弦。他早有所闻，王母座下诸位神女在乐器上俱都造诣神通，更有那田四妃，弹奏云璈，足以惊天地泣鬼神，不想今日亲耳得闻，算得上做神仙以来最大的福祉了，不觉心旷神怡。

想到这里，他虽低着头，却用余光去搜寻，不想正觑到一位穿紫衣服的神女，正是田四妃。不见则已，一见大吃一惊。原来这个田四妃，分明就是那老妪的年轻版。琴高料想这个田四妃和自己必定深有渊源，强自镇定，不敢流露半点诧异之色。

那田四妃感觉到了琴高的目光，微微点头，又微微摇头。点头是告诉琴高"曲高和寡觅知音，心有灵犀一点通"；摇头是斥责琴高不该违反仙界律令，一个低阶神仙是不能偷看王母娘娘和她的侍仙的。

人间不比天上，天上更胜人间，神仙们竟是不能保有一点秘密的，稍有异常的风吹草动，都瞒不过去。

果然，王母早有察觉，十分不悦地叫停了音乐。

她喝问琴高："你修行了数十个人生，好不容易被引渡天庭，为什么却又动那一点凡心！看来你是尘缘未尽，还需再受磨难。"

才做了几天神仙的琴高，就这样又被贬到人间。

在此有必要先交代一段前史，说明琴高、鲤鱼和田四妃的关系。

田四妃原本是一位捕鱼人的女儿。因为善于捕鱼，捕鱼人得罪了老龙潭的老龙，在田四妃尚年幼时被老龙杀死。田四妃为了替父报仇，苦练本领，潜入深潭，与老龙展开搏斗，终于杀死了老龙，抽出龙筋。

老龙之血凝集不化，经年累月之后化为一条赤鲤，只有人的拇指甲大小。赤鲤本有灵性，也一门心思想要报仇。田四妃察觉到老龙一系血脉尚存，报仇之心愈炽，于是运用法术，将老龙潭的水都移到了东海。赤鲤幸得藏身于一扇蚌壳中，才躲过杀身大祸。

琴高那时还是垂髫童子，听说老龙潭一夜干涸的奇迹，与同伴去潭底游玩，发现了张开的蚌壳中的赤鲤，惊奇于它的颜色，偷偷地把鱼带回家，养在一只瓦钵中，须臾不愿分开。那田四妃后来明知道赤鲤的下落，却无法得手，盖因为琴高也是一位神仙。田四妃日思夜想，希望能让琴高和鲤鱼分开，到底还是给她想出一条计策，她将龙筋做成琴弦，故意让琴高得到，从此琴高慢慢迷恋上了弹琴。由于龙筋本是老龙身上之物，赤鲤不愿朝夕相见琴弦，日夜听闻琴音，遂主动离开了琴高。

田四妃就等此良机，方要下手，却被一个骑牛的牧童止住了。牧童念道："你也神仙，它也神仙，大家都要做神仙。你要杀它，它要杀你，浮生不过是泡影。"

经牧童当头棒喝，田四妃放下杀机，最后升为王母座下侍女。

牧童又对赤鲤说道："上天延续你的血脉，是要你做那琴高的坐骑，只待他来寻你，到时你们自会一起升天。"赤鲤因此也抛却复仇的念头，在涿河安家立户，渐渐有了神通，遂来到老龙潭，将蚌壳接来同住，只等琴高前来。

这赤鲤虽然不再执念于复仇，对田四妃和琴高毕竟还有一丝怨言。蚌壳因此才幻化成与田四妃相近的形体，为的就是琴高与田四妃在天庭相见的这一幕。虽然是命中注定，但也赖怨由心生。所以说因果循环，报应不爽，人仙都在其中。

正因为赤鲤的这一番小心思，导致先是琴高被贬下人间，接着赤鲤也私自下凡，而后田四妃终于也被贬黜人间。待到三人再次在人世间重逢，才又再度升天成仙。此是后话，暂且不提。

不说琴高在下界又多遭受几番轮回，且说在天上的赤鲤，整日价待在半亩池子里，从东游到西，从南游到北，也是无聊透顶。再说了，琴高不过就是一位不入流的神仙，比不得大名鼎鼎的那些神仙，有徒众，有道童，有往来的道友，琴高在的时候尚且是门可罗雀，琴高不在了更是无人问津。总之，赤鲤一天胜一天难受，一日赛一日无聊，有一天忍不住想道："我随着琴高一道登天，他是神仙，我不过是他的坐骑，他受天条的束缚，我却不受。我何不私自下界，想来也不会有谁发觉，却不强似在这里受坐牢遭监禁的罪。"

想到此处，赤鲤好不欢喜，一甩尾巴跳出池子，径直投向了涿河。谁知天上才数月，人世越千年，沧海桑田地理变迁，不偏不倚跌落在青城县外的东潭。那东潭比那池子大何止千万倍，又下通岷江、沱江，赤鲤畅游其间，倍觉快活。又有那一些虾兵蟹将，鳖怪鱼精，不知道赤鲤是什么来头，也有避让它的，也有挑衅它的，都敌不过它的神通，最后纷纷依附于它，竟弄成了水族的头领，横行的霸王。三江龙王也忌惮它的本领，遂封它为东潭龙君。

赤鲤念及自己前身是龙，又生活在琴高身边多年，稍通乐理，也跃跃欲试，每逢月圆之夜，于石壁之下练习龙吟。夜行船只每每经过，都心惊胆战，以为水怪作祟。蜀地有三位举人结伴坐船赴京赶考，不信怪力乱神，夜驱小舟一探究竟，发现石壁之下中空之处甚大，水波相侵，欵坎有声。他们遂题诗在石壁之上："龙吟深潭里，虎啸密林中。水石激其鸣，恰似蛤蟆叫。"后人遂称此处为蛤蟆滩。

赤鲤以为他们出语讥讽自己，咽不下这口气，就鼓动波浪弄沉船，将三个书生都吞进了肚子，连带船夫都遭殃。书生们的魂灵不服，四处鸣冤，案情最后由冥府移交到水府。三江龙王正愁不知道怎么处理这个恶邻，趁机将这件事上报给了东海龙王。东海龙王知道赤鲤的来历，判案如下：今日它食汝，明日汝食它。今日途中鬼，他日同登科。

书生们连呼痛快，径直往生去了。

东海龙王又交给三江龙王一条指甲般大的鱼，告诉三江龙王："这叫磐鱼，赤鲤的解决方案，最后都要着落在它身上。你带回去，让它在三江自由游弋。赤鲤的事情，你就不要管了。"

赤鲤对东海龙王的判决，内心大是不服，也不以为然。它认为自己是龙族后裔，它能随便吃人，人却不能随便吃它。能吃它的人还没有出生呢！

赤鲤想不到的是，此刻蜀地诞生了三名男婴，一个叫邹滂，一个叫雷济，一个叫裴宽，正是三位书生投胎而来。在千里之外的吴地，薛家也得了个小儿，名字叫薛伟，正是琴高的第三十六次转世。同在吴地的豪门顾家也喜得一位千金，这位顾氏日后许配给的正是薛伟。顾氏乃是田四妃转世，二人千转百折终于成就了一段婚姻。

田四妃缘何下凡，又为何与薛伟做成一段婚姻，里面少不得又有故事。

汉武帝时期，有一个又聪明又诙谐的人叫东方朔，像是活了几百年，任何稀奇古怪的事物，他都知晓它们的来龙去脉，说起来头头是道。汉武帝因此格外器重他，赏给他很多财物。说起来也奇怪，东方朔将这些赏赐，都用来迎娶长安城里最漂亮的女子。这些女子成为他妻子时间不长，往往就遭到遗弃，时人以为怪癖。

汉武帝问他："你娶这么多妻，又休这么多妻。昨天见你时还有妻室，今天见你已经是单身，明天可能又做了新郎。那么你到底是有妻子呢，还是没有妻子？"

东方朔愁容满面地说："外人以为我是好色之徒，其实我和这些女子无缘，只有夫妻之名，没有夫妻之实。茫茫人海中，我为了找到真爱之人，真是踏破铁鞋了。"

汉武帝又问："那我和卫皇后，算是真爱吗？"

东方朔说："这在帝王里面是典范了。可是我听说牛郎和织女隔着银河对望，一年才能见一次。有的痴男怨女死了都要爱，根本无视阴阳昏晓的隔断。有的缠绵几百年，几世人生都藕断丝连。"

汉武帝说："如此说来，二人相见，不是要有信物才能相认吗？"

东方朔说："譬如眉开眼笑，握拳松掌，举手投足，都是信物。众里寻他千百度，有缘修得碰头会。"

汉武帝经常和东方朔开玩笑，君臣关系不是那么呆板僵硬。汉武帝看到妙龄女子，就经常嘲弄东方朔说："看那个女子，她会不会就是你命定的妻子呢？"东方朔一般也会假装顿足哀叹，说什么"忍能对面不相识"，以博汉武帝一乐。

不过有一次，他却一反常态，对汉武帝说："陛下您不应该开这样的玩笑，唐突了尊贵的客人，这个后果是我不能承受的。"

汉武帝大笑，问道："这个女子又是何方神圣，能让你东方朔都这么谨慎。"

东方朔说："她是西王母座前的侍女，经常为西王母传达使命，名字叫王子登。"

汉武帝不相信，让侍卫寻找那位女子，她却早已失去了踪迹，即使挖地三尺，也无迹可寻。汉武帝问："如果你说的是真的，那么她就真是神女；否则的话，你就是犯了欺君之罪，犯下的可是死罪。侍卫虽则找不到她，但不代表她就是西王母的侍女，除非你能让她再次出现，亲口承认她的身份。"

东方朔说："这也不难。不过需要仰仗陛下您的德行。我听说孝道能感天，虔诚能致仙。陛下诚能向神灵祈祷，不独能见到王子登，说不定西王母也会亲临的。"

汉武帝有心创立千古帝业，自然也醉心长生之道，听说能见到西王母，也就格外上心了。他根据东方朔的建议，大小斋戒，无不毕恭毕敬，不敢有一丝大意。果然在四月的一天，那个王子登又径直来到汉武帝的宫殿，对汉武帝说："西王母感念陛下的精诚，准备在乞巧节那天来看望陛下。陛下宜沐浴斋戒，辟下静室。"

汉武帝这才相信东方朔所言不虚。

到了七月初七，汉宫内外水洒香焚，闲杂人等一律撤下，只留二三宫女张罗照顾。吉时将至，空中祥云开道，周遭馥郁芳华，在一派箫鼓声中，西王母大驾光临。坐定之后，西王母让侍女奉上蟠桃七枚，赠了四枚给汉武帝，自己吃了三枚。

西王母又向汉武帝传授修行要义，说："修道者，益灵而易形。灵需固守，形不常在。"

汉武帝似懂非懂，恳请西王母予以解释。西王母笑着说："陛下无须着急，自有那狡黠之徒在扶门窃听，拘他来见就知分晓。"汉武帝让宫女去看，却是东方朔。西王母说："料着也是故人，想必是闻着我那蟠桃的味道了。"汉武帝请示如何处置，西王母说："我们这次相会，也是缘于他。权当功过相抵吧。"

西王母问东方朔："你在门前，可听到什么？"

东方朔说："大殿深远，我只听到'气''水'二字。"

西王母又问："那你扒着门缝，想要看什么呢？"

东方朔不吱声。

西王母看向自己随侍侍女中的一员，以目示意。那西王母的意思分明是：百年弃置罔顾身，心有灵犀一点存。纵使相遇不相识，知他所觊是田妃。那侍女正是田四妃，不觉面红耳赤。

不说汉宫中的热闹宴会，且说宴会散后，西王母摆起銮驾，途中对田四妃说道："枉他经过几世轮回，还有一点灵性未泯，竟然想出这个方法赚得我们来此。他虽不知道自己想要看的是谁，倒也有他的情分在。想来合该着你们尘缘未了，天意如此，少不得你也要下界同走一遭，与他做回夫妻。劫波渡尽之日，功德圆满之时，你们再一道重返天庭。"

田四妃闻言领命，投身到了吴地顾家，这已经又是数百上千年之后了。

汉武帝以为是东方朔冲撞了神灵，西王母才没有对自己透露修仙的要义，自此之后日渐疏远了东方朔。

在吴地有两个大户，一家姓薛，一家姓顾，祖上同朝为官，结下官谊，底下子孙遂成世交。家世累积发达，到了薛老爷和顾老爷这一代，已经颇为壮阔，是吴地数得着的豪绅。

薛老爷和顾老爷同受蒙学，素来相厚，两家的走动更加频繁。二人虽然没有学成致仕，也不以为意，倒是暗自庆幸能够摆脱案牍劳形，乐得诗酒应酬，访山水名迹，同赏芳霞，不必凤池夸。更巧的是，婚后两家夫人竟然同时有孕，也便定下契约：若生下同男同女，便为弟兄姊妹，若是一男一女，便结为夫妻。

结果薛家生下公子，名为薛伟；顾家生下千金，名为顾云裳。薛伟自小聪慧，大有祖上之遗风。薛老爷本就看淡了仕途，只盼薛伟能通事理，晓人情，守得住这份家产，并不指望他学而优则仕，也就未曾延请名师。哪知薛伟无师自通，举一反三，自学成才，任是怎样的先生，不出三月就兜底没货，自惭告退。十三岁中秀才，十六岁中举人，享誉远近，剑指登科。那顾云裳大家闺秀，婉约温存，端庄秀丽。二人各自成年，既然先有指腹为婚，少不得借媒妁之言，男聘重礼女添嫁奁，门当户对，郎才女貌，增添了苏州城里一段佳话。

婚后不久，大比临近，薛伟不出意外金榜题名，高居二甲传胪，钦点为翰林院庶吉士。正是小登科后大登科，春风得意二美并。三年后他被外派为官，哀怜鳏寡，恤悯孤独，官声尤佳。朝廷看重薛伟爱民如子，有意栽培，偏教他去穷山恶水之地，十年时间，官任八方，不过是左右县尉之间转换。顾氏少不得嫁鸡随鸡嫁狗随狗，一路的颠沛流离，离吴地却是日远一日，双亲在堂，却难以相见趋近问安，只能书信报平安。

薛伟朝中自有交好，时不时地叮嘱他，朝廷对他是委以重任，到时拔擢厚用一蹴而就，务必稍安毋躁。夫人思念家人，难免暗自神伤，经常独坐落泪。薛伟自觉愧疚，加倍地体贴周到，虽然十几年婚姻的老夫老妻，却像少年夫妻一样恩爱。

薛伟梦想有朝一日回京，一定要挣得个官居三品，让顾氏成为诰命夫人。这是薛伟的为官用心，暂且不提。

不久，薛伟又调任青城县主簿，不觉三年已过。由于太守升迁，上司便着薛伟接任。你道为何？原来青城县素以穷山恶水闻名，为官者视之为山穷水尽，轻易不愿来这里赴任，勉强就任的稍微有点门路，也是时时想着另调他处。太守在时，所有条律皆出于薛伟之手，纷争事端也赖由薛伟解决。太守乐得做个甩手掌柜，薛伟此刻接手太守，不过是去名就实，名正言顺而已。

薛伟上任后，又得三人相助。哪三人？正是邹滂、雷济、裴宽，他们俱都进士出身，是薛伟的同年好友，现在则成了他的左膀右臂。四人同心协力，把青城县治理得安居乐业，路不拾遗，夜不闭户。

青城县百姓感念薛伟爱民如子，最不希望的就是他离任高就。到时候朝廷换一个糊涂的官员，青城县只怕一夜之间又回到过去。因了这一层关系，每逢朝廷有征调敕命，县中长者都联名上奏钦差，苦苦致留。正是官声愈隆，朝廷愈是宠渥，乡里愈舍不得他走，他也就愈难以离任。

百姓们少不得在神灵前为他祈福，却不想惊动了赤鲤。

赤鲤明知薛伟就是琴高转世，心想若琴高受刑期满，再登云台，岂不是要被他发现自己的行踪，少不得要将自己拘回，仍旧做他的坐骑。赤鲤下界千百年，逍遥快活够了，哪里愿意再回那小池子。

左思右想，闷闷不乐。一日却被一条小磐鱼冲撞了，赤鲤大怒，将小磐鱼一口吞下。却没想到磐鱼虽小，也有神通，鼓一口气在肚子里，将自己的身形撑大。赤鲤虽然吞吃了磐鱼，却无法消化，又被它顶得难受，只得将它吐了出来。

磐鱼倒也乖巧，立刻认罪表态，表示愿意做赤鲤的小班从。磐鱼见赤鲤似有忧色，便问其故。赤鲤说："实不相瞒，我原是一个仙人的坐骑，因他触犯天条被王母贬入凡尘。我因没有管束，又待得发闷，便私自下凡。快活是快活了，可这快活毕竟有个尽头。我听说他又已脱胎转世，不知道几个轮回了，但既然来到我存身的青城地界，做了太守，想必是离我主仆见面，他脱离凡籍，也为时不远了。这岂不是苦煞了我。"

磐鱼不听则罢，听闻之后反倒连声贺喜。赤鲤大怒："我愁得要死，你倒在一旁发笑，定是在幸灾乐祸。"磐鱼说："我为大王贺喜，却是有原因的。他以前是仙人，大王自然拿他没办法，现在他是凡人，还不是予取予求。"赤鲤这才转怒为喜："虽然这么说有几分道理，但不过是河水不犯井水，又喜从何来呢？"

磐鱼这才好整以暇地献上一条计策，正是"安排香饵钓金鲤，人形幻鱼主为仆"。

磐鱼告诉赤鲤："有一次发大水，水漫无边，我因此游离东潭和三江。不想大水很快被治住，水势退得极快，我被搁浅，初始还以为在一个池子里，岂料竟是在一道车辙里。我困身在车辙里，眼见得车辙里的水越来越浅，心里焦急得很。不想来了一个癞皮道人，他看到我在垂死挣扎，竟然哈哈大笑，说：'天大地大何处不为家，眼小心小立足便成牢。'我恼他见死不救，又出言不逊。他竟像看穿了我的心思，随后传我练气之术，能够鼓胀自己的身体，即使天地吞了我，我也能鼓胀到天地那般大。不过我的身子就固定住了，只能维持现在这个大小。他又放我入江。我勤加苦练，现在道术又上了一个台阶，能够将我的形状保留在一个空间里。"

赤鲤说道："好没道理的，又说这么长的一段经历。你那鼓胀之术我算是领教过了。这固形之术又有什么奇妙？"

磐鱼说："大王说的那位官人，想必就是薛录事了。我曾经在他们后花园的井中偷听到他们的讲话。原来这个薛录事的夫人，是顶好奇天上仙人的事情的。每年乞巧节，他们夫妻都会在后花园的葡萄架下饮酒，希望能偷听到天上仙人们的谈话。"

赤鲤说："不尴尬，他本是天上人，何必再去听天上事。"

磐鱼说："大王是身在棋局中，看得没有我分明呢。薛录事是仙人转世不假，可他毕竟还是凡躯，如何知道前尘往事，但凡他还有一丝神通，可不就不必在此地了吗？现在离那乞巧节很相近了，他们夫妻必定还要在葡萄架下饮酒。透过葡萄架的疏影，必定有指甲大小的月斑映入酒杯中。我就假扮那月斑，浮在酒面上，料想他也不会见疑，一定是要喝下肚去的。到时候我找个机会脱身，单留一个空形状在他心里，不足一月，他必死无疑。"

赤鲤说："他死是死了，还会转世，不过是拖了一段时间，他还是要成仙的。有什么法子让他转不成胎升不了仙，那才叫一个了断。"

磐鱼说："我原也不是要取他性命，而是要拘他真灵。他咽气后，我就会将他真灵拘禁在我的空形里。这是我那固形之术的又一个妙用。然后我将他的真灵带给大王，大王再将他的真灵据为己有。到时候世上没有了薛伟，天上也没有了琴高。只有大王您，想要升仙就升仙，想要在这里快活就在这里快活。您的修为加上琴高的真灵，就算是四个龙王在一起，也不是您的对手啦。岂不是可喜可贺吗？"

赤鲤闻言大喜："我一直认他是主人，敬畏过甚，还不曾想到这点。你真是一语点醒梦中人。琴高是我的主人不假，可他也是我的苦主。苦主不除，我这辈子就是坐骑的命。既然如此，索性有我没他，一了百了。"

不说这边恶向胆边生，磨刀霍霍向旧主，单表薛府。

乞巧节那天，薛伟早早结束了公务，与同僚下属告别而回。顾氏已在后花园准备下了瓜果酒馔，夫妻二人端坐于葡萄架下，饮三五杯淡酒，只等夜久更深好听那仙人说话。却哪里听得到，那薛伟还偏巧受了寒，当天夜里就直喊心口堵塞，浑身炭烧，汗如雨下，慌得顾氏一宿未曾合眼。

初始还以为是疾风之症，没想到愈加病重，又说起断头话来："我没有几天可活了，还要挣什么命，放我归去罢。"言下之意，官也不做了，丈夫也不做了，儿子也不做了，同僚也不做了，满口胡言乱语，势必撒手人寰。唬得顾氏心胆俱落，手足无措，求神问医，占卜寻药。邹滂等人闻讯赶来探望，也是束手无策。

正在慌乱之际，却听得门外一片喧闹，原来是一个癞皮道人作势要闯进来，与门人发生了争执。道人说："救人一命胜过七结衔环,晚些进去,就七条命也不在了。"门人恼他出言无状,老爷病重,却来个说死这般不吉利话的疯道人,哪里肯放他进门,干脆连通报也不给通报。邹滂出来瞧情况,被那癞皮道人劈手一把攥住,嘴里说道:"爱吃鱼的人也来了,快带我去见死活人,我赠你一条鲤鱼吃。"邹滂倒是一呆,原来他确实性喜食鱼,无鱼不欢,尤其是鲤鱼。又听闻道人说什么活死人,有点话里有话的意思,忙将癞皮道人延请进内堂。

顾氏死马当作活马医,忙请癞皮赖皮道人去诊视病人。不想道人连连罢手:"不看了,不看了,左右不过一具臭皮囊,有人当宝贝,有人是累赘。你且伸手去摸他胸口,是不是还有余温心跳。"顾氏伸手一摸,果然有微弱的心跳余温。

"每天子夜交替之时,记得摸他胸口。只要有余温心跳,人就没有死,千万不要将他入殓下葬。二十八天之后,他就会醒来。切记切记,莫忘莫忘。"说罢道人扬长而去,留下一众人等面面相觑,不知道癞皮道人的疯话,该听还是不听。

却也奇怪,薛伟在病中,茶饭不吃,灌进去的药全都吐出来,单只是要水喝。水越喝越多,却不见肚子胀,也没有便溺。再多的水,在他肚子里都不见了。顾氏眼见薛伟起病突然,病势奇怪,对道人的话将信将疑,却也照做不误,每当子夜交替,便去摸他心口,但觉心跳还在,余温尚存,多少便有些放心。

忽一日,薛伟大叫一声"渴死我了",随即陷入昏迷,闭眼合唇,再也叫不醒,完全是一个死态。众人俱都哭倒,一边准备后事。那顾氏虽然悲伤,到底还是存着一丝侥幸,于子夜交替时分,又去摸薛伟的胸口，发现还有心跳余温，便不准发丧。众人都觉得奇怪，其他时辰，身子是冷的，骨头是僵的，心跳是没有的，只有子夜时分，这身子便回一点暖，心跳似有若无。大半时间是死的，只有那一瞬间又是活的。顾氏因而悟到，原来癞皮道人口中所言的"活死人"，指的就是这个状况。心下也就相信了十二分，扳着指头计算天数，单等二十八天期满，薛伟就会如期醒来。

却说薛伟在葡萄架下乞巧未得，反害了一场大病，浑身滚烫，不单说胡话，还发乱梦，沧海桑田，白云苍狗，风云流转，物是人非，就像弹幕一样，倏忽而来，霎时而去，把薛伟看得眼花缭乱。在众多影像声音中，他独独记得两个字，一个是形，一个是水。形字不好说，水字却感受深刻。他发着高烧，又是燥热，又是口渴，体会到夸父那般渴，真能把大泽的水给一口气鲸吞牛饮个底朝天。

病到第七天，他已经燥热欲裂，干渴难当，一门心思要找个清凉去处痛快饮水。他只怪道，怎么夫人和仆人不给他饮水，也不让他消暑，却不知道他在众人眼中是死人，只在顾氏心中是活人。

薛伟热渴至极，决定瞒着顾氏出门找个阴凉地儿。于是提了一根竹杖，不带一个随从，恍惚之间，已经离开家宅城池，置身于山野之中。原来薛伟身子不能动弹，心思却还活络，左思右想，不想魂儿竟然挣脱了身子，飘飘然御风而行，真个是无拘无束，快活自在。他本人却半点没有意识到。

清风徐来，薛伟便觉得心火降了几分。想起陶潜的诗句，不觉念道："心为形役苦淹留，风物长宜放眼量。"薛伟暗想，不到山中，便不知道山的好处。可惜自己做官多年,哪里知道天下尽多去处,各有境界不同。

薛伟再往前行,不觉远远地看到了沱江,水势浩浩荡荡,不必到面眼前,单这么远观,就已经清凉扑面,湿气如潮。薛伟恨不得生出四条腿,再生出一双翅膀,一下子就扑入江水中,痛快饮个够。他是在山腰见到的沱江,走过去却是不短的路程。

正行进间,却又被一座深潭拦住了去路。薛伟先是着恼,恨它堵路,很快又转嗔为喜,江水也是水,潭水也是水,莫道此水非彼水,原来眼前未分明。这样想时,那潭水也变得美妙起来。薛伟原是口渴得很,心念大江,才看不到这潭水,现在顿悟水为一体,便下到深潭中,洑起浴来。那薛伟是吴地人,江河星罗棋布,自幼水性极好。这次在深潭里畅游一番,快乐更甚从前,喟叹道:"想那鱼儿在水中畅游,不是更快意吗?可惜人不是鱼,终究不知鱼之乐!"

这样想时,却见身边不知何时多出一条小鱼,说道:"人变鱼又有什么难处。我带你去一座水洞,那里有各种水族衣服,你自取一件穿上,就能变成鱼了。"薛伟此时仿佛就在梦里,见怪不怪,反而欢喜,跟着那小鱼,不觉游进了一座水洞中,只见罗列着各式鱼衣,江河湖海里的鳊鲫鲲鲸,所在多有,让人目不暇接。

薛伟一一看过去,却发现一件红色鲤鱼的衣服,鲜艳异常,最是中意。金鲤本非寻常之物,传说中是龙子,一旦越过龙门,就会成为天龙。起初薛伟还担心形状大小不符合,没想到自己毫无阻拦地游了进去,甫一穿上便觉得天衣无缝。这个时候的薛伟,已经不复人形,而是一条赤鲤了。

那小鱼正是磐鱼,看得薛伟化身为鱼,连连称善,说道:"原来一切早有定数,才这般水到渠成。你且暂从鳞化,我自去复命。"

原来鲤鱼衣服便是赤鲤,小鱼便是磐鱼。赤鲤见磐鱼果真将薛伟的真灵带至东潭,便假装成鱼衣,自空其形,任由薛伟占据。没想到薛伟一旦寄居其中,就此成为主导。赤鲤暗道一声苦也,才知道自己聪明反被聪明误,想赚琴高的真灵,反被琴高的真灵控制住了。

磐鱼又对赤鲤说道:"你且将你的身形暂借给你的主人。主仆名分早定,恩怨自在眼前化解。你还有一劫,却是你早日做的孽,合当报还。我本是涸辙之鲋,受真人委托,特来点化你们。"

薛伟对此自然毫不知情,只觉得穿上鱼衣,在水中恣意游玩,好不尽兴,全然乐不思蜀,自此将三江五湖游了个遍,最后又返回到东潭中。他整日价泡在水中,不知不觉间,热症尽消,不再口渴,反倒觉得饿了。薛伟毕竟不是鲤鱼,哪里会看得上水中的浮游之物,就是饿极,也不知道如何采食。开始的时候,毕竟在兴头上,还不觉得饥饿。一旦回到东潭,一旦发觉到饿,饥肠辘辘,肠胃搅动都如打雷般响,直把前胸饿得贴到了后背上。

恰巧有个渔夫因为捕鱼的网破了,为生计犯着愁,闻听邹县丞重金求购鲤鱼,为的是要祈祷薛录事回生,专门做一场"饮福宴"。渔夫就带着钓竿,做了香油面团,来东潭钓鲤鱼。薛伟闻到香油面团的香味,哪里耐得住,明知道面团里包着钩子,忍了又忍,再三忍耐,还是忍不过去,张口咬下去,面团还未曾落肚,却被渔夫甩上了岸。渔夫眼见自己钓到了三尺多长的金色鲤鱼，以手加额，连呼幸运。

渔夫一路急赶慢赶，将金鲤送至邹府。时间恰好是薛伟得病后第二十八天，依道士所言，薛伟当在这一天复活。邹滂忙让厨子将鱼杀了赶制熏鱼，他已经约了雷济、裴宽二人，单等熏鱼做好，拼死喝醉，只为了在席间等待薛伟复活的喜讯。

却说厨子看到送来的鲤鱼，磨刀霍霍，一刀就将鱼头砍了下来。这一刀下去，不仅结果了鲤鱼的性命，也将薛伟的七魂六魄惊散。薛伟暗道一声苦也，没想到自己幻为鱼形，到头来却挨了这一刀。魂魄没了寄身之所，还好此刻正在青城县中，离琴高本尊很近，便一簇拥地奔赴薛府，钻进了薛伟的体内。也就在此时此刻，薛伟猛地坐了起来，倒把守灵的人都吓了一跳。

薛伟还以为自己只是做了一个梦，不知道自己已经死去二十八天了。他忙让人去请邹滂、雷济、裴宽三人。三人刚吃完熏鱼，喝着酒，听说薛伟复活，连忙过来道喜。许是路上赶得急了，来到薛府，还没有说上几句话，俱都肚疼起来。

这三人肚疼，那边薛伟却又唤胸闷，而且胸部竟然肿胀起来，甚是吓人。顾氏骇然，让下人们奔走看顾四人，自己都要昏死过去。

就在吵嚷之际，却听门子说癞皮道人又来了。顾氏不啻等到了救星，连忙请道士进来。道士提着一个酒葫芦，看到四人症状，不觉大笑，说道："妙妙妙，冤家都来到。好好好，各自回家了。"说罢，道士举起酒葫芦，让四人每人喝了一口酒，四人俱都开始哇哇呕吐。邹滂、雷济、裴宽三人吐出来的是还没有消化的鲤鱼肉块，薛伟吐出来的则是一条透明的鱼形，只有指甲大小。说来奇怪，薛伟吐出小鱼之后，体形就恢复正常了。邹滂、雷济、裴宽三人也全都恢复了正常。

"来来来，"道士指挥顾氏将鱼肉装进鱼形中。虽然鱼形很小，但鱼肉装进去却刚刚好。道人指着装满鱼肉的鱼形说道："她要杀你，怎么杀，到头来还你性命也是她。你要杀他，杀不得，累你被杀原是他。你杀了他，又如何，转眼又被他杀。你吃了他，又何必，现在他吃了你。"说罢，道士饮了一口酒，喷在鱼形身上。转瞬，鱼形就复活了，却是一条指甲般的金鲤。

道士对众人说道："薛伟前身本是琴高，顾氏前身本是田四妃。金鲤是琴高坐骑。你们三者之间的恩怨，今日就一笔勾销了。金鲤难逃那一钓那一刀，钓者本是渔夫，屈死在蛤蟆滩。邹滂、雷济、裴宽葬身鱼腹，今也吃它下肚。算得上报应不爽，因果为期。"

说罢，道士显现真身，却是太上老君。此时祥云毕集，香氛缭绕，空中有人说道："吉时已到，琴高、田四妃，还不升天，更待何时。"于是琴高骑上赤鲤，顾氏驾了紫霞，在嘹亮的仙音中，一起升天不见。

邹滂、雷济、裴宽吃了赤鲤进肚子，虽然未曾消化，最后都吐了出来，毕竟也是造化，三人都活了一百八十多岁，相携隐居在东潭附近，说起薛伟、顾氏升天那日的情形，还是如在目前，不胜感慨。

刹车坏了

星期四早晨，上班男掐住闹钟的脖子，使劲摔打，想要谋杀掉闹钟的声音。闹钟声像屎一样糊在了他身上。闹钟奋力用自己的两只脚（分针和秒针）撑在上班男的脸上，用自己的手（时针）将上班男的眼皮撑开。

这是一个灰蒙蒙的早晨，泄气，疲劳，与过去的每一天差不多。太阳照常升起，在浓重的雾霾之外。太阳也会死。太阳身体内部到处都是癌变，而且是晚期。它的寿命已经是一个定数，谁也无法阻止。太阳的存在，只是证明了这种死亡的无可阻挡。哪怕是几十亿年，几十亿年和几天有本质的区别吗？

快上班啦。要迟到啦。得打卡，你难道要被扣工资吗笨蛋。一个月迟到三次以上你就可能被炒鱿鱼。你知道你有多少存款吗？你知道房租多高吗？你的房子在哪里？你的老婆在哪里？孩子教育有规划吗？你的晚年想要怎么过？养老院住得起吗？生病了怎么办？墓地买得起吗？

上班男垂头丧气，无精打采，行尸走肉。裤子穿到他的腿上，鞋子套到他的脚上，领带像条蛇一样缠在他的脖子上。那是一条艳俗的花纹领带，廉价中透露出近乎可耻的气息。

他像走出墓穴一样，离开他的居住地。他像一条蛇一样，走出他的门。据说蛇来回永远只走一条道，聪明的捕蛇人会将利刃埋在蛇道上。当蛇游过的时候，利刃就会划破蛇的腹部。蛇的内脏纷纷掉落，蛇却一无所知。捕蛇人要的只是蛇胆。

在千篇一律的生活中，上班男的胆囊早就被摘除了。他以为他还有胆，或者说他抱着无所谓的态度，就是这么一回事。

他离开家门，并不是漫无目的，相反，他目的明确。他去上班，尽管他南辕北辙。他上了公交车，反方向坐了三站路，到了始发站。整个过程如同梦游，让人怀疑他是不是还没睡醒。不，他很清醒，像每一天一样清醒。因为他每天都是这样做的。只有在始发站，他才能抢到一个座位，虽然上班因此多花了近20分钟，但在随后的时间里，他可以坐着，将头靠在椅背上，睡个回笼觉。很难想象，如果没有这段睡眠时间，他怎么熬过接下来的一整天。没完没了的无穷无尽的重复，即使在梦里，他也会因此厌世的。

在始发站他会抢到一个位置（这多么像出生论），他会一直睡到目的地，只要一报目的地的车站名，他就会条件反射般地清醒过来，像电力快要耗尽的手机，想方设法充一会电，为的是回一个重要的短信给明天：今天安然度过，希望明天如常。

星期四早晨，丈夫向公司请假，陪大肚子的妻子去医院做例行的检查。昨天晚上，丈夫做了一个噩梦：他梦到医生给妻子肚子里的孩子打针，先是催生剂，他急得大叫，我们还没有准备好；于是医生又换了缓生剂，结果孩子在子宫里停止生长了，像泡在福尔马林里的祖先的尸体。

丈夫不敢告诉妻子这个噩梦。但是在陪妻子去医院的路上，他脑子里萦绕的都是令人绝望的现象。他觉得心灰意冷：因为他让妻子挺着大肚子去医院，却没有私家车，甚至连打车的钱也舍不得，要挤公交车。妻子挽着丈夫的手臂，像重新回到热恋期，她安慰丈夫：离预产期还远着呢，而且坐公交车，也会有人让座的吧。

他们出发得有些早，也许妻子在出门前就已经打定主意要坐公交车，这样到医院不会太晚。这个时候是上班的高峰期，车上全是人，有去看病的，有去上班的，有去买菜的。他们上车后，既没有找到座位，也没有人让座。即使售票员提醒给孕妇让座，提醒了两次，仍然没有人响应。售票员不仅不再提醒，可能也在心里埋怨这对夫妻：早晨上班这么挤，干吗非得这个时候坐公交啊。

丈夫担心妻子，渐生怒气。特别是他们正好站在上班男旁边。他以为上班男在假寐，这太过分了。于是，丈夫将对社会的怨气，对整车人的怨气，对自己人生的不如意，都渐渐集中到了上班男身上。他一直盯着上班男，心想看你能假装睡着到几时。他在等上班男醒来，他要有所行动。丈夫心里想的只有一件事，车上所有人都不知道，甚至他自己都不知道。他没有意识到自己想着这些，就不由自主地做了。

他在等上班男醒来。上班男终于醒来了，因为目的地到了。报站名的时候，他像定时一样醒了过来。他给明天的短信已经编写好，已经按了发送键。但是他没想到，也许是信号不好，信号显示发射没有成功,发生了意外。信号凝滞了,冻结了。

上班男睁开眼,发现一个气鼓鼓的男人俯视着自己,眼睛里有火焰。

他有点吃惊,但也就是吃惊而已,他不知道发生了什么。他睡着了。然后他站起来,就听到脸上啪的一下,他自己打蚊子都没这么狠。这下他更不知道发生什么了,他的脸被打偏了,脖子扭到了一边。

耳光响亮,响彻车厢。

丈夫恶狠狠地说:"不给孕妇让座,这是给你的教训。"丈夫给了上班男三个响亮的耳光,一个是为孕妇打的,一个是为未出生的孩子打的,一个是替自己打的。

一个家庭打了一个男人三个耳光。

不仅被打的男人懵了,整个车厢的人都懵了。

售票员担心打架,让他们赶紧下车。下车了打架场子也大。在车上打容易误伤别的乘客。

别的乘客闹不明白情况,有的以为是小伙子对孕妇耍流氓了。有的以为是小伙子偷人钱包了。没有人觉得上班男仅仅是因为没给孕妇让座,就被打了。要是这样的话,丈夫应该给车上每个冷漠的失去了公德心的乘客,都来三个耳刮子。当然了,除了上班男脸上感到火辣辣的疼,其他人都听到了响亮的耳光。耳光响亮,在他们心上回响。

上班男无缘无故挨了打,其实是有缘故的,只是他还没想明白。不过他很快想明白了,因为打他的男人身旁站着一个孕妇,而且孕妇脸上一副打得好的表情。一定是因为自己没有给身旁的孕妇让座，孕妇的丈夫才会对自己不忿，才动手打自己。他觉得自己太走背运了。这个大肚子女人为什么偏偏站在自己的座位旁边呢？

他不想回打那个男人。他甚至不像一个受辱的人，他只是觉得委屈。他说："我往回坐了三站，只是为了坐到始发站，好有个座位，好再睡一会。如果不多睡这么一会，我可能身体就没油了。"

上班男说到伤心的地方，开始抽泣："想想真不容易，为了生活，就得这样生活，可是理想的生活也许永远不会降临。工作没有改观，生活没有改观。随着年龄增大，压力越来越大，因为同龄人已经在生活中站稳脚跟，而比自己年轻的人则想方设法站稳脚跟。"

上班男的眼泪在脸上爬，他刚才还是一个年轻人，虽然脸面无光，但好歹还是一张年轻的脸。在泪水的冲刷下，脸上出现了沟壑，已经是一张苍老的人脸。上班男原来还是一个年轻人，现在却变成了一个老年人。

丈夫看到这种变化，目瞪口呆，手都不知道放哪儿了。手似乎感到羞愧不安，它多么希望，在此之前它只是轻轻地抚摸了一下眼前的这张脸。哪怕是对这张脸啐口唾沫，也比抽它一个大嘴巴要容易让人接受点。

上班男还在倾诉，苦水总往低处流，汇集成大江大河，汇集成汪洋大海。

"为了保住工作，虽然我已经心力交瘁，但还是要设法掩饰我的年龄。我已经五十多岁了，但我还是要假装成二十多岁的年轻人。因为不这样，我就不知道该怎么维持我的生活。哪怕一直像一个二十多岁的年轻人,为生活所迫,每天工作十五六个小时,疲惫不堪,恨不得立马死去,这也是我愿意接受和维持的一种生活。我已经习惯了这样的生活,我从来没想过如果一旦发生改变,我该怎么办?"

"现在我被你打回了原形,我该怎么办?公司自然不能去了,工作肯定也保不住了。谁还相信我是我呢?我能证明我是我吗?我一直担心这一天,没想到就是今天。我的生活完蛋了。我的生活完蛋了啊。"

这个须发皆白、满脸皱纹的小老头,干脆坐在了地板上,号啕大哭,眼泪和鼻涕有的挂在胡须上,有的抹在了衣袖管上。

如果丈夫干脆杀了上班男,情况反而会简单些。

当司机听到车厢里乱糟糟的声音,忍不住问道:"发生什么事啦?"售票员有点不敢相信自己的眼睛,她信心明显不足地复述:"一个男人打了一个男人耳光,被打的男人瞬间老了三十岁。一个男人被打成了一个小老头,你说这能构成伤害罪吗?"

司机其实从来没有关心过乘客。现在也是这样。他只是关心在他的地盘上出了什么情况,而不是关心具体的人。不过就在司机分心的时候,他忘了看路面的状况。有一个人骑着车,突然插到了行车道上,又慌忙地往人行道上拐。还好司机是一个老手,眼疾手快死命地踩了刹车,才没有撞到。司机吓出了一身冷汗,忍不住骂道:"傻逼,你这是赶着去投生啊。"

话还没说完,就听到车厢里再次沸腾了:"生了生了。"接着就是新生儿嘹亮的啼声。

原来因为刚才那个急刹车,车厢里很多人都站立不稳,那个孕妇更是一屁股坐到了地板上，动了胎气，羊水破了，孩子拖着根脐带，就滑了出来。羊水流了一地，早产儿拽着脐带，还想要爬回去。

妻子疼得受不了，拉着丈夫的手，"别让孩子爬回去，赶紧将脐带割断了。"

可是整个车厢里面，没有人带刀，也没有人带剪刀，好不容易有个乘客掏出来一把指甲刀。于是丈夫手忙脚乱地用指甲刀小心翼翼地反复去割脐带，这才将脐带割断了。

没了归宿感，这个时候婴儿也不想爬回母体了，他开始牙牙学语，蹒跚学步，见风长个儿。车厢里的人哭的哭，喊的喊，叫的叫，有的人在念阿弥陀佛，有的人疯了，有的人在使劲掐自己，有的人爬到了车厢顶部，全乱套了。大家都在喊："司机啊司机啊，赶紧停车啊，赶紧停车啊。"

司机也想停车，可是他发现刹车坏了。车子停不下来，只能不停地开下去。

大家都趴在窗口喊叫："刹车坏啦，小心啊，闪开啦。刹车坏啦，小心啊，闪开啊。"

路上的人不知道车上发生了什么事，也不知道这个车子没有了刹车，会开到哪里去。他们只是羡慕地说："他们这是往未来开吧。"

可是，车厢内外的人都忘了一个事实，那就是未来永远不会来。

未来是一个死胡同。在其尽头，我们最多被授权（其实是我们自发的）写下一行字："到此一游。"

四件套

风起于浮萍之末,月徘徊于斗牛之间。山高月小,水落石出。

——题外话

在商场里

他在朝阳商场的二楼走了好几个来回。朝阳商场是一家便民商场,售卖日用百货,二楼主营的是鞋帽服装和床上用品。床上用品部的售货员是一个四十岁左右的妇女,和服装台的售货员(也是一个中年妇女)在闲聊。

中间摆放着一张单人床,上面什么都有,整整齐齐的,等待人躺上去的感觉,显得很突兀。

几次经过她们,将听到的内容梳理一下,大概的信息是,两位妈妈在抱怨孩子(都是女孩,都上初中)不听话,跟同学攀比消费,让她们很吃力。他心想:不听话的孩子,难道不好吗?如果孩子什么都听父母的,那才是很可怕的事。但是又很快意识到,这两个小妹妹现在不管怎样叛逆,让父母长吁短叹,早恋也好,离家出走也罢,无论现在是什么样的问题少女,等到真正要组建家庭,还是会听父母的意见,会考虑父母的感受。关键的时候,她们的表现还是会让父母满意,让男友失望。

她们也注意到他了,几乎异口同声地招徕生意:"小伙子,想要买什么啊?"他站住了,好像一只漂流的小船,突然被她们的语言之锚固定住了。他看着床,努力在琢磨怎么表辞达意。"我想买一条床单……"

床上用品部的妇女一下子来了精神,走到他旁边,开始详细地询问起来:"床单啊。你是要多大尺寸的,喜欢什么样的颜色、花纹和面料?"她抽出一沓床单,错开地放在那张样板床上。"这些款式都很好,家庭用最合适了。"

多大尺寸?他有点茫然,脑子里使劲想床的大小,是单人床?好像比眼前的这张床大一点,但不是双人床。能肯定。眼前的这张床是童床,给孩子睡的,放在这里,是因为不占地方。成人睡的单人床要比这个大很多。双人床那就更大了。一米二的是小床,一米五的是单人床,一米八以上的是双人床。

"那么,你们睡的床是多大的,就根据床大小来选床单好了。"张艳红(她的胸牌上写着她的名字)用的是"你们",而不是"你",好像确定他是落单的丈夫,被妻子硬逼着来买床单,因为完全不知道怎么买,因而没有了主意。"男人来买床单,确实不知道怎么办是不是?"张艳红笑着安慰他。

根据床来说,那应该是一米五的吧,肯定不会比一米五小。有可能是一米八甚至是两米的。但是被子呢?床单不是要用来套在被子上的吗?被子都很大吧,一般来说,盖住两个人是一点没问题的。是比较大的那种被子。那至少应该是双人被吧。

"我想,呃,床的大小记不住了。被子是挺大的。但我不确定是一米八,还是两米的了。"他有点不好意思。他现在觉得男人买床单,就跟女人买避孕套一样尴尬。她每次都会说:"难道你要让我去买那个吗?"他其实不太喜欢戴套子的感觉,但她很坚持,开始的时候几乎每次都要他一开始就戴上套子,后来允许他在射精之前戴上套子。每次都早早地催他,很多次,不管多么兴致高昂,他都草草结束。她问:"怎么了?"他含混地回答。其实她知道他的感受,但从来不妥协。"如果万一呢?"她担心这件事,真的很担心。她是一个怕麻烦的女人。一开始他就这么觉得,现在尤其觉得。这没有什么不好,但确实是很遗憾的,如果他想要小小地感伤一下的话。

张艳红感觉到他的心不在焉,但是她不可能知道眼前的这个小年轻,想的是春光乍泄的事情。她理解成他确实很束手无策。"男人来买床上用品,确实是不知道怎么办。我爱人跟我结婚这么多年了,这些都没操心过。要是问他床多大,估计也回答不出来。这样吧,我建议你买两米的,那样的话,一米八的凑合着也能套,最多边上空出来一截。又或者,你回去用米尺量一下,这样就不会买错尺寸了。"

他感激不已,觉得张艳红言之有理。他怎么跟张艳红解释他为什么要买床单呢?他买床单,就跟一个少年要买一把剔骨刀一样,有大事要干，但不足为外人道。他说："就照您说的吧。即使大一点，也能用。"他选了一条素雅的床单，有点像中学生用的。他只看中这条，其他的都是艳俗的，太过家用了。可能只有结婚多年的夫妻，才会心安理得地躺在这样的床单上，而不会觉得有什么异样。

买了床单，张艳红问他："你还想要买什么吗？"

他想了想说："还想买两条枕头套、一条被套。"

张艳红笑了，说："小伙子哎。你要买的是四件套啊。单个单个地买，会比较贵。你不如买一个四件套，那样便宜好多。"

他自己也脸红了。巧合的是，那款床单是有四件套的，于是就买了下来。

四件套，他还是第一次听说。后来他上网百度了一下，发现果然有四件套的说法：两条枕套（双人枕）＋一条床单＋一条被套。也有三件套：一条枕套（单人枕）＋一条床单＋一条被套。他不禁苦笑了一下，看来误打误撞，还真买对了。他没有买三件套，因为单人枕是什么玩意，他一点也没印象，可能从来没用过。

他买四件套的时间，是在5月17日。距离他上次见她（五一节他们是待在一起的），正好10天；距离她打电话给他，告诉他"我累了，我们结束吧"，只有1天。距离他再一次见到她（也是最后一次见她），隔了41天。

他下意识地买了四件套，但不知道为什么要买，以及如何处理。

她给他电话后，他的反应超出了她的预计，也让他自己很意外。他说："如果你真的累了，那就结束吧。"

他没有觉得愤怒，也没有觉得背叛，或者被抛弃的感觉。当她说累了的时候，他的第一感觉是如释重负，好像他一直强撑到现在，只是为了等她先说出来而已。是不是他觉得，自己先说，会伤害她多一些，由她来说，对自己的伤害会少一点，这也是一种周全和眷恋吧。反正由她来喊"咔"，自己就变成了一个演员，不管是主演，还是跑龙套的，都可以从角色扮演中顺利脱身出来。

　　过了两个小时后，若有所失的感觉在不断加重。他好像才意识到事情的严重性，他甚至有不顾一切给她打电话，买张机票去找她的冲动。但他克制住了，毕竟已经是成人了，打电话干吗，是要大吵一架吗？见了面干吗，是要将自己的头颅靠在爱人的肩膀痛哭一晚吗？而这个爱人（如果确实深思熟虑，斩钉截铁，话已出口，覆水难收）已经是过去时，即使不会对你冷若冰霜，至少也是虚与委蛇。也许事情不会这么泾渭分明，人毕竟有感情，不会翻脸不认人。但这样做有意义吗？他满腹的奇思怪想，满脸通红，甚至脱口而出："不断接近一个人的内心世界，是多么邪恶啊。"

　　拿破仑在从莫斯科撤军，接受败局的时候，可能也发出过类似的感慨。

　　男女相爱，有的时候真是奇怪，因为吸引（而不是需要）就在一起了；但男女的分手更是奇怪，吸引力可能还在（但不再需要了），就急剧降温，如堕冰底。谁能解释一下，需要究竟是个什么玩意，身体、情感、物质、安全，真的有那么多需要吗？是不是根据时间段而定，某种需要会脱颖而出，更占上风呢？

　　需要真他妈的不是个玩意儿。但我们还真就需要了，被需要了。

在火车上

熟悉的车次,但车厢里夹杂着太多不熟悉的元素。他设想过无数次这样的告别之旅,但当它突然化为一张车票紧拽在自己手心里的时候,他第一次感到茫然了。这种感觉完全是一条短信触发的。

经过了一段时间的斟酌考虑,他们没有言归于好(也不可能),但达成了一致。就好像妻子提出离婚,丈夫已经口头同意,但还差在离婚协议上最后签字一样。他跟她说:"如果就这样说分手就分手,是不是显得我们双方太不慎重了?"她反问:"那你的意思是,还想怎样?"他说:"我也没有别的意思。你的决定我仔细想过了,对我们双方都好。长痛不如短痛,快刀才能斩乱麻。你的性格比我强,这也是我喜欢你的一个原因。我做不出的决定,你做出了,这我都能接受。只是,再怎么着我们都不能连个面都不见,就这样一个电话分手了吧。"她说:"叽叽歪歪说半天,直接说不就行了?真啰唆。你不就是要搞个什么最后的仪式吗,真恶心。"

分手炮?他苦笑了一下。他还没想到这层。这么多年下来,他对她的身体已经了如指掌,对她身体的依赖也到了无以复加的程度,虽然也经常开玩笑,说什么"搞一次少一次",但最后一次他还真没想过。如果说第一次是人参果,那么最后一次用什么来比喻才是合适的呢,鸡肋?

不管怎么说,她算是同意了这次见面,于是他买了车票。

以前他们每次见面,虽然习以为常,但都是郑重其事的。每次见面都是一次节日，像泡在蜜罐子里。他们一路上会不停地短信往来，直到双方都困了。无论谁第一个醒来，都会发消息，问对方还在睡吗？有没有吃东西？记得多喝水。她会早早地在站台等他，陪着他去宾馆。小别胜新婚，说不尽的恩爱缠绵，鱼水之欢。

这次却只有一个短消息："在车上注意安全，好好休息。"语气已经很陌生了，让这趟旅程充满了生疏感，好像一个失败的商人赶去法院，只为签字证明自己破产了。他沉浸在苦涩中，提醒自己，事情已经这样了，为什么自己还有一种渴望幸福的假想呢，真是不应该啊。

她也没有问他，买的是卧铺还是坐票。以前他总是偷偷地买坐票，虽然卧铺贵不了多少钱，但他本着能省就省一点的原则，尽量买坐票。

他自觉自己的经济不宽裕，甚至在他人眼中可以用糟糕来形容。有一两次被她发现了硬座车票，很生气，问他："为什么我让你买卧票，你都不听我的呢？"他知道她是不希望自己这么累，但他说："你知道的，我想观察周围的人嘛，火车上有很多好玩的事情。但是在卧铺，你只能闻到别人的体味，听到别人的鼾声。"这是一条勉强说得过去的理由。

后来她发现了他经济的窘迫，并没有嫌弃，但觉得要过父母这关就不大容易了。这是横亘在他们心头的一道巨大的坎。她的父母关系不太融洽，经常吵架，童年时期落下了阴影，造成了青春期叛逆的性格。但到了这会儿，母亲却是她最放心不下的，特别是母亲身体不好之后，她一直下不了决心离开母亲。

她左右为难。他觉得都是自己不好，发愤挣钱，但想要咸鱼翻身，谈何容易。她舍不得他这么辛苦，有时安慰他："你也不要给自己这么大压力，没钱又不是不可以生活。"

　　异地恋有很多，像他这样屌丝，又守着奇怪原则的，却很少见。他的朋友们劝他："要么让她来你这边，要么干脆你去她那边。总之，要在一起，要去登记。现在结婚又不难。"他也跟她商量过，但是她的母亲刚做了大手术，从死亡线上回来，她不可能现在抛下母亲。她也不同意他辞职去她身边，因为那样一来，他的理想，他这么多年来的努力，就都前功尽弃了（虽然也没有什么成效）。

　　她甚至觉得他这样频繁地来看她，不管是在金钱上，还是在时间上，或者是在精力上，都是一种浪费。在她的坚持下，他们由每周见面一次，改为一个月才见面一次，有时两个月才见面一次。之后的五年时间，他们就是按照这样的频率，总共见了不到100面。停留的时间也少了。他们开始变得像两个偷情者，但他们都没有意识到这种变化。也许，盲目的肉体需要渐渐平息后，理智的生活需要开始抬头，情感需要就变得可有可无了。

　　他觉得很累，第一次觉得应该买卧铺票，想去补办卧铺票。列车已经开动，有座位的人还在各忙各的事，没座位的人已经席地而坐而躺，开始进入睡眠状态了。这就是他跟她多次说起的"车厢里的众生相"。有时候他买到的也是站票，置身于席地而坐的人中间，他们多半是民工，有的带着巨大的行李，有的拖儿带女，难免感到人生的灰败与无望。他会想：如果自己化身为一只蜘蛛，能够在车厢行李架上，或者某个角落里，吐丝织网，在网上睡觉，那将是多么舒服的事情。但这些,他一般都不会跟她谈起。

补办卧铺票的席位前,已经聚集起了一些人。这趟列车剩余的车票很少,只有几个人顺利补到了票。列车员喊:"没有卧铺票了,大家都回去吧。"他几乎刚到那里,又被撵了回来。一个妇女跟在他身后,突然惊喜地说了一声:"这不是李老师吗?"

他回过头来,是一个马脸的中年女性。因为长得难看,所以印象深刻,确实是以前同过车的。一位什么培训公司的培训员,人称马大姐。那次他们凑巧坐在一起。一路上,马大姐跟她的几个同事,都在给一位年轻的女大学生洗脑。

一开始他以为他们是搞传销的,装作闭目养神,不搭理他们。听了一会他们的谈话,发现他们并不是传销人员,而是培训人员。但是他一样地烦他们,不想理他们。如果不是他们说得太露骨了,而涉世未深的女大学生很有可能被他们洗脑,他才睁开眼睛,装出很感兴趣的样子,加入他们的谈话。很快,他们将重心转移到他的身上。也许是因为那个女大学生已经被他们搞定了吧。

一路上,他们几乎什么都谈,从国企的改革,到国有资产的流失;从抗日战争的细节,到二战的转折;从张国荣的灵媒,到击落美军无人机的飞碟,滔滔不绝,以假乱真。他跟他们胡扯起来,最后他们对他的知识和口才表达了钦佩(假装的),用夸张的语气问他:"能不能给我们留个电话?"相对于他们散漫的聊天,他们在索要电话这件事上变得决绝而坚定,接近于死缠烂打。他先是拒绝,抵挡了一阵之后,还是妥协了,不仅给了他们电话,还说了自己的职业,甚至告诉了他们自己此行的目的(回家看老婆,成家好多年了，诸如此类)。虽然大部分内容都是胡诌的，但未必不是他所希望的。

他虽然三十好几了，形色晦暗，但通过言谈举止，老江湖还是一眼能够看出来，他不像是一个已婚男人。他们之所以纵容他信马由缰地乱说，也许是以退为进，达到他们的目的吧。果然，就是这个马大姐，后来多次给他打电话，邀请他参加他们的会餐。他都拒绝了。甚至有一次，马大姐给他打电话，说她又要出差去他的家乡城市，问他有没有什么东西，她可以代为转交给"嫂子"的。对于这样过分的热情，他是非常反感的，冷冷地说："不需要了，我每周都回家一趟，没什么可带的。"事实上，他那时候已经只能一个月获准见她一次了。

他将这次经历，也跟她说了。她叮嘱他小心点："坐火车的，什么人都有。你这个大白痴，自己要小心点，知道吗？别人的水不能喝，别人的烟也不能抽。口香糖、润喉糖、水果什么的，都不能接，更不能吃。你要是少个肾什么的，我就不要你了。"

马大姐再次见到他，感觉非常兴奋。他就纳闷了，这些人，他们的记忆力怎么就这么好呢？难道是因为自己跟马大姐一样，也是相貌奇丑，才让人印象深刻的吗？她和她的同事坐在他隔壁的车厢，他回去的时候要经过。马大姐极力邀请他停留一会，她好介绍他们的领导给他认识。马大姐补办卧铺票，也是给他们领导的。这种对领导的态度，很像传销人员，也令人厌恶。传销是卖产品，培训是卖理念。他觉得两者没有什么区别，后者可能更恶劣一些。成功学完全是一个大坑，是要将人活埋的。

简单地寒暄了几句,那个领导就提着行李去卧铺车厢了。正好空出了一个位置,马大姐让他坐下聊一会儿。他接受了,原因是他看到当初的女大学生,坐在他们中间,已经成为马大姐的同事了。仔细想想,也快三年过去了。什么情况不会发生呢?当年的女大学生成了培训员,自己也失恋了。

他们聊了大概半个小时。其间女大学生拿出口腔清新剂,每个人都往口腔里喷了一下。他也喷了,喷完才觉得不妥,但好在也没有发生什么晕厥现象。就在大家轮流一圈使用喷雾剂的时候,有点冷场。他借这个机会,就回了自己的座位。

要是在往常,他一定会编个短信,告诉她这次火车上的偶遇。这样一来,他又觉得这次旅程,有太多让自己觉得不适的地方。这是一次注定伤感的旅程,尽管明天太阳会照常升起。

在宾馆里

他还是下榻在那家宾馆,一方面是因为价格便宜,一方面是因为离她家近。不管待到多晚,她一次都没有留宿过。里面的服务员已经认得他,也掌握了他的行程,每次都给他固定的房间。这不难理解,就好像他每次出现,都遵循她的生理周期一样。

他拖着箱子,服务员笑着问他:"又来出差啦。"其实他哪里是来出差的呢?入住后,他几乎不急着外出,等着她来。然后两人再出去吃东西,看电影,散散步,然后再回到宾馆。有时候他还要送她回去,但大多数时候她一个人回去。"你已经很累了,早点休息吧。我明天没事就早点来。记得要刷牙，要洗澡，不准裸睡。床单脏死了。"

是的，宾馆最大的坏处是，床单、枕头、被子都很脏。哪怕它们刚洗过，刚被消毒过，散发出洗涤剂和消毒水的味道，还是很脏。这种脏不是灰尘，也不是病菌，而是一种感觉。"不知道多少人在这张床上搞过，脏死了。"

有一次，做爱后，她又去冲澡，回来的时候看到床单上的斑痕。新的是他们刚留下的，但还有形成暗影的，分散在床单上，已经形成色斑，洗不掉了。像这样的宾馆，也不可能每次都换新床单，最多多洗几遍。换句话说，有钱的人，一般也不会光顾这样的宾馆，怎么着也得去三星以上的。住在这里的，除了他这样的，还有就是包房客，或者是钟点消费者。这样杂芜的人群，看来也只能将就了。

她提醒他，每天都要让服务员换床单、枕头罩和被套。他每次中午下去吃午饭的时候，都会跟服务员说。但是他们都不能确定服务员是不是将这些都换过了。面对这样的疑虑，她甚至不愿意躺在这样的床单上。还好每次他都带自己的浴巾过来（这也是她要求的，她不愿意他和她使用宾馆的浴巾），就将浴巾铺在床单上。

因为她的过激反应，他也开始怀疑起来，睡觉前偷偷地在床单上做了个印记，结果第二天晚上发现那个印记还在。他没有告诉她，是因为怕她再也不肯在宾馆的床上跟他做爱，那么一来的话，他该找一个什么样的地方，跟她亲热呢。

她和父母住在一起，但是他却一直居无定所。他出不起首付，他工作年限不够买房的资格，甚至他从来没有想到过交三险一金。

这么想来,他的生活一团糟,生活态度也很可疑。他是一个无能者,一个虚无主义者,一个理想主义者。可笑的是,无能者通常会承认自己是一个虚无主义者,而一个虚无主义者又都打着理想主义者的幌子。

他得过且过,不敢设想幸福,遇到幸福绕着走。正是这一点,伤害了她。也许说不上伤害,只是一开始吸引了她,因为她还年轻,然后慢慢就受不了他了。他只是一种催生剂,不停地注入她身体里的,与其说是肉欲,不如说是一种抗体。他帮助她成熟,然后她就超越了他。事情就是这样。时间长了,这样的重复必然让人生厌。

每次前来,他都会住上几天,最少是周五、周六两晚,有的时候时间更长点,但几乎都没有超过一个星期的。他们都是上班族。即使他愿意窝在这里不想回去,她也会催他回去,因为她没法天天来陪他。他有点像色情狂,每次都很豪放、贪恋,一晚上要喝好几罐红牛。她有点吃不消,也怕他会累坏了。

情况就是这样。他热衷于性爱,而她却显得相当克制。这很容易产生疑虑,当他们不在一起的时候(毕竟这样的时间更长),他怎么受得了。或者就像她后来提议的那样(半真半假),他应该在身边找个女孩。所有这些,都预示着这段异地恋,必将迎来寿终正寝的一天。也许在她厌恶床单的时候,事情就不可挽回了。对此他也心知肚明,但无能为力。一来他无法为她提供一个现成的家,二来他们也没有准备好安置一个像样的家。

事实证明,把所有的决定都扔给未来,是最不明智的,因为未来会给你你的,给她她的,然后你们就分道扬镳了。

现在可以回过头来看商场里那段了。他脑子里浮现的是宾馆的配置，不管是单人间，还是标准间，或者是双人间，不管床大小各异，但宾馆的床单和被子，都是一个尺寸的。他几乎下意识地买了四件套，是想在最后一次，不管打不打分手炮，都要努力给宾馆的房间带来一些家的感觉，哪怕仅仅是将床弄得整洁一点，干净一点，让它更像家里的床。

这就是她说要分手后，他脑子里慢慢凝固下来的想法。

现在他开始布置宾馆的房间，具体说，只是布置宾馆的床。他给枕头套上新的枕套，给被子套上新的被套，在床单上铺上新的床单。做完这些后，他一时心满意足。以前他到宾馆之后都会先洗个澡，再睡一觉，精神抖擞地迎接她的到来。但这一次，他只是洗了个澡，却没有睡觉（不忍心将被单被套弄皱），而是坐在椅子上，边看电视边等她。

在她发消息说快要到的时候，他将空调调到适合的温度，并将窗子打开一点，以便透气。他将水烧开，泡好了茶。这些都是惯例，都是性爱延伸的前奏，他顺手就完成了。

在做这些的时候，他们交往、相爱的经历像电影画面一样在脑中徐徐展开。他作为唯一的观众，发现特写镜头太多了，显得有些矫揉造作，因而赶紧驱散像雾一样升起的伤感情绪。

就和他所想象的一样，当她看到布置一新的宾馆的床，有些匪夷所思。不，他并不想布置成新婚的床。他只是不想留下什么遗憾。他们相爱了七年，其间做爱无数次，但是，每一次都是在宾馆的床上完成的，都是在肮脏的床单上，有时候她会将肮脏的枕头垫在身下，有时候她会用肮脏的被子遮盖自己。

他可以容忍第一次这样发生，可以容忍无数次这样发生，但是他不能接受最后一次还是这样。哪怕这一次她不愿意，但即使这样的最后一次，也好过最近的前一次。前一次是什么感觉，就像之前的千百次一样，已经模糊了。

事实上他什么也没说，该说些什么呢？她也什么都没说。他们在唯一的一张宾馆的床前，拥抱接吻，像他们之前无数次那样。感受到他的勃起，他的欲望，她轻轻挣脱了他的怀抱，坐在床边，一件件褪去衣裤，然后去洗澡。洗完后她躺在床上，等待他的到来。他捕捉她的眼神，他啜吸她的唇舌，他的手停留在她的胸乳上，想起他曾经说过的"乳房上的微光"。他温柔地进入她的身体，带着以后再也不会光顾的阑珊念头。

那里曾经是他多么熟悉的地方，现在蚌壳将要闭合，另外一个渔夫的鱼叉，将要寻找她，刺破她，在她的里面养儿育女。

他们在这样的一张床上，又一次水乳交融，恋恋不舍，多少有点兴尽而归的念头。他们筋疲力尽，坚持奔跑，在等待终场哨响。

就在他纵情冲刺，她忘情呻吟的时候，从开着的窗口飘进两个男人的声音，显然是说给他们听的："我操，里面蛮来事的。"

他停不下来，也不想停下来。她显然不高兴了，不是被打扰了的不快，而是被撞破了的那种羞愧。一个女人在做爱的时候，如果会感到羞愧，那她一定是对性爱本身、对性爱的对象羞愧吧。在一瞬间，他意识到，她不想和自己做爱。当她决定和自己分手的时候，所有身体的、情感的连线，都已经被她掐断了。

事后，她面色冷峻地质问他："为什么窗子不关起来？"他无言以对，也懒得解释。他感觉到，他的灰烬终于也冷却了。他一声不响地穿好衣服，问她："要不要出去一起吃个饭？"吃饭的时候，他们几乎没什么话好说，也懒得去寻找所谓的话题。

这样挺好的。吃完饭（最后的晚餐），他们走在大街上，一前一后，没有手牵手，终于从头到脚由外而内都不像是一对恋人了。他甚至希望，她肯定也有同感，双方会因为步速、步幅，以及行走的方向，两人之间的距离越来越大，终于走出对方的视域，终于看不见对方（另外一种形式的视而不见），消失在城市的灯火中，遗忘在人海中。

如果给他们一个长镜头，追踪他们，一直到他们都走出镜头，摄影者当会看到：她自始至终带着决绝的表情——你从我这里再也拿不走什么了；他则带着类似的轻松表情——我再也不想从你那里拿走什么了（说明：此乃剽窃自印象中诗人竖的诗句）。

这种决绝，乃至恶狠狠的表情，说不定反而是人世间相对温柔的部分呢。

三哥的旅行箱

三哥终于决定要来北京工作，我们都很兴奋。

早在 2000 年那会，此时住一起的这几个人——老猫、胖子、玩二、粉擦、大象、旺财——和三哥在网上论坛里就认识了，随着陆续来到北京，大家始终住一起，先是三环里的一处地下室，后来是六环外偏远小区的两居室，一是图便宜，二是有分担，三是显热闹。当时北京的地铁线路才修了三条，二号环线、一号线和一号线的延长线八通线。我们就住在八通线东端的末梢处。

三哥来北京，需要先从石家庄坐火车到北京西站，然后沿着羊坊店路一路往北，步行来到军事博物馆站，坐上一号线，到四惠站或四惠东站再换乘八通线，一路往东直达目的地。一路上，三哥在手机短信里一直揪住一个问题不放，为什么四惠站和四惠东站都能换乘八通线，设两个紧靠在一起的换乘站究竟是几个意思。这个问题把我们难住了，当时我们几乎没有注意到这一点，也压根想不起上下班高峰拥挤的特殊情况。平时我们都不上班。三哥正好赶上了下班的点，他在四惠东站眼睁睁看着两趟轻轨开走，人多到根本挤不上去，不得已返回四惠站，排起长队，又等了两趟，终于踏上了八通线。就这样，等三哥不远千里摸到我们住处的时候，早就烧好的饭菜已经凉了，为他准备的冰啤酒也所剩无几。

　　为了迎接三哥，粉擦、大象从上午起就开始大扫除，老猫亲自下厨整了一桌菜，胖子怕酒不够喝，除了住处的冰箱里塞满了啤酒，又特意让小卖部冰了三箱啤酒，玩二准备了一台麻将机，屋子里唯一的一台电脑（旺财的）里播放着三哥最喜欢的成都歌手张小静的《红鬃马》。显而易见，我们精心准备，都拿出了全副本事，努力为即将到访的三哥把住处营造出一个家特有的浓浓氛围。我们希望三哥把这里也当成他在北京的落脚点，和大家吃住在一起，即使挤一点又何妨，要知道空间是海绵里的水，挤挤总是有的。为此，玩二还主动提出要把沙发让出来给三哥睡，他曾经为了这张沙发床和粉擦爆发了一次比较严重的冲突，因为粉擦后半夜不小心也睡到了沙发上，让玩二误以为粉擦是同性恋。玩二的意思，两居室里住六个男的也就算了，如果里面还夹杂着一个同性恋，那就太恶心了。玩二执意要搬出去，被大家苦口婆心地安抚住了，但格局也被迫调整，本来老猫和胖子住一个房间，大象和旺财住一个房间，玩二和粉擦住在客厅里，现在粉擦和旺财互换了一下。

　　在等三哥的时候，我们通过摸牌决定，四个人打麻将，两个人看斜头，同时大家都喝着酒，不知不觉冰箱见底，又让小卖部把冰着的三箱送过来，很快又过半，酒涨兴致高，大家都蓄起了酒意，这才突然意识到三哥竟然还没有出现。

　　主角三哥不是早就应该出现了吗？大象是个爱开玩笑的家伙，

趁着酒虫上脑，他建议等三哥来了要略施小惩。我们不知道大象葫芦里卖什么药，另外也不以为意。结果等到三哥敲响门出现在我们眼前的时候，其他人都忙着自我介绍，只有大象正襟危坐，对三哥说："三哥，你应该跪我一下。"我们都懵了，三哥更是丈二和尚摸不着头脑。大象又进一步一本正经地解释说："每个到这里的人，都要跪我一下，这是一直以来的老规矩。老猫玩二他们都给我跪过。"

大象是第一个来北京的人，虽然老猫年纪比他大，但是比起在北京的资格确实是大象最老。我们都听出大象是在开玩笑，因为并没有人跪过他，他完全是在信口开河胡说八道。就算三哥迷惑于大象的煞有介事佯装要跪，我们当然也会赶紧拦住不让他跪下去。正如大象此前所说，他要对三哥略施小惩，只要不伤筋动骨，就只是哥们之间的一个玩笑而已，无伤大雅。没想到三哥的反应却大出我们的意料，他没有勃然大怒，但也已经离警戒线不远了。三哥没有喝酒，他显得很冷静，和我们的赤皮赤脸形成了鲜明的对比。我们听见三哥一字一顿地说："你说什么，有种你再说一遍。"大象倒不好意思了，嗫嚅着难以为继。三哥环视了一下四周，说："算了。我想我是来错了地方。"话一说完，三哥立刻扭头找他的行李箱。一旦三哥拿到他的行李箱，一定会扬长而去，后面会发生什么事情那就谁都说不好了。我们全都扑过去，几条手臂按住三哥，几条手臂拉住行李箱，几条手臂封住了出口。这会儿显示出了人多的好处。三哥走也不是，留也不是，氛围一时颇为尴尬。

到了这时我们才注意到，三哥的行李箱超大，差不多齐胸高了。三哥的个子也就一米七左右，带着这么大的箱子来北京，显然是要长住了，里面说不定就装着他的全部家当。进而我们又忍不住想到，这个行李箱三哥究竟是怎么带上火车的，儿童超高还要买票，说不定三哥为他的行李箱还额外买了一张儿童票。一时间我们对行李箱的好奇远远超过了正在气头上的三哥。

我们七嘴八舌地试图稳住三哥，免得他乘兴而来败兴而归，不然以后北京这么大茫茫人海我们上哪去找他呢？始作俑者是大象，在不太融洽的气氛下，大象意识到他开的玩笑确实有点过了，他怎么会想出这么一个馊主意呢？肯定是喝多了。不要说三哥初来乍到，和大家只是闻名已久未曾见面，就是一起喝过好几次大酒的人，听到这话说不定也要操起酒瓶子干架。大象于是向三哥再三道歉，三哥依旧不为所动，似乎还在谋划着怎么抢回箱子如何夺路而逃。大象没辙了，说："三哥！三爷！我说话没分寸，要不这么着吧，我给你跪下认错，你看成吗？"大象作势下跪，我们当然也不愿意看到这一幕发生，这多尴尬啊，以后大象和三哥还怎么见面呢。于是本来要拦截三哥的手奔向了大象，把大象牢牢地架住了。大象身子骨小，也没有挣扎。我们觉得索然无味，如果他肥头大耳，我们肯定会把他叉到空中，在屋里耀武扬威地走一圈，然后扔下南天门，把他打入凡尘。

事已至此，三哥这才露出了像阳光一般的笑意，说："好你个大象，给我来这一出。不了解你的人还真要被你唬住了。"一场虚惊，相安无事。老猫重置酒席，胖子又打电话让小卖部送啤酒，大家团团坐下，这才进入正题，把臂把酒言欢。

这是三哥和我们初次见面，也是大家第一次在一起喝酒。我们喝了个通宵，边喝边有人陆陆续续去睡觉，毕竟我们之前就已经喝了那么多，而床铺又在触手可及之处。上午九点多的时候，还在喝酒的只剩下大象和三哥。大象显然是为了向三哥赔罪，但三哥看起来更像是在陪着大象。等到大象也轰然倒下酣睡，屋内便充满了此起彼伏的鼾声。在鼾声中，三哥肯定先是环顾四周，然后拉起他的行李箱，悄然掩门而去。

三哥这样离开，让我们着实懊恼，以为三哥来到北京之所以没有选择和大家住在一块，是因为每个人都太疏忽了，太想让三哥有宾至如归的感觉，结果真就把三哥当成了这里的一分子，没有人想过三哥喝完酒睡在哪里这个迫在眉睫的问题。我们至少应该给他整出一块地方来，以便他能倒头就睡。虽然三哥带着超大的行李箱，也许完全可以把身子蜷缩在箱子里睡觉，但这毕竟是两码事。更自责的是大象，三哥刚来的时候，他一个玩笑差点把三哥给开跑了，三哥走的时候，他作为陪喝到最后的一个人，竟然没有拦住三哥，不仅没有拦住，还压根不清楚三哥去了哪里，一问三不知，简直是严重失职。

三哥有没有想过和我们住在一起呢？来北京之前他估计是有这个计划的，毕竟这么多人扎堆吃喝睡，想想就让人激动，但见到我们之后他及时打消了这个想法也很正常。三哥和我们不一样，这不是说三哥和我们是两路人，我们归根结底还是同道中人，三哥只是和我们的经历不一样。首先，三哥在石家庄工作了好几年，不像我们在北京一直是无业游民；其次，三哥在石家庄有一个固定的女友，不像我们饥一餐饱一顿的。石家庄和北京虽然相距不远，但我们和三哥却一直没有会师，这也是有原因的。三哥平时要上班，周末陪女友，想凑出时间来北京玩一趟，必须提前做好准备，何况带不带女友一起来，女友愿不愿意见我们，在北京待几天回去，这些也都是让三哥颇为头疼的具体问题。头一直疼下去，三哥的北京之行也就一直存在于头脑里。三哥是上班族，没时间来北京，但我们不需要朝九晚五，有的是时间，为什么不去石家庄呢？这里也有分教，那就是钱。毕竟这么多人组团去石家庄，差旅食宿加在一起，会是一笔不小的开支，所以也没有人敢轻启提议。更何况，如果三哥（最多加上他女友）来北京，我们集多人之力加以招待毕竟容易些，若是大部队杀过去，三哥势必要以一己之力加以款待，即使三哥有工作在身，也一定伤筋动骨，勉为其难。这么说来，三哥和我们，我们和三哥，无论见与不见，都会惺惺相惜，料也不假。

　　按照三哥自己的说法，他是在见到我们一夜畅饮之后，才打了退堂鼓。"你们这帮家伙，就像亨利·米勒笔下的人物，从《北回归线》里跳了出来。我既渴望和你们一起打发漫长而无聊的时光，又害怕这毕竟不是长久之计，难以为继。"原来，在开怀畅饮的时候，善于观察和提问的三哥——短短几个时辰，喜欢皱眉和枯坐的他已经给我们留下了这样深刻的印象——向我们抛出了一个犀利的问题，"这么多人住在一起，平时怎么解决个人的生理需求？"这也是他把我们等同为亨利·米勒笔下人物的重要原因。是啊，怎么解决呢？谁的女朋友——大多都是临时的——来了之后，就给他们两个人腾出一个房间。这就不难理解女朋友为什么大多是临时的，在这样的环境里，想要保持固定的男女朋友关系很困难。只能坚持不见，要见也宁愿选择中间地带或者女孩所在地域附近作为约会地点。这是实情，大家几乎都遇到过相差不离的情况。

和三哥碰了几杯之后，大象恢复了些许幽默，他对三哥说："也会碰到这样的情况，同时有三个人的女朋友到访，那就抓阄决定，运气不好的人，只能带着女朋友睡客厅，旁边躺着三个辗转反侧无心睡眠的男人。"说完大象笑作一团。其实这种事情并没有发生过，倒是经常出现在我们的想象里。有好几次，有不是我们任何人女朋友的女孩来玩，大家都想方设法要把她变成自己的临时女朋友，竞争是必然的，过程是温情的，但结果是残忍的，每次都是女孩一个人裹着被单在客厅里睡了一夜，六个男人在一旁打血战到底的四川麻将。更具嘲讽意味让我们不忍回视的是，说是血战到底，却没有多少真金白金，差不多是空对空。很显然，我们用内耗消耗了荷尔蒙的激情，而女孩在安然离开之后，对我们肯定殊无好感，绝对不会再踏足此处半步。

三哥显然没有预想过这种局面。他是有女友的人，除了他会频繁回石家庄看望女友，女友肯定也要偶尔来北京玩——视察的另一种委婉说法，他简直不敢想象他和女友要在这种极端环境下相见。他宁愿找间地下室一个人窝着，把自己安顿好，然后再作打算。

三哥很快找到了住处，离他上班的地方挺近，骑自行车十五分钟，坐公交车半个小时。来北京之前他就在网上投了多份简历，并和其中一家公司达成了意向。事实上，他这次来京的车票是能够报销的，如果他没和我们（主要是大象）喝通宵，他完全可以找一家酒店住下，美美地睡一觉，精神抖擞地去上班。费用自然会由这家公司出。这让我们很羡慕。虽然上班是我们不能容忍的，但有时这种待遇却又是我们所羡慕的。我们不想上班，因此就没有这种福利。我们希望享用这种福利，就必须去上班。这是一个悖论，荒谬性显而易见，因此大多数时候我们只把它当成一种语言游戏。

现在回想起来，三哥来京之前反复跟我们说的是，"我下个月去北京，到时找你们玩""我下周到北京，然后找你们玩""我明天来北京，到了就去找你们玩"。时间悄然逼近，我们想当然地认为三哥到了北京之后就会和我们朝夕相处，这完全是一厢情愿。三哥即使和我们住在一起，也不可能日夜厮混在一处，他说得很清楚，既是要去上班，必定早出晚归，虽然晚上能够见着面，但早晨他出门很早，估计那会我们都还在睡觉，谈不上朝夕相处，更何况不住在一起呢？所以在三哥那里，他是来北京工作，这是第一要务，然后才是和朋友们吃喝玩乐。由于要上班，大部分时间肯定不由他做主，疲惫劳累可想而知。住处离公司近，好处是看得见的，但也有坏处，那就是和我们喝酒变得极其不方便，尤其是在下班高峰期赶来我们的住处，简直就像从地球到火星。自从三哥来北京后，我们和他喝酒的次数并不如预料的频繁，其中他来我们住处喝酒的次数更是屈指可数，久而久之，大家都习以为常了。

有一次，端午小长假前一天，三哥的公司提前半天放假，他下午就赶到了我们的住处，拖着他那个巨大无比的行李箱。三哥好不容易订到晚上十二点的票，到石家庄正好上午六点，本来满打满算，正常点下班后回去整理东西，吃了晚饭再去西站，优哉游哉，不慌不忙，现在凭空多出了半天时间，让他很是不好处理，于是索性带着行李来我们这里，完全可以喝到八九点，然后坐八通线到四惠东，换乘一号线到军博，步行走到西站，时间刚刚好。很显然，三哥为这样的安排很是得意。

这是我们第二次见到三哥的旅行箱，离第一次已经过去了半年时光。行李箱一如既往，它的高度让我们叹为观止。大象征求三哥的同意后拎了拎，他以为箱子会很沉手，运足了力气去提，结果却很轻，不免大失所望。我们也很好奇，这是我们又一次对三哥的行李箱产生强烈的好奇心。按理说，过节前回去，三哥少不了要多带礼物，非这样大的行李箱不能胜任，必然会很重。箱子既然很轻，大象不费吹灰之力就将它轻飘飘地提溜起来，想必里面装载的东西很少，既然如此，用这么大的行李箱只会给自己增加负担，何况过节前后，火车上人不可能少，用那种迷你箱不是更方便吗。

似乎猜到我们必然会发此疑问，三哥趁着酒兴，说起了这个箱子的来历。原来，三哥远在石家庄的女朋友是一个山西姑娘，两个人经过几年交往，终于开始谈婚论嫁。姑娘鼓起勇气带三哥回家，丑女婿难免要见丈母娘的意思。准丈母娘对三哥外在形象还算满意，基本首肯了这桩婚事，只是在最后反复强调，别的她没什么意见，就是要有一个大盒子。"婚前是要有个大盒子的嘛。别人家男方结婚都会准备大盒子。没有盒子，我的女儿就不嫁给你了。"三哥没有想到求婚会如此顺利，难免有些轻飘飘的。准丈母娘口中的"盒子"到底是何物，他也没有深究，满以为就是一个大行李箱。他和女朋友这次前来，本着轻装上阵，一人背了一个双肩包，带了些北京的特产，为了减负，烟酒都是到了当地才买的。三哥把"盒子"理解成了行李箱，还想当然地脑补，准丈母娘是觉得背包客不像登门求亲之人，应该拉着一个大行李箱才郑重其事，才够气派。二话不说，三哥第二天就去当地商场买了一个最大规格的行李箱，让准丈母娘傻眼了。不仅如此，女朋友家还不得不准备了很多礼物，才把行李箱塞满，让他们带回石家庄。为此，三哥的女朋友不止一次地埋怨三哥。这个时候，三哥也才意识到，山西方言里的"盒子"，正是房子。当时石家庄的房价并不高，但以三哥的积蓄，还差不小的口子。为了尽快在石家庄买房，而且尽量买大户型的房子，三哥和女友反复商量，才下定决心从原来的单位跳槽，来北京找一份工作。因为北京薪酬比石家庄高很多，在北京干一年，抵得上在石家庄干两年，如果做得好，奖金多一些，说不定能抵个三年五年的。这样两三年下来，就可以在石家庄全款买房，然后顺利完婚。

我们没有想到三哥的行李箱背后还隐藏了一个这么曲折的故事，三哥来北京就是为了多挣钱，以便回石家庄买房成婚，可以说目的单纯而明确，自然干劲十足。让我们更没有想到的是，三哥每次回石家庄都会带上这个大箱子。我们啧啧称奇，问三哥："每次来回都带着这个宝贝，你不会觉得累吗？我们光看着就觉得吃力。"三哥说："怎么会累呢？有时候买不到坐票，只买到站票，站累了反而可以趴在上面睡一会。"席地而坐时，大箱子完全可以当桌子，估计三哥也是习惯了，更何况，这个阴差阳错买来的大行李箱能够一直提醒他，买房的奋斗目标须臾不可忘。每个月乘车三四个来回，半年下来接近三十次，他竟然从来没有买过卧铺票，这在我们看来实在不可思议，对三哥的敬佩也油然而生。如果我们能做到像三哥这样，毫无疑问我们可以生活得更好，能找到更好的工作和女朋友，享用更贵的啤酒和香烟。但我们的闲散已经浸入骨髓，想要短期内主动做出改变，谈何容易。于是我们又为三哥没有和大家生活在一起找到了新的解释，似乎我们早就认同，像我们这样生活的人其生活是没有指望的，一个人想要过上好的生活必须要以我们为戒，以我们为对立面，即使是我们的好朋友也不能例外。按部就班地去工作才能得到循序渐进的生活，这是生活的常识。当然了，作为虚无主义和悲观主义的忠实拥趸，我们觉得即使努力去奋斗，也未必能得偿所愿，因而索性放弃得很彻底。生活毕竟是残酷的，不是画饼充饥，就是望梅止渴，总之变数永远存在，而且大多指向不利的一面。

　　虽然三哥来找我们喝酒的次数大有水落而鹅卵石出的趋势，我们还是愿意他把喝酒的时间用在回去看女朋友上。周中的时候三哥是上班族，加班就跟加餐加酒一样，我们不忍心找他喝酒；到了周末，三哥又摇身一变为探亲族，虽然探的是女友，而女友即将成为老婆，是一个男人这辈子最亲的亲人，我们更不会自私到为了区区喝酒而阻止他回去探亲。看着三哥为了房子为了婚姻一直疲于奔命在路上，我们像麻木一样的躯身终于泛出了一点绿意。也有朋友为这愁来为那怨，所计者无外乎人生大事，也就是女子、房子、孩子。以前我们会视程度不同而冷嘲热讽，但那些人要么是身在福中不知福，是为了第二个甚至更多个女子、房子、孩子在自找苦吃，要么是庸人自扰，无端生疑，没事找虐，不像三哥是白手起家，八字有了一撇去求那一捺，看似水到渠成瓜熟蒂落，实则惊心动魄险象环生，我们暗地里都替他捏了一把汗。换句话说，我们通过三哥，意外发现这样的生活不乏亮点，充满刺激。打个不恰当的比方，三哥就像在玩火自焚，而我们这些隔岸观火者也有了纵火的冲动。说到底，这是多年情谊产生的作用力，一开始我们想把三哥强势拉入群体融为一体，当三哥游离于群体之外，对我们每个个体也产生了相应的影响力。事实上，正是三哥的出现导致了猢狲散，我们开始正视我们的处境，并做出或大或小的改变，首当其冲的是我们不再住在一起了。我们结束了飘的状态，换了一种方式去悬浮，不再游手好闲，而是把我们夸夸其谈的理想落实到了具体而微的行动上，我们每个人都变得和以前不一样，或者落地，甚至扎根。很显然，我们完全有这个能力，历来所缺乏的不过是态度。我们以前是死猪不怕开水烫，以不变应万变，现在我们像螳螂伸出前臂去阻挡生活呼啸而过的车轮，我们的骄傲自负和不可一世难免要零落成泥碾作尘。可是话说回来，即使躲进小楼成一统管他春夏与秋冬在墙角孤芳自赏，不也一样难逃这样的下场吗？

在这段时间里，三哥的生活也发生了巨大的变化。本来三哥来北京是因为北京挣钱容易些，在北京挣钱而在石家庄买房，这是他和他未婚妻非常一致的打算。就在三哥觉得在石家庄买房的时机已经成熟，这是因为他的钱攒得差不多了，没想到变数陡生，他的未婚妻却突然变卦了。考虑到三哥和她都不是石家庄本地人，而当初他们之所以到石家庄上学和工作，现在看起来更像是偶然而非必然，那么为什么就一定要在石家庄安家呢？特别是三哥在北京的工作也还不错，前景也很光明，为什么不能舍弃石家庄而来北京呢？这大出三哥意料，因为他想的就是在石家庄买房，才能一鼓作气坚持到现在。三哥想起小时候割麦子的经历，他的母亲总是告诫他，割麦子一垄不到头，千万不要直起身来，那样再弯下身子就难了。三哥以为到了头，结果直起身子一看，行百里者半九十，离垄尾还有望之生畏的距离。也难怪三哥要产生这样的想法，北京和石家庄的房价天壤之别，在北京买房子和在石家庄买房子岂能同日而语。对于三哥的瞻前顾后，他的未婚妻只扔下一句话，"每次你坐火车来回，都拎着个大箱子。你不嫌累我还嫌累呢。"言下之意，大箱子反倒成了刺眼的存在。三哥这才恍然大悟，难怪她现在不接也不送了。问题显然不是出在箱子上，问题出在人身上。我们建议三哥，要么赶紧回石家庄，立刻买房子结婚，要么让她来北京，缓缓再买房子结婚。其实，这些都是废话。三哥现在只有一条路走，把未婚妻接来，然后尽快在北京买房结婚。

后来又有很长一段时间我们没有见到三哥，只在电话里知悉：三哥把未婚妻接来北京了；他们换了两居室的房子，房租压力倍增；未婚妻有一段时间没找到工作，情绪很不稳定，三哥得小心陪着；未婚妻找到工作了，但因为环境还很陌生，三哥早晚都得接送。终于，三哥邀请我们去他们的新居做客，我们这才松了一口气。从他的未婚妻来，一直到现在，我们不仅没有见着三哥，也没有见着他的未婚妻。一开始我们也很想见，渐渐地就不那么想见了，到了现在我们差不多忘了这茬事。在我们的印象中，好像我们早就见过三哥的未婚妻，已经很熟悉，见不见都无所谓了。

从三哥家出来，我们总觉得少了些什么，不知道是因为酒没有喝到数，还是因为在未婚妻面前三哥竟然比我们还拘谨。我们没有下结论说三哥变了，虽然我们经常会说某个人变了，但我们也都清楚那是不负责任的说法，或者说是我们拙于表达或者不愿深究的托词。我们对三哥的一切了然于胸，好像他是我们派出去的先锋部队，替我们打了头阵。我们参观了三哥的新家，空间感觉很大，但走几步也就到头了。我们都注意到，在新家里竟然没有发现三哥的那个行李箱。大象为此还特意多绕了一圈，仍然没有发现行李箱的蛛丝马迹，他推心置腹地说："那个大箱子，要么被三哥扔掉了，要么被三哥藏在了壁橱里。"我们最后的总结是，对于一个男人好不容易安稳下来的生活而言，一个箱子，哪怕它是你见过的最大的箱子，也是无足轻重的。不管箱子是被三哥处理了，还是被三哥藏起来了，以后我们恐怕真的很难见到它了。这么想来，我们发现相比三哥我们竟然想念箱子更甚。

以前，三哥想必会用行李箱来测算时间和距离。行李箱意味着一次出行，象征着横跨北京、石家庄两地的距离，精确地测量一周时间的缓慢流逝以及上下车之间的须臾瞬间。行李箱像个忠贞的私人助理和理财顾问，时刻提醒三哥他和各种户型面积的房子之间存在着多大的落差。现在，不光是我们，三哥本人也很难见到行李箱了，他该怎么衡量现实与梦想之间的关系呢？

长话短说，我们最后还是见到了行李箱。三哥和行李箱又一次出现在我们的视线里。三哥最终还是和他的未婚妻分手了。在现实生活里，总有人打败三哥，不是他自己，就会是别人。兔死狐悲，物伤其类，这里面的曲折就当是一段隐情被埋葬吧，我们真是不愿意多说。三哥的未婚妻在北京得到了她想要的一切，足够大的房子，生活的虚荣心，未来的保障，所割舍的不过是远在石家庄所建立和维系的一段感情，她又不是石家庄人，完全不必担心会睹物思人。三哥最开始的打算是在石家庄买房子，后来是要拼得一身剽悍在京城安个家，梦想破灭了，想必他再也不会在这两个地方买什么房子了。三哥，他像我们中间最骁勇善战然而一败涂地的先锋，是我们最患难与共感同身受的兄弟，已经决定远走南国，因为那里一年四季鸟语花香，关键是钱好挣。他还是想去挣钱，好像挣钱不再是重要使命，而是变成了挥之不去的习惯。

我们送他，再次看到了那个巨大的行李箱，不离不弃地陪伴在他身边，顿时百感交集。大象想要拎着箱子把三哥送上出租车，拎了一次竟然没有拎得动，最后还是他和胖子两个人抬进了出租车的后备箱。三哥好像是把他的全副身家性命都装进了这个行李箱，把他的全部生活打包带往广州或深圳。我们一直没有问三哥，行李箱里面究竟装了些什么。无论箱子彼时轻若鸿毛，还是此时重如泰山，这肯定都是一个极其愚蠢的问题。每个人的心里或许都装着一个行李箱，带着它我们可以随时上路，也可以随时扎根。它就像锚一样，勾连往事，深扎心田。

流动的盛宴

喜不足喜,哪怕到处张贴了喷红吐艳的双喜。

悲不胜悲,天意纵然不许,人间也尽是白头。

这是老张和小李恪守的人生信条,虽然他们一老一少,中间隔了二十多岁,而这二十多年的丘壑又显然并非一代人的经历所能填满。

他们的第一次见面,是在一次八音乍起的丧席上,俗称"吃豆腐饭"。

老张清楚地记得,吃到最后,小李在众目睽睽下,用几张餐巾纸把一只汤碗擦得干干净净,摁到了怀里,随即扬长而去。老张差点喊出"抓偷碗贼"来,不过是为着避免暴露自己,方才恨恨作罢,但也因此对小李印象深刻。

紧接着却是在一场喧闹骚动的婚宴上他们再一次遇到,端坐的人群中老张不免多看了小李几眼。老张以为小李是男方那头的小哥们,小李则以为老张是女方那头的远房亲,两个人各怀鬼胎,藏形匿迹,只顾埋头一通进食。事实是他们和哪一方都没有关系,好比骆驼翻跟头，两头都不着靠，不仅如此，他们与婚宴中的所有人此前也从来都没有见过哪怕一面。这种情形下，见过倒是要坏事。

这两个人虽然互不相识，但照此态势发展下去，势必低头不见抬头见，老张和小李想要继续装作陌路人断无可能。

接连几次在不同的宴席上不期而遇，主家和宾客们倒是换了一批又一批，独他们两个雷打不动，各花入各眼，也就成了法眼。

一个人有这么多台亲戚并不奇怪，可怕的是这些亲戚彼此之间竟然没有一个是交叉合集的，岂不是咄咄怪事？老张和小李自此也就心照不宣，知道彼此实属志同道合，都是来蹭席的，如果有人贸然问起，他们自然备有锦囊妙计，端的是随机应变，得心应手地任意高攀援低俯就，不是新郎的贵亲，就是新娘的宝眷，或者死皮赖脸地和死者称兄道弟，反正是死无对证。更何况，皇帝免不了有几个穿开裆裤辰光的朋友，落水狗也曾经呼朋引伴一起抢啃骨头，总之可以找到八竿子打得着的关系，落实那可有可无的亲眷，但绝对不会无缘无故出现在这样的场合。

这种游戏随时可能会露馅，好在各路神仙和菩萨齐飒飒保佑，一直没有穿帮过，但意外随时会降临。为了对付这种意外，老张在上衣内袋里掖有薄如蝉翼的份子钱，虽然从未掏出过，更是让他倍觉欣慰。小李从不额外准备礼金，他觉得多此一举，如果花钱就没有必要来这里吃饭，而是特地准备了一双跑鞋。小李脚踏一双轻便合脚的运动鞋，如同祥云，随时可以离席开溜，跑起来像风一样。

如此一来二去，三番四次，老张和小李不出意外地走得近了，有时像父子，有时像翁婿，有时像师徒，有时像朋友，有时像同事。

在他们身上，两个年龄相隔两轮上下的男子之间的社会关系，很快差不多就穷尽了。他们福至心灵，觉得既然双方不存在竞争和敌对关系，那就一定可以通力合作，互相有个照应。

第一次联手难免做了趟夹生饭，老张和小李不仅要尽量提防被对方占口头上的便宜，也容易露出马脚让酒席上其他过来搭话的人心生疑惑，可对方毕竟心思不在这里，更不会打破砂锅问到底，到底是虚惊一场。

几场虚惊过后，无论是老张还是小李，再次对演起来就很顺手，可能他们发现彼此有空子可钻倒不失为一种打趣，即使事后得了便宜还卖乖的一方，会像炒豆子一样反复提及旧事，只要不伤筋动骨，也就无伤大雅。

比如说，他们扮演翁婿，老张自然演丈人，即使老张真有和小李年龄相仿的闺女，也不觉得小李就此真的和自己的女儿有什么关系。反过来也一样，他们假装是父子，老张开始还有点飘飘然，自问这个父亲当得还算可以，就被小李简单一句"我的父亲早就化为一堆黄土了"，犹如一盆凉水从头浇到脚，顿时自得之色全无，反而觉得愧疚，虽然小李完全是一副无所谓的态度。

也因此，从一开始他们就为这种交往定下了基调，那就是可以挖空心思尽情奚落嘲讽对方，但同时也要十分清楚这种行为完全不起作用，毫无必要，也就没有意义。

有时他们自己都不觉得是在演戏，甚至巴不得会有人过来同他们聊天，最好险象环生，最后化险为夷，这样全程紧捏着一把汗，倒可以大大增加茶余饭后的谈资。不是说蹭吃蹭喝没有意思，不然他们怎么会像上瘾一样孜孜以求呢，而是这种意思显然越来越不那么大，需要辅佐其他的一些刺激，否则就会真的没有一点意思了。

通常情况下，老张和小李会结伴出现，缩缩刺刺，唯唯诺诺，找外围一张不起眼的桌子坐下。老张会对小李说："我看这张桌子还空一点，我们就坐在这里吧。"大喇喇坐下，抢在同桌其他人脸呈疑惑费劲思索之前，小李表现得自来熟，拿起桌上的烟盒，撕开，挨个敬烟，动作一气呵成，一副舍我其谁的架势。抽烟的空当，小李不动声色甚至有些无礼但完全是随机地审问其中一个人："你是哪头的亲戚？我怎么不认识你？"老张就会瞬间热情高涨，拦住小李的话头，"你这个小同志，这样说可有点见外了。既然坐了同一张桌子吃饭，我们就都是亲戚了。两家亲不如一家亲。大家说是不是？"于是就闹热起来，但凡桌上有抽烟、喝酒的人，一准就像失散多年的亲人重新聚首，或者是刚做成亲眷关系的人那般假装客套。

选择外围的桌子也有说法。靠里的重要的桌次，往往安排重要的关系更近的人，基本上是一桌一家人，团团坐定，不仅同桌的人眼里揉不进沙子，主家对入席的人也很熟络，断断不可能叫不上名字，更别说是插进来一张生面孔。在安排座席时被边缘化的基本上是远亲，远亲不如近邻，近邻有时还收不到一纸请柬，不够资格被请来吃饭。双方本来走动得就不亲热，仅限于红白喜事才会往来，本着一碗水要端平的原则，一方不能不请，一方不能不来，终究是带着些别扭，有几分胀气，容易让老张和小李这样的人钻空子，浑水摸鱼。坐远了还有一层好处，主家即使敬酒敬到这边边上，有可能只是装装样子走走过场，自然是一绕过；即使真情实意要劝酒，也基本喝到数了，这时候滥竽充数的李鬼和难得冒出来的李逵，在主家眼里又能有什么区别？

细说起来，老张和小李留给彼此最初的或者说最根深蒂固的印象，倒证明了两个人确实是一路货色。

对小李来说，第一次见到老张那会儿的印象已经不深，但正因为印象迷糊，彼时的老张就很像死者从镜框里直直走出来，浮坐在板凳上一言不发，愁眉苦脸地俯瞰着一桌菜，显得毫无胃口。老张的弯钩鼻和虚眼泡让其面目如同鹰隼，也充分证明了他这么多年的死人饭毕竟没有白吃，老张这副尊容"即使烧成灰我也能认出来"。

老张则对小李私拿汤碗的细节始终无法释怀，一直苦苦地追问。小李一直打过门，吊足老张的胃口之后才告知实情。原来吃豆腐饭时取走一只小碗在乡下再是正常不过，主家不仅不会阻拦，反而会求之不得。小李交代完不忘尖酸刻薄一下，认为老张这个城里人什么都不懂，简直像白活了。老张无言以对，谁让他对自己的过往讳莫如深只字不提呢。

受小李如此挤兑，老张对小李自然也没有好话。年轻力壮的小李在老张看来就像一只硕鼠，肥得不得了，胆子也壮，不怕人，更不怕生人。这显然是有原因的，比如说小李的脸是典型的腰子脸，两副腰子合在一起，"这个长相基本上也是到头了"。脖子上顶着腰子的小李，走到哪里遇到什么都容易激动得满脸通红，在婚宴上更是完全坐不住，恨不能像戏文里的王老虎一样抢走新娘，自己取而代之当新郎，那可真是风流快活得紧。小李不折不扣就是一具行走的精子盛器，随时都可能精满则溢。

总之，老张和小李，孟不离焦焦不离孟，组成了一对到处蹭宴席的饭搭子。熟归熟，吃饭归吃饭，他们却秉守着这样的原则，那就是坚决不会出现到对方的现实生活中。他们当然是朋友，甚至算得上是忘年交，但这是怎样的朋友和忘年交啊：不管小李如何旁敲侧击，老张对他的过去始终守口如瓶；不管老张如何循循善诱，小李就是绝口不提他的未来打算。

当两个人出现在同一个宴席中，他们就像是一个人，小李指向的是过去的经历，童年、少年和青年倏忽而逝的时光，老张则以"活着"具体而生动地诠释着他步入中年及至老年的每一天。也许，老张和小李在宴席上的相遇、相识，进而联袂追逐更迭的喜宴丧席，这显然不是没有原因的。老张习惯于在过去面前装聋作哑，小李则装作对未来丝毫提不起兴致。他们两个人就像是搭扣，是过去和未来的衔接段，也是犹疑的、不确定的、虚无的，浑身上下闪耀着"既然如此""那就这样吧"的动人光辉。

但这些早已经是十多年前的往事。十多年前，大概是 2000 年，又是千禧年来袭，又是世纪之交，又是十年流转，在当年遥想起来动人心魄，在回忆中其实也稀松平常。老张和小李并没有被千禧年来临烧坏脑子，而是相当冷静地互留了手机号，相约"千年等一回"，以后一定随时联系，以便共同赴宴。

那可真是好日子，在大街小巷随便转转，就能撞上开张的流水席，桌子从街头一路排到了巷尾。有时左手是婚宴，右手便是丧席。左手在为两个人的结合张灯结彩，右手在为一个人的远行吹吹打打，而跳到半空中的鞭炮声，因为眼界开阔，竟然从互不相让，争风吃醋,最终变成了难分彼此,融为一体。如此盛景,让老张和小李摩拳擦掌,既兴奋又沮丧,因为他们无法吃完这家再去吃那家,即使能把脸皮厚上三分,肚皮也不能撑得再薄一层了。他们很希望一家家吃过来,再一家家吃过去,不能厚此薄彼,必须一视同仁。他们只能感叹:为什么不能早几天入洞房或者晚几天走呢?他们吃得满嘴流油,塞得肚满肠肥,几乎抬不起退走不动路,必须要扶着腰就近找个地方坐着歇上一会,才能步履蹒跚地回家去,为下一次的盛宴养精蓄锐。

在无聊消食的工夫,他们会用牙签剔着牙,或者嘴上叼根烟,漫无边界地扯闲天,说的最多的是那篇《齐人有一妻一妾》。

"齐人有一妻一妾。其良人出,则必餍酒肉而后反。其妻问所与饮食者,则尽富贵也。其妻告其妾曰:'良人出,则必餍酒肉而后反;问其与饮食者,尽富贵也,而未尝有显者来,吾将瞯良人之所之也。'蚤起,施从良人之所之,遍国中无与立谈者。卒之东郭墦间,之祭者,乞其余;不足,又顾而之他——此其为餍足之道也。其妻归,告其妾,曰:'良人者,所仰望而终身也,今若此!——'与其妾讪其良人,而相泣于中庭,而良人未之知也,施施从外来,骄其妻妾。"

如果蹭席算是一个行当的话,那么这个齐人显然是当之无愧的祖师爷。老张力主每次蹭席之前应该祭拜一下齐人,烧两把香,或者望空祷告一番。小李认为大可不必,一旦这样做了,就是越过千年向祖师爷行贿,也就等同于花钱吃饭,蹭席云云,自然难以成立。话题很快扯到老张身上,小李觉得老张要是生活在齐人那个时代,其嘴脸可能比齐人更无耻，进而又断定以老张的年龄，必然也享有齐人之福，至少有一个妻子和一个情妇。老张马上矢口否认。在这个问题上他的寸步不让，反而让小李变本加厉，替老张幻想出好几任老婆，好多个姘头。老张避开话题，反击嘲讽像小李这样的种马才会需要和驾驭如此多的女人。小李是精满则溢。老张不失时机地盖棺论定。

但好日子很快就到头了。即使老张真能化身为一头鹰隼，飞在城市的上空巡视，小李缩成一团如老鼠，在地面的各个角落穿梭，竟然很难发现盛宴的痕迹了。他们为此真是想破了脑袋，觉得高楼取代平房很可能是造成宴席从他们眼前和身边消失的重要原因。在平房时代，即使在城市里，每家每户差不多都有院子，更不用说在乡村。无论白红喜事，主家都会在家里摆宴席，家里搁不下几张桌子，就绵延到院子里，院子也不够用，还有房前屋后，还有马路牙子，不管来多少亲戚，要借多少张桌子，地方大着呢，可以不断地延展出去。高楼大厦时代就不行了，一幢楼即使只修七层高，里面住了很多户人家，家里那么小的面积，肯定是办不了酒席的，也没法在楼下空地上搭棚子占用公共空间，只能让酒店、饭店承办各式酒席，而去这样的地方蹭席对老张和小李都是巨大的挑战。特别是城市禁止大鸣大放后，他们再也无法在半空中和地面上找到盛宴的蛛丝马迹了。他们走街串巷，也能看到婚车的队列，缓慢驶进一个小区，停在一幢楼前，不过是接上新娘或者是把新娘送入新房，不到半个小时，车队就会开往另外一个地方，那里宾客们济济一堂，只待一对新人入席，然后开怀畅饮，然后陆陆续续散尽。丧事也一样。在殡仪馆举行告别仪式，随即火化下葬，不待尘埃落定，死者的亲属们就会聚集到另一个地方吃饭。

完全没有家的感觉，悲喜也像染上了这个时代的浮躁，变得浅了，淡了。喜不是喜，悲也不是悲。老张和小李，谁知道呢？也许他们一个是鳏夫，一个是孤儿，一个生无可恋，一个未来不期，都是过一天算一天。他们在街头巷尾追逐流动的盛宴，不过是想以一个陌生人的身份夹坐在诸多亲友之间，感受家的氛围，在悲欣交集中体验或悲或喜。

所以，这差不多是故事的终结了。老张和小李苦于找不到往日熟悉的宴席，彼时它们或红或白，铺展盛开在大地的平面上，具体得就像脚印，轻盈得如同吐气，两个人垂头丧气，一时不知所往。猛然间，就在他们的眼皮子底下，一个酒楼的外显电子屏上闪过如此熟悉的信息，某某和某某喜结连理。几行字循环播出，这差不多就是全部的过程、意义和祝福了。不知道为什么，盛宴在几步外触手可及，他们却突然失去了兴致。他们很难想象自己坐在其中狼吞虎咽。太不应景，太可笑，太没有意思了。仰望眼前高耸入云的华厦，它就像一座通天塔，把天底下所有的宴席都吸纳了进来，宛如在向云端上献祭。

老张和小李既像喃喃自语，又像在万分不舍地艰难地打招呼，作别。"那么。好吧。我们也走吧。""再见了，老张。""再见了，小李。"再见即不再见。但也可能，他们相对的背影隐含如下信息。

"老张，你什么时候死，务必记得通知我，我一定会去吃你的豆腐饭。并且还要当着你的面，再一次堂而皇之地顺走一只碗。"

"小李,你什么时候结婚?你这家伙,不会因为怕我去蹭席,就要一直拖到我驾鹤西去才肯动结婚的念头吧?我兜里准备多年的那封份子钱,在我死之前总得给出去。"

高　处

对于棒木村一代又一代的孩子来说，王跃进的经历已然构成百听不厌的传奇。不知道什么狗屎运气，王跃进被前来勘探矿藏的地质队看中了，成为棒木村第一个走出去的人。那段时间，总有飞机在村子上空盘旋，尾巴拉出一条笔直的气流，经久不散。村民还曾在村西的大塘中捞出巨大的塑料膜，摊开来至少能覆盖几十亩地，据说是从飞机上掉下来的，很可能就是天空那段白色尾气。这种塑料膜其实派不上什么用场，因为太薄了，盖在稻把上绝对会戳出很多洞眼，遮不住雨，若任由它漂在水面上，又担心水里的鱼会缺氧而死，鱼死了，过年的时候家家户户便分不到鱼，年年有鱼也就成了一句空话，这种事情绝对不能眼睁睁看着它发生。村民蹚在水中伸手打捞薄膜的时候，还能在水面看到飞机倏忽来去的倒影。有人说，那是战斗机在演习。也有人说，那是勘探机，因为只有在高空，才能侦测到棒木村的地下何处藏着什么宝矿。难不成勘探机不仅是放屁虫，还都长着火眼金睛吗？勘探机的说法显然更可靠，春天的时候陆续有大卡车运送人和器材过来，紧邻着棒木村，一座座帐篷眨眼间便铺展开来,像村民从来没有见过的迷彩小蘑菇。

　　王跃进那时候已经小学毕业,一说肄业,其实他只老老实实上到三年级,后面那几年,三天打鱼两天晒网,两头瞒两头骗,跟家里大人说在学校读书,跟学校老师说家里有事,几次三番之后,家长、老师都懒得再管他,反正也不指望他读书上能有出息。王跃进乐得背着书包在乡野田间四处闲逛,采桑果,捞菱盘,掏鸟蛋,偷家鱼,钓螃蟹。初中自然念不成,地里的活也指望不上,只能继续待在村里做好几年闲人。大人们起早贪黑种地养蚕,小孩子寒来暑往上学读书,只有他夹在中间,一年到头无所事事得很。倒也自由,春天背个蛇皮袋捉蛇,夏天骑辆自行车卖冰棒,秋天伙同别人开着三卡沿村挨家挨户用桔子苹果换稻米,冬天扛把挖锹在地头挖黄鳝。心疼田地无辜被毁的人,经常火速跑到现场逮住王跃进,教训他:"跃进啊跃进,你这么能挖地,怎么不去挖你家的祖坟啊!"并勒令王跃进马上将挖出来的泥土一丝不少地填回去,把洞填好,看不出挖过的痕迹才算完。王跃进老实照办,但心里着实惋惜,他都已经看到洞里黄鳝的一小截尾巴了。虽然如此,老虎也有打盹的时候,他还是能瞅准时机返回,将洞重新挖开,把黄鳝抓走。好在黄鳝畏冷冬眠,否则早就挪窝游走了。不过,他也长了心眼学了乖,为了防止引起众怒,捉到黄鳝后,会把洞尽量填好,最多发泄一般藏泡热尿在里面。在冷飕飕的风口里,新翻出来的冻土像一块深色的补丁,非常碍眼。

　　没想到王跃进做的这些上不得庄稼人台面的事,倒让地质队的领导很喜欢,地质队正缺这样一个人,既熟悉田间地头,又不用种地、上班、读书,能够随叫随到,甚至二十四小时待命。于是,王跃进得以坐在车头插着红旗的东风大卡车上,威风凛凛地带领着地质队的工作人员,像老鼠搬家一样跑来跑去,在东面插一根高高的金属杆,在西面打一口望不到底的深井,在南面爬坡,在北面下河。可惜的是,金属杆从来没被雷火击中过,深井也没凿在谁家院子里,坡地上的果子倒是见少了好多颗,像跌落枝头的人参果土遁而去。王跃进隔天就能从河里摸到一篮子鸭蛋,好像别人家养的鸭子一晚上憋着不下蛋,就为了屙到王跃进的手心里,虽然有些鸭蛋沉在水里过久,隔着变色的蛋壳都能闻到臭味。

棒木村的村民本来对地质队满怀好奇,像土蜂老想去叮一头外来的马或熊,误以为是一朵花,但因为里面夹杂了一个王跃进,热情很快冷淡下来,只是不讨好也不得罪地冷眼旁观。说实话,村民们一开始还期待地质队在地底下能找出什么名堂经,以便坐享其成,现在又反悔了,总觉得这样的好事不该让王跃进占了头功,反而盼望地质队什么也不能发现。农民手里除了地,还有什么是值得依靠的?没有了地,一家老小难道都喝西北风啊!

想归这样想,当地质队真的屁都没发现便潮水般撤退一空的时候,村民们心里还是空落落的,像收走了小蘑菇的那块空地,留下坑坑洼洼的桩眼,晴天闪烁一窝阳光,雨天被积水注满。地质队留下的生活垃圾经常被风鼓荡起来,在村子上空无所事事地上下翻飞,因为与棒木村的生活格格不入绝无瓜葛,因而总是那么醒目。

那块空地此后便一直闲置,专门用来放露天电影,卖梨膏糖的夫妻档或者马戏团,也会把那里当成理想的表演场所。至于地质队临了临了把王跃进带走，让村民心里更不是滋味。这王跃进有什么本事，竟然还被国家单位收编了。更有甚者，在地质队离开后，又出现一种新的流言，认为那是一支假冒的地质队，实则是一个盗墓犯罪团伙，因为被市公安局怀疑，被迫逃之夭夭，又怕泄露了行藏秘密，便强行带走了王跃进。王跃进显然是被他们收买了替他们望风的人，是他们的同伙。这个显而易见的事实因为在他走后才被揭穿，又引起更多的愤怒。虽然村子里没有谁家的祖坟遭到破坏，但王跃进想要偷偷挖人家祖坟的罪名已经坐实。那时到处流行一句话：要想富，去挖墓，一夜一个万元户。现在好了，棒木村里自此少了一个游手好闲的人，多了一个盗墓贼。谁让王跃进经常挖地呢，他做盗墓贼倒也合适，只要给他一把铁锹就行，另外他挖黄鳝锻炼出来的眼力多少也算是派上了用场。他既然可以顺着不起眼的小洞挖到黄鳝的藏身之处，肯定也能找到深埋在地下的散落在尸骸骨殖旁边的黄金白银。

王跃进随着地质队离开村子后，棒木村的生活重新变得波澜不惊，好像地质队从来没有来过棒木村。塘里捞出的塑料膜，有人指出是制造避孕套的原材料。因为计划生育，村里的妇女主任从镇里领来一捧捧的避孕套，挨家挨户铁青着脸发放，好似登门送欠条。村民也都没见过这玩意儿，讪讪地笑，好像和媳妇亲热被外人撞破了，一时感到难为情起来。小孩子不管这些，以为是气球，抢过去对着嘴吹，也像猪尿泡被吹胀。便有人说，这和塘里捞到的塑料膜一样。村民们纷纷惋惜，虽然领的避孕套不用花钱，但心里都明镜似的，城里人才用得起的玩意肯定值钱。

养蜂人的到来，引发了新话题。为什么养蜂人每年都来棒木村赶花期呢？那是因为棒木村地下确实埋着矿，地质队不屑于开采是因为只有薄薄的一层，就像覆盖在水面的塑料膜。地里长出来的菜花吸收的营养不一样，蜜蜂采了棒木村的花粉，酿出的花蜜自然比别处好。蜂场也乘便搁在那块空地上，方格的蜂巢取代了圆顶的帐篷，忙碌的蜂群也像探矿小分队。说到帐篷，养蜂人的帐篷明显不如地质队的帐篷质量好，两相对比，地质队的帐篷才是帐篷，养蜂人的帐篷连狗窝都算不上。如果地质队在棒木村这里真的探到富矿就好了，那样就不仅仅只有蜜蜂能采到好花粉酿出好花蜜，棒木村所有村民也能过上更好的生活，说不定不比城里人差呢。由此又联想到王跃进，即使他没有掉进地质队这个米缸里，而是被盗墓团伙拖下水，估计现在也成为万元户、十万元户了。

春天的菜花开得香喷喷黄艳艳的，菜花蛇慵懒地趴在裸地上晒日头，迎来了捉蛇人。村民还以为是王跃进又回来了，但不是。那是另外一个村里的和王跃进年龄相仿的年轻人。夏天转眼即至，有人一路敲着木板，叫唤着"棒冰棒冰"，一样诱人的声音，一样笨重的自行车，一样的里面塞着一床厚棉絮的木箱子，但不是王跃进，是不知道姓名的别个村子的年轻人。到了秋天，两个男人开着拖拉机，用车厢里的橘子和苹果换稻米，没有哪个是王跃进。冬天的时候，在田间依然能看到挖黄鳝的人，像孤零零的守界树，戴着雷锋帽护耳朵，因为没有将土填回去，所以绝对不是王跃进所为。村民们开始有点怀念王跃进，担心他在外面遇到什么不测，甚至可能野死了。一个人漂泊在外，野死而不能落叶归根，算是顶可怜的悲剧。

真的很奇怪，村民们从来不相信王跃进会有好运气，能够炫耀地荣归故里。似乎当年那天他被地质队用卡车带走，就已经用尽了他一生的好运气。

这话听起来像是诅咒，但何尝不是一种安慰呢？王跃进被突如其来的好运气带离村子，最后如果能因为一种莫名其妙的坏运气而安然返回老家，不也是挺好的结局吗？惊魂未定的他说起这番外出的经历，好像是做了一场梦，梦醒时分，他发现自己居然毫发未损地依然身在棒木村，这让他如释重负，说起话来难免眉飞色舞——这是因为他的面相已经改变，而大家对他往日容貌的印象也很浅——好像在极力邀请听众进入他的梦境。

那是一个地质队无疑。而我被他们选中，除了人勤腿快，还因为我能捕蛇捉鳝，能捞鱼抓鸟。地质队由于绝大多数时间在野外工作，他们的食物供给虽然不是问题，但花样少得可怜，有时白天只能吃两块压缩饼干充饥，晚上回到营地才能喝一口热汤。队员们经常抱怨说嘴里能淡出鸟来。他们驻扎到棒木村的时候（说到棒木村，王跃进还是有些生疏，似乎能看出那种犹豫，他本来想说的是"我们村"，但话到嘴边又咽了回去），我给他们烧过鱼，煮过虾，蒸过鳖，更别说炒过鳝丝，煲过蛇汤。一时间大家都舍不得离开我，领导思量琢磨，我虽然帮不上地质队什么大忙，做个厨子还是绰绰有余的，更何况我还善于做野味给队员们打牙祭，于是便把我带走了。我跟着他们吃喝穿都不用愁，还能睡帐篷，甚至有工资拿，也就不想家了。我心里打的如意算盘是，等几年后，钱挣足了，那时便回来，盖房娶妻，孝敬娘老子，抚养二男三女，积蓄不够的话，大不了重操旧业，继续抓蛇、卖冰棒、换水果、挖黄鳝。我想这榛木村的蛇、鳝总不至于死绝吧，夏天里的冰棒孩子们总不会吃厌吧，用水果换稻米总还是有利可图吧。

谁能想到在野外的生活会是如此枯燥呢？队员们还能看书，或者听收音机，或者给家人写信，或者干脆对着照片发呆。我打小便不爱读书，虽然算是上了几年学，知识早就连书本一起都还给老师，很多字它们认识我，我不认识它们，即使借到书也看不进去，装装样子而已。收音机更不好意思管人借，最多站在声音里蹭一耳朵听听，但十次有八次听不懂里面讲的是什么。他们说我的耳朵缺少训练，我认为是乡下人的耳朵不顶用。倒是有人善意提出帮我写信，但我娘老子连自己的名字都认不清，信纸上无论我请人写什么，不都是"满纸荒唐言"吗？照片上的人是好看，像真的一样，还对着人笑，我倒越发不敢看了，担心会被"勾魂"。这种氛围下，在外这些年，我从来不知道我身在何方，有时候在水一方，有时候在山一方，只记得卡车载着地质队进山出山，或者顺水忽上忽下。有时还坐火车，还坐飞机，就是以前在我们头上飞来飞去的飞机，然后再换卡车。卡车都是一模一样的，像一个胚子出来的，飞机不是，有的大有的小，火车也不是，有的长有的短。

在地质队里，我能做的事没几件，无外乎每次驻扎下来就到处转悠，张网捉些鸟鱼，下套捕些走兽，或者挖鳝捉蛇，为队员们改善改善伙食。但也经常不顺心，有的地方没黄鳝，有的地方没菜花蛇。毒蛇虽然也能吃，但捉它们很危险，而且据说在营地吃了毒蛇，留下气味，其他毒蛇会前来报仇。有的地方冰层太厚求鱼不方便，有的地方鸟都飞得太高。这还不是大问题，更麻烦的是，有几个地方的鱼和鸟都吃人的尸体，所以当地人不吃它们，以为禁忌，而我对此很难理解，难免犯错，惹下麻烦。渐渐地，领导觉得我成了地质队的累赘。想想也是，我在棒木村里能做的事，换随便一个棒木村的人也都能做，甚至比我做得更好，原本就不显得特殊，换到别的地方，我自然难以派上用场。有些当地的食材我甚至听都没听过，更别说我能用它们翻出花样烹饪出美味佳肴。也就是说，即使做厨师，我也是不合格的。

好在队员们都很喜欢我，即使我不能让他们打牙祭，他们依然愿意容忍我在他们身边出没，即使他们在看书、听收音机、写家书、看照片，也不觉得我影响干扰到他们。我是一个和他们完全不一样的人，但正因为此，他们接纳了我，好像我既存在，又不存在，有时是有血有肉的身体，有时是可有可无的影子，有时就只是他们口中一个非常熟悉或者全然陌生的名字。他们会抬起眼睛看我，空若无物，眼神定定地穿过我，看向不可知的别处。这时候，我会忽然忘了我是谁，记不起来我为什么身在此处，在他们中间。

总之，我慢慢适应了我的新角色，在他们看书、看照片、看信的时候看他们，在他们听收音机的时候听他们，甚至我也能陶醉在他们观看照片时的甜蜜和忘我中，感受到他们写信时的欲言又止和怅然若失。通过和他们的朝夕相处，我觉得我受到感染，有了变化，初始不明显，等待发觉时吓了一大跳。我完全没想到，我成了这样的人。

是这样的，地质队在我看来就是站在地面了解土地深处的一群人。这一点和农民完全不同，农民种庄稼只会用锄头和钉耙刨开浅浅的一层，还不如我挖黄鳝的洞深，可再深的黄鳝洞也没有他们用机器打出的洞深。他们在旷野挖出笔直的地道，比村里的井更深，却很少钻进去一探究竟，虽然他们经常和我开玩笑，说一直挖下去，就能把美国挖出来，还让我钻进他们打出来的深井里。美国肯定不可能藏在一处荒无人烟的深井里。他们一点也不期望井底掉出来一个美国，只是静等地下水的涌现。他们会提取深处的水、土壤和石头做实验。除了打井，他们还会举着一枚圆环仪器不知疲倦地到处察看，好像在测量或者捕捉野外的风丝风片风声。

我觉得我在棒木村有限的生活里，其乐趣也比现在多很多。很奇怪，他们热衷于谈论地底下被隐藏的秘密，甚至可以借此推测几百万年前的痕迹，而他们在地面的生活却比不上一个未谙世事毫无知识的乡村年轻人。我连自己几年前发生的事情都记不清楚，但他们谈起几百万年前的变化却头头是道，好像他们不仅亲身经历，而且还留下了深刻的、难以忘记的印象。他们彼此的交流让我如听天书，即使如此，往往就在我快要睡着的时候，一两个字眼突然大放光芒，吸引了我，好像那些词语从古至今一直存在也因此获得了魔力一般。

为了能在这个群体里获得一席之地，我指的不是做饭，而是剔除工作之后的一种真正意义上的相处，我甚至一度打算钻进他们挖出的深井里。哪怕只是我一时心血来潮，跟他们开个玩笑，躲起来以便让他们四处找我，在空旷的原野上（除了我们便再也没有别人）焦虑地大声呼喊我的名字。当他们找到井口的时候，我便在幽暗的井底回答他们，指出我的所在，同时告诉他们，在这井底并没有他们一再强调的美国。我想借此取悦他们，特别是由于投井容易出井难，我还需仰赖他们的帮助，在井口放下一根长长的绳子，将我一点点地提上去。当然，即使如此，我依然有别于那些从井底提取出的物质——水、土壤和石头，他们显然不会拿我做实验，即使在他们眼中，我像是五十年前或五百年前的人，甚至更早，早到几百万年前，都没有区别，我还是宛若最无关痛痒的空气，连风丝风片风声都不如，不会被探测器感应到。

既然在井底和他们对话——我假想过多次，却从没有真的实施过——这件事看起来不仅不可行，也有潜在的危险，效果更是几乎没有，已过早地被证明并非明智之举，我只能另谋他途。我能想到的只有爬到高处。非低即高，非远即近。在野外，总有一些树长得很奇怪，高而笔直，适合攀爬。即使上面没有鸟窝，我也早就不是喜欢掏鸟蛋的孩子，但另一种欲望让我跃跃欲试。对我来说，上树容易，下树更不难。在树上和他们说话也不像在深井里。树冠中鸟雀和夏蝉的鸣叫会铺满我们的耳朵，但井底老鼠或蛤蟆的叫声几乎听不到。我很想给他们露一手，展示我爬树的本领。但我不是猫，他们也不是狗，我不能无缘由地一看到他们就慌张地哧溜上树，然后置身树冠，透过枝杈和树叶闪闪烁烁地看他们，不等他们散开我绝不下地。我需要一个合适的理由和机会，不仅能让我在众目睽睽中往上爬，他们也会在树下仰望，并和我保持对话，而不是对峙。

每个星期六，我很容易混淆星期几，但他们却记得非常清楚，似乎我们遵循的时间刻度并不一样，一辆卡车便会送来补给，米面，新鲜的蔬菜，肉类，鸡蛋，豆制品，以及油盐酱醋等调料。但是那个星期六出了点意外，卡车迟迟没有出现，这与其说让人失望，不如说让人好奇。他们更关心的是，补给车还来不来，以及什么时候来。卡车也许出了故障，发动机损坏，爆胎，刹车失灵，燃油不足，道路受阻，司机生病。在等待中，鸡蛋破碎，菜叶发黄枯萎，肉类变质。最后，一辆臭卡车停到营地边上，整个营地笼罩在可怕的臭味中。这是他们的想象游戏。动不动就与几百万年前的遗留物打交道，养成了他们在时间上的挥霍和漫不经心。一辆卡车从出发点驶到营地，花的时间可能不亚于一次跨银河系的宇宙漫游。

终于，他们厌倦了种种寻常的切口，将目光转移到了我的身上。也许，那是因为夕阳斜射，那棵大树瘦长的阴影启发了他们。"王跃进，你会爬树吗？"他们问我，我几乎喜极而泣。这是我等待已久的询问。我朝手心吐口唾沫，两只手掌使劲搓了几下。我已经按捺不住爬树的冲动，似乎我极其渴望长成这么高的一棵树，我的体内孕育了一颗魔豆，它能让我不费吹灰之力就登上云端。其实，我是怕地质队的领导会突然经过，他肯定会叫停，就好像不让我捉毒蛇，不让我抓鱼捕鸟，他的命令简短而有效，表情却意味深长。

就这样，我爬上了树。他们都在树下仰头看我，和我预想的一样，我似乎是他们用齐刷刷的目光托举上来的，像一朵浮云。我往上爬，爬了一截，就扭头问他们："够了吗？"他们说："你能看到卡车了吗？"似乎只要看不到卡车，我便只能往上爬，而树就必须不动声色地往上生长。我已经坐在树冠上了，又一次俯身问他们："够了吗？"声音像鸟雀一样四下散开，我觉得我的话被风吹跑了，并没有落到地面。隔了好久,他们把声音绑在一块扔了上来,我听到的还是:"你看到卡车了吗?"跻身在树冠柔弱的枝杈间,我极目远眺,终于看到在很远很远的地方,我们的卡车正在向营地驶来。我向他们比画手势,而他们很快明白了我的意思。高处的嫩枝富有弹性,它们或许是鸟类的起飞和降落平台,或许是云和风的停靠码头。那是我第一次爬那么高的树,爬得这么高,我的身体随着枝条而起伏,我感到快乐极了,忍不住越过远处那辆像甲壳虫一般缓慢移动的卡车,望向更远处。

人在地底下,会看到层层积累的时间,每一块石头,每一圈岩层,都清晰地记录着时间的流动。我曾经对此怀疑、震惊、激动,摸着那些幽灵一般的石头,我能感觉到过去的时间汹涌而至,那是他们口中经常提起的史无前例的大洪水。唯一的大洪水。在那场大洪水中,最高的山峰也被淹没了,太阳依旧东升西落,但照不出任何的影子,大洪水让影子彻底消失了,太阳只在水中发现无数颗太阳,那是它的倒影。太阳的倒影让水都燃烧起来,造成一种水包住火火包住水的远古奇象。这样的大洪水,我从来没有见过,我只对棒木村的洪水有印象,但它虽然卷走过人,毁坏过田,却连一座桥都没有冲垮过。当我站在如此高的高处,我有了一种异常踏实的感觉,好像暂时逃出了过去时间对所有人的合围,不管是以分秒时,还是以年月日,或者百千万年,过去的时间仿佛就在我的脚下流淌聚集,像那场史无前例的大洪水。

卡车进了营地。树下的所有人都涌了过去,帮助司机往下面搬菜。司机简直受宠若惊,他原来以为误时会让他饱受埋怨,没想到竟是礼遇有加，为了表示歉意和感谢，在离开时他让卡车的喇叭长鸣了好几声。他们搬完了菜，才想起临时担任瞭望员的不称职的厨师还在树巅，借助稀疏的星光，他们在浓密的树影中寻找我，据说我暗黑的身影像极了一只夜栖的大鸟或者一颗硕大的鸟巢。"快下来吧，王跃进。"他们呼唤我，也因此惊扰了我的美梦。在树上，我真的睡着了。

这竟然是我在地质队唯一的一次爬树经历。从那么高的树巅下到地面，我再也不渴望爬树，或者任何的高处了。他们经常怂恿我，"王跃进，你不是能爬高吗？你快点爬到高点的地方，看看补给车到哪里了？""看看天边那块乌云，它的尾巴垂到哪里了？""看看三小分队，他们现在在哪里？""看看领导什么时候归队？"好像只要我爬到高处，不仅能看得远，还能未卜先知。好像我既然能看到远处迤逦而行的卡车，就能看穿一切。当然，他们是在揶揄我。当然，他们也希望在枯燥的野外生活中找点乐子，就好像读书写信，听收音机看照片。看我爬高显然也是一个乐子。他们从没有见过这么能爬高的人，飞檐走壁，身轻如燕，这么说来，武侠小说中怀有绝顶轻功的人肯定是存在的，只是没有机会遇到罢了。他们端详我的手，检查我的脚，研究我的腰，甚至怀疑我的屁股上藏着一根起平衡作用的尾巴。他们问我："王跃进，在那么高的高处，你的呼吸是不是很困难？你的心跳是不是很剧烈，像张飞给关羽擂鼓一样？"在高处，我没觉得有什么异样，呼吸正常，心跳匀速。要说不正常，只有我的视力显得很不正常，让我感到害怕。譬如说，我能"看到"时间，那还只是一种感觉，或者说是一种错觉，是我和地质队的人长期朝夕相处，受到他们的影响和刺激，产生了混乱和虚妄。我连自己几年前的事情都记不清，怎么配谈时间呢？虽然我确实像一只蚂蚁遇到大象，感受到过于庞大带来的压迫和紧张，我指的是他们关于时间的谈论和表达的其他所有知识，必然会在我心中造成似是而非的影响。我既不能消化和摆脱，更无法对此做出解释。我只能"说出"，但对着他们，我连"说"的勇气和能力都极度匮乏。我只能"看"，就好像在高处我所看到的，除了卡车我还看到了其他。我只对他们说了卡车，其他影像我只字未提，苦于我不能理解我所看到的，因而也就无法说出。这困扰了我，不亚于一场大病，看起来除了离开地质队，我别无他法。于是，我在放弃自己之前，重新回归到了棒木村。

"那么，爷爷，你在大树上看到了什么？"对那些对外面世界抱有不切实际幻想的孩子来说，传奇固然听不厌，他们对自己好奇的问题更是紧抓着不放。作为第一个走出棒木村并且在第二个走出棒木村的人还没有出现时就已经回到棒木村的王跃进，他现在已经是一个老人，老得足以说出人生中所有的秘密，却依旧困惑于如何向孩子们说出他当年所见。囿于语言，他仍然会迟疑，觉得还是什么也不说为好，但生活经验（哪怕是棒木村有限的生活经验）又促使他必须尝试说点什么，尤其是随着年岁增长的见闻，通过某种神奇的契合，无疑暗示并助长了他的勇气。

"我看到了什么？"老人王跃进喃喃自语，身体微微颤抖，好像正站在时间的某个触角上轻轻摇晃，刹那间他仿佛又回到了当年旷野中高处的树冠，正在极目远眺。

"在找到那辆卡车之后，我把目光迎向更远处，那辆卡车很快驶出了我的下眼眶，在我的上下眼皮之间，就再也没有什么活动的东西了。除了风，但风我是看不见的，只有吹过身体时才能感觉到。我一直看着远处，也许是所有的远处，渐渐地，我觉得我看到了，就像过去的时间被我想当然地察觉到，我自以为看到了未来的时间。假使在现在，过去的时间拥挤着畏缩不前，越积越多，就像洪水一样汇聚到一起，只等着开闸泄洪，轰地一下就全跑出来了。未来的时间不是这样的，它若有若无，似隐似现，只借助某些具体形象的渐次确立而得以呈现。它从容不迫，与其说在趋近，不如说是远离，就像旷野中的鬼火一样。你如果离得太近，它反而会远离躲避你呐。未来的时间就这样，尽管谁都相信它的存在，但谁也看不到它，更别说趋近了。不过，万事万物都有罅隙和裂缝，时间也是。过去的时间凝聚的是坚固，未来的时间仰仗的是缥缈。最初，我看到一团灰蒙蒙的东西，像阴影一样悄无声息地四下蔓延，但某个局部随时又会被光所照亮。好像我这边渐渐闭合的夜幕并不笼罩它们，另有一个太阳和月亮在围着它们打转。这让我产生了晕眩。一开始我也以为是海市蜃楼。我曾经见过几次，宛如生长于云端，够不着也戳不破。我在树上所见到的并不是海市蜃楼，它是活的，或者说是活动的，在阴影里蛰伏的时候像水浪，在阳光里显形的时候像火焰。当我怀着惊惧看向它的时候，它停住了，甚至在后退，像潮水退却那样。我放弃了看它，而是看向所有的空，它又开始主动慢慢接近了。夜的气息伴着凉意，在树杈间更为明显。星空像浩瀚的沙丘有了呼吸。我甚至能感到一滴露水正在我的眉宇间形成。

"孩子们,我看到了什么?不是时间,而是空间,是凌驾于时间之上的变幻的形状。它像水一样不具形,也不像火焰那般有方向。我能感受到它刺骨的寒冷,又能体会到莫名的灼热。似乎能把一切都冰封,把冰封的万物融化,把融化的所有重新冷却塑型。我看见了新时代的大洪水,那是摩天大楼,如镜像一样被不停复制出来,蔓延扩张,挤满所有的空隙。摩天大楼的洪水,侵占所有的土地,塞满所有的空间。那是城市这头怪物的细胞。在几万年前,地球表面零星地散布着穴居人的洞穴,穴居人像土蜂一样钻进钻出,身上经常沾满野花的花粉。后来出现了村庄、卫城和城市。城市就是新的巴别塔,身体盘踞在大地上,触角尽可能伸向空中。最后的城市就是巴别塔,将覆盖所有的地表,接触并遮蔽所有的天空。当到了那时,城市便是新的大洪水,淹没了一切,等到这股洪水消退,第三只鸽子衔来的将是一段水泥钢筋。这就是我在旷野中看到的阴影和火焰。

"很多次,我随着地质队从城市中心穿过,或者绕行于它的边缘。我没有在城市生活的经验,但我感觉到它发展壮大的野心和牺牲一切的决心。在城市边缘住过哪怕一天的人都会有切身体会,城市联合体就像细菌一样迅速蔓延。第二天和前一天完全是不一样的,突然蹿出来的光怪陆离会让人误以为已经置身城市的中心和闹市区。城市的去中心化显然是一个阴谋,当每一个边缘地带都自以为是中心时,它就被城市完全吞噬掉了,被吞噬的又自动转化成饕餮,张开饥饿的嘴巴,急不可耐地去吞吃更外围的一切。

"这就是我看到的,城市让摩天大厦成为它的拐杖和马匹,正在急行军，绕地球一圈又一圈，直到把地球围成密不透风的水泥茧。我还看到你们，孩子们，你们的脸在城市的霓虹灯中闪现，你们的身形在大街小巷流淌。我看到你们在送外卖，在送快递，在洗车，在开滴滴，在贩卖假证，在制造盗版书，在充当打手，在坐台，在当嫖客，在扫大街，在造房子，在开电梯，在端菜，在洗盘子，在当月嫂，在做保姆，在流水线上呆若木鸡，在看周末电影上午场，在吃冰激凌和爆米花，在逛一元钱超市，在立交桥上乞讨，在当狭小空间的租客，在小心翼翼地刷信用卡，在不切实际地幻想，幻想能有朝一日摆脱现在的身份，成为一个真正的城里人，过上光鲜体面的一生。光鲜体面也许会来临，但那时人生很可能已近尾声。

"这就是我看到的，在高大的建筑群之间，那一张张脸。每个人穷尽一生的努力，不过是坚持一直成为一个微不足道的齿轮，所有的力气只是用来让齿轮徐徐转动。无数齿轮的咬合带动，无非让城市扩张得更快。就是在那棵树的树巅，我看到城市的逼近，不会放过任何一处旷野，碾压所有的乡村，将之变成领地和附属，一网打尽，然后形成新的一轮滔天洪水。

"然后，我看到了棒木村，它和我离开时一模一样，完全没有变化。我们的棒木村就在高楼大厦幻影的后面，很容易忽略它，一旦忽略再想找到它就难了。我甚至能找到田野中我捉黄鳝挖出的洞，看到那像补丁一样的被我翻出来的冻土。为什么我要跟着地质队出来呢？为什么我不能待在棒木村呢？如果城市注定要将所有的乡村一扫而空，我在家里坐等城市登门拜访，不是更省心吗？就像你们看见的，事实正是这样发展的，棒木村通上了电，通上了自来水，通上了电话和网络,开通了快递和外卖业务,邮政局和711也有了。等到村里出现的高楼装上了电梯,它真的就跟城市一样了。夜深人静,当你坐在抽水马桶上,你也会感到一种息息相通,四通八达,无所不在,泛着臭味,让人绝望。

"这就是我在高处看到的景象,它已经发生了。而我一点办法也没有。"

侏儒的心

在一次聚会上，我见到一对恋人，女孩是一个侏儒，身高不到八十公分。男的却超过了一米八。也许是反差太明显，让人觉得女孩更矮小，男孩更高大了。她就像是他的小女儿，他的洛丽塔。

这样说出洛丽塔三个字的时候，舌尖迟迟没有落到牙齿上，而是粘在了上颚处，有一种悬空的感觉。

他们是一对恋人，看来已经过了热恋期，表现得很淡然。当然，这是依照常理推断，我并不晓得他们在一起之后，热烈的时候会有什么样的表现。都说恋人相处时间久了之后，激情会退却，亲情会抬头。估计那也是不一样的亲情吧。

吃饭的时候，男孩都没有给女孩夹过菜，一次也没有。女孩需要站在椅子上，然后弯腰俯身去桌上找吃的，让人担心她会一不小心掉到盘子里。

如果这样的话，她会不会变成一道菜？

事实上，从我刚开始看到她的时候，她就一直是站在椅子上的。我因为没有想到她是个侏儒，以为她是坐着的，一度觉得这一对恋人在身高上还是蛮般配的。我甚至联想到，有些男的特别喜欢找个子高过自己的女孩做朋友，沉浸在女孩手里拎着高跟鞋和自己并肩行走的感觉中。那种体贴，那种迁就，也许更能激发男人某种变态的满足感。

经人介绍，我才知道，他们是从河南来的，到北京不满一个月。他们热衷于写诗，随身带着一沓诗稿。女孩还即席给我们朗诵了几首。声音有点尖细，像发育之前男童的声音。我不知道他们是因为诗友关系才认识的，还是在认识之后才开始写诗的。这种揣测有点冒昧，但在我实在是忍不住不这样想。

当时心里甚至有一种渴望，希望有人能提出建议，让他们说一说他们的故事。我一定会附议的。但是没有人开口，大家都比平时要沉闷一些。平时我们这些人聚在一起，说话要比现在多得多，什么荤素的话，都能妙语连珠倒出来。这次大家好像生锈了，都不怎么爱说话。

好不容易熬到吃完饭（如释重负），好不容易大家都意兴阑珊（掩饰不住），也就到了各回各家的时候。那对恋人跟我们分手后，女孩走在男孩前面，脚步有点碎小蹒跚。男孩因为要亦步亦趋，步幅也要减小，一步一顿的，显得有点吃力。然后他们终于不见了。

这个时候，我才得知他们都是 85 年出生的。

他们离开后，我们才开始有点抑制不住地兴奋起来，决定找一个咖啡馆再坐一会。他们不可避免地成了我们的话题。这有点残忍，但至少我们没有明显的恶意。

譬如说到之前有没有见过侏儒，或者类似身体畸形的人。大家搜肠刮肚，说了些个人的经历。当我们说到男女之事的时候，调侃看似难以避免。但我们不是弗洛伊德分子，也不想就此展开讨论。我们只是好奇，鱼水交欢的时候，形体的差异会不会有所影响。身高差异这么大的情侣在一起，这超过了我们所有人有限的经验。

唯一可能的是，拿胖瘦来对比。相扑运动员一样的男性和娇小的女性，或者肥嘟嘟的女性与干瘦的男性。我们习惯性地会说，一方寄生在另一方身上，吸干了对方的营养，所以胖的鼓起来，瘦的瘪下去。即使产生了一种美学上的不对称，但在伦理上却是被承认的，相宜的。

此后他们很长一段时间没有出现，也没有人提起他们，好像他们从来没有出现过一样。

上个星期，龙总庆生，攒了个大局。几十个人坐了四桌，有学生，有教授，有导演，有编剧，有小说家，有诗人，有画家，有乐队成员，有拍MV的，有做生意的，有政府官员。我找了个空位置坐下，旁边位置有人，但不在，椅背上搭了件衣服，估计是去上卫生间了。

等她回来的时候，我才知道是那个侏儒女孩。只有她一个人在，我尽量不动声色地搜寻她的男友，但我们这桌没有，其他桌也没有，可能他在赶来这里的路上。我暗下决定，等她男友一出现，我就把位置让给他。虽然我现在就想坐到其他朋友身边去，哪怕挤一挤也成。但这个时候，换位置的想法只能搁在心里。

她依然站在椅子上，在她的身前，杯子什么的好像被放大了几倍。有时候她自己会转动圆盘，整个手掌按在圆盘边沿上，留下一个小小的掌印。这是不一样的地方,我们想要转圆盘的时候,或者用两根手指夹住圆盘上下沿,或者是用几根手指发力摁圆盘。我坐在她身旁,要是看到她眼睛望向某道菜,就帮她转一下圆盘。她会低声说谢谢。

我有点不自然,虽然尽量不体现出来,但还是露馅了。比如说,以前我是很少在饭桌上抽烟的,现在却接二连三地抽,尤其是我自己不带烟,要问邻桌要烟抽。几个熟悉的朋友心知肚明,隔了远远的敬我酒。那眼神就像开了闸门,把上次我们在见到他们之后的聊天内容都泄洪一样放了出来。这样一想,我的头皮简直都炸麻了。

抽了两根之后,我准备要第三根烟抽。这个时候,一只小手托着一根烟,送到了我的面前。烟显得长一点,也粗一些。你说它像柱子也可以,甚至说它像孙悟空的金箍棒也没问题。一根烟突兀地呈现在眼皮子底下,原来烟是这样子的。

我从她的手掌上取了烟,小心地不碰到她的手掌。这次轮到我说谢谢了。她也拿了一根烟,像小孩子玩吸管一样含在嘴里。哦,好吧。我拿打火机给她点上烟。她动作娴熟地抽了一口,徐徐吐出。

我说:"上次见你的时候,你好像没有抽烟。"

她说:"是啊,刚学会的。你上次好像也不抽烟。"

我略微有些尴尬,连忙解释:"上次有点不舒服,胸闷,就没敢抽。"

她说:"那样的话,二手烟也最好尽量不吸。"

我换了个话题,问她:"这次怎么就你一个人,你男朋友呢?"

问完我就后悔了。小时候听收音机,信号不清楚的时候,就要小心地拧旋钮，以便调整好频道，将各种干扰去除。现在我就有这种感觉。

她说："他啊，回老家去了。我猜想，他可能再也不会回来了吧。"

我不知道怎么接话。正好有个朋友端着酒杯往这边走。我也不管他是要去向谁敬酒，赶紧把他截下来了。喝了杯酒，闲聊了一阵，我回到我的座位上，发现她果然正在等我。

她说："听说你是小说家啊。很多人都夸你小说不错。"

我说："哪里哪里。这是朋友们的抬爱过誉。在我看来，诗歌还是比小说要高级，诗人也更牛逼一点。讲故事只要有兴趣谁都可以试一下，诗歌却不是认识汉字的就能写。"我还记得第一次她站在椅子上朗读诗歌的场景。

她说："听说蒲松龄为了写《聊斋志异》，专门摆了个茶摊，供来往行人歇脚打尖，他则记下他们说的各种鬼狐故事。有些故事，好像专门是为了小说家准备的。譬如发生在我身上的故事，我一直觉得很像一个小说，但我自己写不出那种味道。"

我摆出倾听的架势。从她的神情里，我嗅出了一点传奇的味道。

她说："埃梅有一篇小说，叫《侏儒》，你有印象吗？"

我记得那个小说。马戏团里的一个侏儒，有一天突然开始长个儿，长到跟常人一样，又英俊，又漂亮，又潇洒，又多情。可惜的是，在马戏团里，他就是一个多余人，是一个废物。结果，他就被从原来的生活中驱赶了出来。一个浪迹天涯的人。一个回不去的人。

当然啦，突然听到一个侏儒开口说到"侏儒"，虽然她是一个诗人，还是有点震惊。果然，邻桌的几个人都微微紧张起来，他们显然也敏感地捕捉到了什么，开始偷听我们的谈话。

我身边的侏儒（这是她提醒了我们，本来我下意识里会将她看作一个女童，最多是鹤发童颜的天山童姥），像很多妙龄少女一样，若有所思地将烟头的灰烬小心地弹到烟灰缸里。她在调整思路，字斟句酌，有点一言难尽的感觉："侏儒会长个儿，这不是小说才有的情节。现实中也有这样的例子。路易十四的宫廷里，就有一个侏儒，他在五十多岁的时候，突然开始长个，长到了一米六几。可是，这种激生现象，是以生命的周期缩短为代价的。我们的形体发育到一定阶段，就会停止生长。因为在固定下来的模型里，被灌注的生命也是一个定数。如果形体突然增大，那么生命就会被稀释，生命周期就会缩短。所以，侏儒长个的事例虽然很多，但却很少被记载。因为有些侏儒的生长控制不住，长成了巨人，往往就在膨胀的同时就死去了。"

也许，这只是出于一个侏儒谵妄的念头。就好像植物具有趋光性，每个个体都会向往自己的对立面。笨蛋渴望变成聪明人，东施时刻不忘效颦，怯懦的人在梦里杀人，乞丐总是和帝王做对比。

她是一个侏儒，身体出了障碍，在某一个阶段停止了生长。或者说，大脑发出的生长指令没有传达到正确的载体。那么，到底是什么样的载体接收了这段信息？这种紊乱会不会引发某种全新的癫狂呢？如果只是送达的时间延误了，等到这段信息被接收到，是不是就会引发过度的生长？就好像手机很长一段时间接收不到短信，突然一下子收到几十条短信，而且都是重复的信息那样？

她继续说下去:"信不信由你。我就亲眼看见了这样的剧变。我的男友,他是我的老乡。我们经人介绍,相识相爱。两个侏儒,也算是门当户对吧。就在我们婚礼之前的一个晚上,他突然发高烧,浑身打摆子。身上盖多少床被子都没有用。我听到他的牙床对撞的声音,那么密集,与凯鲁亚克在打字机上自动写作的频率差不多。他就像杰克掉到了冰冷的海水里。我担心他会冻死,于是把他搂抱在我的怀里,我的胸部紧紧地贴着他的胸部,四肢交缠,耳鬓厮磨。我尽量增加我们肌体接触的面积,希望能暖和他,让他的血液循环,让他的呼吸顺畅。他的鼻息喷在我的脸上,像高压锅放出的蒸汽一样。但是,更让我吃惊的还在后面,我发现我的身体的比例在不断缩小。这是一种错觉,其实是他的身体在长个儿。我眼睁睁地看着他冲出了我的怀抱,像破土而出的树苗一样,鲜嫩青翠,惹人爱怜。我又是害怕,又是欢喜,在困倦中沉沉睡去,醒来的时候发现睡在了他的怀里。"

她顿住了,倾听的人如释重负,赶紧分散一下情绪,或者抽烟,或者喝酒,或者咀嚼残羹冷炙,以便让自己平静下来。

在日本《怪谈》里,有一个类似的小故事。一个背叛妻子的武士,有一次回老家,遇到了妻子的亡魂。他和死去的妻子睡在一起,半夜醒来发现自己抱在怀里的只是一束青丝。而这束青丝,开始满屋子追着武士,要索取他的性命。

她好像有意等我们舒缓心境,见我们都恢复了神色,才继续说下去:"他在早晨醒来,发现自己的形体发生了这么大的变化,一时难以接受。我像母亲对待孩子一样,温柔地安抚他。当然,他现在就跟全新的婴儿没有区别。我告诉他,他还是他,并不是他的灵魂钻错了口袋,或者是别的什么怪物控制了他的身体。等他平静下来之后,我们都对对方的身体感到好奇。我们在公鸡的打鸣声中做爱,他的身体比之前更有劲。我觉得通过做爱,他把他身体中多出来的东西传递给了我。我希望能够中和一下。因为我担心他会猝死。哪怕减损我的生命,我希望能将寿命匀给他。我喜欢他,唯恐失去他。"

有个人的电话响了,是《北京爱情故事》的旋律。小雨滴啊,滴答滴答滴答滴答,落在湖面,打起了多少圈涟漪。但旋律很快就被掐掉了,一时之间我们好像都置身在千万层黑暗的包围中。剥开一层层石头的皮,里面包裹着一颗水滴;剥开一层层水滴的皮,里面包裹着一颗星星;剥开一层层星星的皮,里面包裹着一点星光。我们将星光藏在手心里,舍不得松开,害怕一松开星光就飞逸了。但是我们又意识到,我们握着的是空无。星光早就不在了。这就好比薛定谔的猫一样。这就好比薛定谔一样。这就好比薛一样。

现在她有了女人的风情。很小很小的小女人,像生活在花瓣中的花仙子一样。她眼神迷离,黯然神伤,"我们在早晨醒过来,拥有了无与伦比全新的一天。我的父母敲我们的门,让我们吃早餐。这个时候我们突然意识到了一种荒诞性,就好像卡夫卡潜意识里一直担心自己在家人眼里是一只甲虫,我们面面相觑,我们虽然接受了彼此,但我们不知道怎么跟其他人说这件事。不是难以启齿,而是根本不知道如何言说。最后我们决定,谁也不告诉,我们要悄悄地离开老家,离开认识我们的人,到另外一个地方,开始新的生活"。

肯定是这样了。他们来到北京，因为这里谁也不认识他们，因为这里有包容性，提供了无数的生活的可能性。只要他们愿意，他们完全可以生活在草场地，可以生活在宋庄，可以生活在流浪歌手与街头艺术家中间。

我想到一个问题，忍不住问她："按照你的叙述，你们大可以选择一种不抛头露面的生活。你们为什么要出现在一些艺术家的聚会中，是因为你们喜欢诗歌吗？"

她思索了片刻，略带谴责地反问我："对于我男朋友身上所体现的这一切，难道不是艺术吗？难道不是诗歌吗？我们之所以偷偷地跑出来，之所以不敢面对熟悉的人，不是我们不愿意让他们知道事情的来龙去脉，而是没有信心说服他们相信。如果还有人相信这样的奇迹，除了艺术家和诗人，我们难道还能指望官员和教授吗？而且，我之前就说过，我男朋友的生命已经无多，他衰老得厉害，在死亡的无底深渊中，他在加速坠落。我们与其蜷缩在黑暗的角落，不如大方地到我们喜欢的地方，和我们仰慕的人在一起。有一天早上，就好像他突然长个一样，他不声不响地离开了我。虽然我是一个又矮又小的侏儒，但他还是无法负担我的生活，因为他无法照顾我一生一世。他从心底里厌恶他的变化，因为如果不是这样，他就能跟我一起，相亲相爱。即使身高只有你们的三分之一，但从我们的视角看过去，我们的生活难道就应该和你们的生活有本质的区别吗？"

那天晚上，有很多人都喝多了，我也是其中之一。因为喝多了，我的记忆有点断片，而且做了很奇怪的梦。

我梦到两只石狐狸，待在一个荒废的花园里。花园四面有很高的墙。每天晚上，月亮会爬到墙上，不声不响地看着它们，把清辉洒在它们身上。天长日久，两只石狐狸开始学会了交流。它们说的是石匠在雕刻过程中的喃喃自语。它们说的是草长莺飞，月圆月缺；说的是风一程，雨一程；说的是云无心以出岫，百鸟无踏乱投林。它们说它们看到的一切，想到的一切。终于有一天，它们想要到外面的世界去看看。这个想法让它们迫不及待。月亮告诉两只小石兽："你们还需要修炼五百年，才能活过来。可是如果你们现在就想活过来，也有一个方法。那就是你们其中的一个将机会让给对方，但是留下来的那个就需要在此地再待上一千年。"两只石狐狸热烈地讨论起来，最后它们约定，先复活的那只，在一千年之后一定要回来，等待另外一只的复活。月亮提醒先复活的那只石狐狸，"一会之后你就能复活，可以跑，可以跳。你可以轻易跳上围墙，落到围墙外面，这样你就自由了。你就可以去爱，去恨，去生，去死。但是你一定要记住。在跳出围墙之前，你不能回头看。一旦回头了，你就会重新变回石狐狸，失去了体内的生命"。结果，复活的狐狸在跳上墙头，就要获得自由之前，想到了它的同伴，将要一个人孤零零地在荒废的花园里待上一千年，忍不住回头看自己的同伴。于是，它被瞬间石化，固定在了墙头。

很多年过去了，一个妈妈带着孩子经过，花园的墙已经残缺不全了，能够看到花园荒草深处的石狐狸，以及跳上墙头回眸的石狐狸。孩子问妈妈："两只石狐狸为什么一个在墙上，一个在草丛里？"妈妈回答说："因为它们渴望在一起。"

庖丁传略

魏国有一个庖丁,杀牛是一绝,他那把宰牛刀用了十九年,还像是刚开锋一样。魏惠王听说了这个奇人,也很好奇,亲自组团观摩。庖丁果然出手不凡,举手投足之间,一头小牛已经委顿在地,牛头牛尾四蹄归在一处,牛内脏归在一处,牛肉归在一处。牛肉又按部位摆放整齐,分为烤涮炖焖。

魏惠王和众大臣看得眼花缭乱,他一边吃着鲜美的牛肉大餐,一边和庖丁闲聊。

魏惠王:"你这手本事太漂亮啦,我想这是天生而来,上天赏你这碗饭吃的吧。"

庖丁:"我能生而为人,而不是牛,这自然是蒙天恩赐。但我若这样笼统回答大王,实在是对大王的不敬。事实上,我能掌握解牛的技能,完全在于手熟。"

魏惠王:"哦,那你杀了多少头牛了呢?"

庖丁:"十九年来,我已经杀了三千八百六十三头牛。"

魏惠王:"大家都说你那把刀用了十九年,之前换过刀吗?"

庖丁："我从第一次杀牛开始，一直用的是这把刀，后来就一直没换过。"

魏惠王："这我倒好奇了，难道你一开始杀牛，就这么熟练，知道从哪里白刀子进红刀子出了吗？都说牛骨头比猪骨头更硬，难道你一上手就能避免损伤刀口了吗？"

庖丁："当我决定做牛屠之后，三年之中我没有动刀。只是不停看别人杀牛，研究肢解后的牛的各个部件。开始的时候，我眼中所见是全牛，慢慢地，我看到的就是牛的组装图，再后来，我看到的又是全牛了。不管牛是行是立是卧，牛的全身骨骼经脉都清晰可见，而我已经在幻想中肢解了它们上万遍。这样了然于胸之后，我才开始真正地杀牛。我走到牛的面前，牛就明白我要做什么，一点也不反抗地引颈就戮，因为它知道由我动手它就会少受好多痛苦。甚至我把牛肢解之后，它的眼睛还能看到自己的残躯，会流下眼泪以示留恋不舍；同时它的尾巴也会摆动，像对我的工作表示满意和感谢。"

魏惠王："太好了。我身边正需要你这样的人才。我一定要重用你。"

这之后，庖丁受到了魏惠王格外的优待，出行有马车，住华美的屋子，顿顿大鱼大肉，美酒管够，享受佣人的服侍，就连他的刀，也用丝囊盛放。每当重要的祭祀活动或者有外国使团来访的时候，庖丁就给大家表演杀牛，赢得无数的鲜花和掌声。

庖丁成了明星，不仅在魏国家喻户晓，在其他国家名头也盖过了魏惠王。

"魏国有一个庖丁，手起刀落，咔嚓咔嚓，一头大牛就肢解了，老牛逼了。"

"跟庖丁同时代是多么幸运的事，可是却不能亲见他的表演又多么不幸。"

大臣们也纷纷向魏惠王进言，认为庖丁是魏国的国宝，一定要善待。而且齐国楚国的国君也都觊觎良久，谋划要给庖丁绿卡和国师待遇。

魏惠王觉得也对，只是杀牛，真是太委屈了庖丁这一身的本事，但是一时之间魏惠王也想不出怎么安置庖丁，才不致让庖丁受到外来诱惑。

直到有一天，魏惠王突发奇想，他想让庖丁杀人。庖丁杀牛是圣手，他若是杀起人来，一定也非同凡响，像一部精密的了不起的机器。

魏惠王："我很好奇，在你杀牛之前，杀过别的什么吗？"

庖丁："杀过羊。"

魏惠王："还有呢？"

庖丁："还杀过鸡鸭鹅。"

魏惠王："还有呢？"

庖丁："还杀过青蛙狍子刺猬兔子。"

魏惠王："天上飞的鸟呢？"

庖丁："都杀过。"

魏惠王："水里游的鱼呢？"

庖丁："都杀过。"

魏惠王："那有什么是你不曾杀过的吗，在我们这个世界上？"

庖丁："人。只有人。"

魏惠王："如果有机会让你杀人，你会杀吗？"

庖丁："如果大王让我杀人，我就是那把刀。"

魏惠王："你有把握，杀人会像杀牛一样游刃有余吗？"

庖丁："必须的。"

魏惠王："你在正式杀牛之前，花了三年时间看人杀牛。在杀人之前，你需要几年时间才能将人的构造了然于心？"

庖丁："天下实物，举一反三。只要一个月就够了。"

魏惠王："好。我给你三个月时间，你可以随意观摩医院和刑场，如果你觉得有需要的话，也可以随意处置那些死囚。"

自此之后，庖丁就四处走动，将人体构造熟记于心。一个月下来，人体的四肢百骸、五脏六腑就历历在目了。两个月下来，人的七情六欲喜怒哀愁就彰显了。庖丁的眼神也像秃鹫那样阴戾狠毒，让人无来由像堕入冰库。

于是大家都说："现在庖丁对我们，就像对那些牛一样了。"

可奇怪的是，大家虽然不寒而栗，却依然像迎接盛大的节日那样对庖丁首次的杀人表演充满期待。就连魏惠王，也忍不住想要以身试刀，让庖丁在大庭广之下给肢解了。魏惠王好几次向庖丁打听人选，但是庖丁一直讳莫如深，后来魏惠王倒觉得不好意思了，觉得如果提前泄密，反倒是巨大的瑕疵。

举世瞩目的这一天终于到了，史上最伟大的肢解大师将要向世人展示他绝妙的刀法，然而这次被肢解的不是牛，不是猪，也不是羊；这次是人，一个大活人。谁会是这个幸运儿呢？

魏惠王和大臣们，大梁城的巨贾显贵们，还有少女和贵妇，老叟和童稚，全都盛装出席，一方面想要亲眼看见盛况，一方面也隐隐希望自己能够光荣献身。

庖丁出现了，他的眼光扫视周遭，顿时一片可怕而热烈的静默。庖丁捧着他那把用了十九年的毫无缺口的刀，那把刀用上好的丝绸一层层包裹着，即使如此，杀意也渗透出来，激起了漫长的噫声。

就在这噫声中，庖丁手起刀落，一瞬间就把自己肢解了，皮肉搁在一处，筋骨剔于一旁，内脏笼络一堆。大家噫声还没停止，庖丁就变做了三堆，摆放整齐，天衣无缝。他的刀像是有了生命，完成这项伟大的表演之后，徐徐落地，发出"叮"的一声，而他的眼珠竟然还能滴溜乱转，好像要把全场惊讶到无以复加的表情牢牢记住，然后涌出两行泪水。

事后人们才意识到，庖丁那次竟然没有穿衣服，他就像一头被牺牲的牛那样走进了会场，裸身走进大家的视线中。他去意已决死志已定。在这方面他显然是自私的，因为他让在场的人看到了绝唱，却转眼带走了杰作，徒留深深的遗憾。因为制造这个绝唱的人成了献祭品。庖丁之后，再无庖丁了。

至于魏惠王事后长久的哀思懊悔，"为什么庖丁没有杀了我！"与其说他有献祭的一时冲动，不如说他是为无法坐享正当的杀人的理由而伤心。

画龙在壁

古时临安有个书生叫恶用,读了半辈子书,始终和功名无缘,好在有些家产,度日无忧,索性歇下心性,写字作画,饮酒喝茶,倒也落得个逍遥。他和飞来峰上飞来寺的主持明镜长老交好,每月都要在此处消磨些时日,不打诳语,说些白话。

恶用素有画名,一不画人物肖像,二不画鸟兽虫鱼,三不画亭台楼阁,四不画山水胜地,故此没有画作流出。纵有达官贵人便是挟了官家天威捧了千金笔润之资而来,也一概莫能如愿。这样的人,没有落得欺世盗名的坏声誉,倒成了众人交口称赞的顾恺之吴道子再世,岂不是怪事一桩?

其实不然。恶用有画龙绝技,多有人目证。比如他在酒楼茶肆,往往以手指蘸以茶汁酒水,在桌上画龙,酣畅淋漓,一气呵成。初成时浓水重刻,龙形醒目,跃然于桌面,须舞鳞张,龙爪虚摄,而龙目如电。观者无不屏气凝神,直觉龙身舒展,直欲腾空而起,两股战战,几欲先逃。须臾,水渍渐干,龙形也渐趋于无形。众人色乃霁。

恶用画龙，从来只取水为之，不以浓墨水彩勾勒。有人问他原因，恶用解释说："以水御龙，水自干龙自去。若以墨彩，徒困拘于形，实非我所愿。"

据说，恶用幼时读书，常有惊人之论。昔日神农尝百草，仓颉首造字。对于神农氏，恶用自然满心佩服，而对于仓颉却颇多异议。比如说"龙"字，他委实想象不出龙为何物，仓颉又如何造出此字。先生让他自去找龙的图画来看。不想恶用又生疑惑，盖古往今来，龙之形变化多端，单以龙生九子各有不同，便让人不知所从，以九子反推龙父龙母，更是一团模糊。到底什么是龙，龙又生的如何面貌，就成了恶用心头挥之不去的疑团。

后来，恶用读书无果，便寄情山水，在飞来寺遇到明镜长老，又发怪问。比如"山名曰飞来峰，到底是何时从何地飞来，又是何人亲眼所见？"明镜长老闻言大笑，口念一偈，"飞来飞去一孤峰，落地何必又无穷。前人不见此山峰，后人料想也难逢。天意纵老人不知，来去何须留影踪"。

另一说是，恶用夜访飞来寺，明镜长老早已备茶相候。恶用戏谑，出上联"飞来寺峰上明镜"，暗指长老神通，对客人来访未卜先知。长老对下联"龙汲水世间恶用"，劝慰恶用勿牵绊于尘世功名。恶用也于此开悟。启蒙受学时他以龙为荒诞不经，多年来对龙的存疑和取证，可以说世间龙形图卷俱已了然于胸，现在他转而画龙，真正是随手赋形，莫不神采飞扬。

恶用常去西湖边上的一处茶楼喝茶。茶楼老板慕恶用之名，特别为他准备了一个雅间。只是在这雅间之上，专门架设了一道石壁，长宽适宜，毫无遮拦，宛如一面镜子，照出半湖的空蒙潋滟。

恶用若有兴致，便登阶而上，以长毫饱蘸西湖之水，在那道石壁上画龙。

画龙之时，楼下街道站满了人，都吊了根长颈项目不转睛地围观。对面楼上也挤满了人。在恶用悉心画龙的这段时间，平时车水马龙喧嚣拥挤的街道突然像被施加了定身术，静得连西湖水面的涟漪声响都历历在耳。

画毕，恶用走到一旁，让出石壁上的龙，众人便轰然叫好，直待到石壁上水渍全无，还舍不得离去。目光汇聚之处，好像那条已经蒸发的龙依然停泊在石壁上。

不知道是由于恶用的笔力已经力透石壁，还是因为众人目光如斫，将龙形深深地镂刻在了石壁上，总之，经年累月之后，石壁上果真就有了一条龙的轮廓，隐隐约约的，好像石壁里面有一条龙在游弋，姿态各异，变化多端。

而此时恶用已经垂垂老矣，力不能举臂，更不用说提笔画龙了。他经常站在石壁前，回想自己挥毫画龙的场景。

虽然恶用已经无法再为众人表演画龙绝技，那道石壁还是被保存了下来，并被命名为"龙壁"。龙壁前经常有人前来画龙，画者都遵从恶用的习惯，只以西湖之水在石壁上画龙，水干而龙形消散，渐渐形成了规矩。

不论有没有人在石壁前画龙，在街道上总会有人随时停下来，抬头四十五度看向石壁，运气好的话，就真的能看到有龙现身壁上，运气不好的话，自行脑补，大致也能想象得出来。然后就会想：这世上应该真有龙这种生物吧。

恶用死去后，过了很多年，差不多恶用也快成为一个传说了。茶楼百易其主，那道石壁还在，依然供人画龙，画龙者俱都恪守规则，用毛笔蘸了湖水作画。

时间产生了作用，众人的反复临摹让石壁上的龙形终于还是固定了下来。即使没有受过一点绘画训练，对龙一无所知的人，也能照着轮廓在石壁上游走一番，然后说，"我操，这真是龙啊！"把自己吓了一跳，好像还挺满足的。

这样一来，恶用以清水画龙，"水干而龙去"的发愿，遭到有意无意的忽略乃至违规也就难免了。总会有这样的洋洋自得者，觉得自己完全有权力和能力以另一种方式来画龙。他做了前人也许想尝试却一直没有实践的事，以笔浸染浓墨，将一条气势磅礴的龙固定在石壁上，以供后来者瞻仰。事实上，他几乎毫不费力就做到了这点，龙好像原先就坦呈在石壁上，只需墨迹一点，就顺势全部渲染了出来。和清水绘就的龙相比，墨龙更加生动威猛，简直就跟真的一样。

这个擅自用墨画龙的人，越画越害怕，因为这条龙太形象了，呼之欲出。随着每一笔的落下，龙的生命就得到了进一步的填充和唤醒。在画完最后一笔的时候，石壁已经承受不住龙的气息，弥漫至整个茶楼。这个人把笔一扔，只恨爹娘少给他一条腿，夺路而逃。

在他身后，巨龙已经破壁，飞腾到了空中。石壁碎了一地，让人好奇这么小的一块石壁，巨龙如何能在里面藏身。当然，这个时候已经没有人顾得上去琢磨这件事了。几乎全临安的人都看到了龙升天的景象，以至忘了当时究竟有没有伴随着电闪雷鸣和大雨倾盆。

而且最为遗憾的是，事后众人几乎都回想不起龙的真面目了。他们只知道他们看到了龙，目前是百分之百地相信有龙的存在。他们也提到了恶用。"很早以前的那个叫恶用的人，可能也是看到过龙的人。"除此之外，他们再没有其他可说的了，比如说，对万事万物（包括龙）理应抱有的敬畏之心。

石中蜈蚣

即将迎来大比之年,我被父母送到一座山上的寺庙中苦读,与我作伴的除了山中明月与清风,就是秃头和尚了。我好奇地觉察到了这一现象,书生在会考之前总喜欢与和尚待在一起,就像一个古罗马硬币的正面和反面,往前是入世,往后是出世。书生与和尚在一起,不仅貌合神离,而且绝对是渐行渐远。所以我基本和他们不多做交谈,他们有口无心念他们的经,我悬梁刺股读我的经书。我吃他们的斋饭,住他们的厢房,当然也都是舍了钱的。而且如果我高中了,少不得也要回来重塑金身,带给他们更多好处。

这大概就是和尚们敬重书生的原因。可笑的是他们还自诩为跳出红尘外,不在五行中。

有一天,大概是我上山后的第三个月,进入了夏天,山中却很是清凉,特别是入夜之后,满月朗照,月色撩人,光华在手,让人忍不住想在月下走走。我轻轻推开山门,不敢走远,只在附近溜达。这个时候,一只羽毛锦簇的山鸡向我走来,说是山鸡,却没有头,只有一段脖子连着身子。它像一把夜壶那样缓步走到我的跟前,对我说:"对不起,我只能这样端着走路,因为不这样的话,我的内脏就有可能倒出来。"

它的出现着实吓了我一跳,因为它没有了头,就像我放在床底下的夜壶,而它不仅能看见,而且还能对我说话。真是"怪哉",我不由得念了句"阿弥陀佛",来给自己壮胆。这只奇怪的山鸡深夜在我面前出现,难道是神话传说中的"青鸟"?

山鸡不理会我的惊诧,继续侃侃而谈:"你不要担心,我是有头的。只是想要啄住一条蜈蚣,我的头被一块石头卡住了。我就是来请你帮我去把我的头拔出来的。"

于是它在前,我在后。夏夜草木葱郁,夏虫肆意鸣叫。由于月亮大而且圆,真像是一个不带瑕疵的朗朗乾坤。山鸡嫌自己步行得慢,于是飞在半空中在前面指路,我就像是被它用一根绳子拴着一般,不由得加快了步子。转过了几个山坳,渐渐偏僻,一个证据是山径没有了,我一会儿要穿过树丛,一会儿要踮着脚从溪水中凸起的石头上跳过去。

最后我们来到了一块巨石前,大概有一间禅房那么大,埋在地下不知道有多深。石面光滑如镜,月光就静静地泻在石面上,显得非常安静。我看到山鸡遗落的头部,就嵌在石面边缘处,像一个猩红的斑点。

山鸡示意我看,果然它的喙啄住了石头中的一条蜈蚣。一切就像时间突然静止一般,蜈蚣不再游动,而山鸡的嘴就突兀地留在了石面上。就好像被施了法术,而石头见证了这一切。

"请等一等,"我对山鸡说,"你说你是想啄一条蜈蚣,而那确实是一条蜈蚣。可是，石头里怎么会有蜈蚣？"

山鸡说，"拿我的脑袋担保，它确实是一条蜈蚣，它就在那里，难道你还怀疑你自己的眼睛吗？"

那确实是一条蜈蚣，至少栩栩如生。我有点吃力地想，琥珀里也会有苍蝇，难保石头里不会有蜈蚣。这不过是一条蜈蚣的化石而已。而这只贪吃的山鸡猛一看到，以为是一只蜈蚣，就猛地啄下去，结果喙啄进了石头，再也拔不出来了。

想到这里，我不禁笑了，"树林里有那么多的食物，你怎么就这么不巧赶上了石头里的这只蜈蚣呢？你也真是够倒霉的"。

山鸡对我的话嗤之以鼻，"倒霉？我看你根本不知道你自己在说什么。好啦，不跟你废话了，我请你来是帮我把头取下来的。请你准备好听我的指示吧"。

根据山鸡的说明，只要我聚精会神盯着石头中的蜈蚣，那条蜈蚣就会游动，看似坚固的石头就会像空气或者液体一样。"在这个时候，就请你伸出手指夹住蜈蚣的背，用另一只手把我的头取下来，按在我的脖子上就行了。"

时间一分一秒地过去，我怀疑只要锁定一个目标，不停地看着它，它就不仅会移动，而且会跳跃，而且会变大。现在我的眼里就只有这条蜈蚣了。它是那么大，那么真，而且，等等，它真的在动了，带着那颗山鸡头，就像真的蜈蚣穿行在细沙里一样。山鸡在旁边大叫，"捉住它的背"。我闻言伸出右手，我的指头伸入石头，就像伸进水里一样容易。我的手指夹住了蜈蚣的背，也跟带壳类的节肢动物那样真实。山鸡又叫，"现在取出我的头"。我把山鸡的头取了出来，按在了它的脖子上。

山鸡如愿得到了它的头，高兴地在地上转了三圈，然后振翅飞走了。

我留在原地，突然发现蜈蚣不动了，石头在瞬间变硬，我的手指被封在了石头里面，我就像是从石头内部生出的一个人形的葫芦。当我想把手指从石头里面拔出来，发现根本不可能，除非像山鸡那样，把指头拔断。而且，当我想往外拔指头的时候，能感觉到有一股力要把我吸到石头中去一般。这让我不敢太过用力。

"你想象过一条蜈蚣在石头里的生活吗？"正在我想办法挣脱的时候，我突然听到了那条蜈蚣在对我说话，声音顺着我的手指被我感应到了。

"我被封闭在这块巨石中，只有当月光皎好的时候，我才能像清水中的鱼儿一样是可见的。我很想冲破这块巨石，比如跃到石头外面，那里迎接我的是怎样的生活？不过不管我怎么努力，有一两次我甚至以为我已经超出了石面，感觉到了清风的吹拂，闻到了夜晚花草树木的香味，听到了外界的声音，但还是于事无补。这些更像是我幻想出来的，我还是被困在这块巨石中。

"有一天，我突然意识到如果凭借我自己的力量，大概我这辈子别想跑出这块大石头，不管是我觉得它的里面浩瀚无穷任我鱼跃，还是逼仄狭小气闷无比。即使我能够与这块巨石同寿，但这种永生又有什么意义？要想出去，也许只能借助外物的帮助。你知道，在这山林里，最好奇的也许就是山鸡了。因为它们贪婪无比，到处找吃的。而且只要被它们看到，它们又有着无比的耐心，直到它们得手为止。

"于是,每到月朗星稀之夜,我就努力在石头表层游弋,希望引得一只山鸡的注意。甚至我幻想蜈蚣特殊的气味弥漫开来,在石头表面形成了一层雾气。有时候山鸡为了觅食会在半空中飞行,我希望它们能看到。功夫不负有心人,终于有一只山鸡被我召唤而来,就是你见到的那只山鸡。我勾引了它两个多月,终于让它相信我是一条真的蜈蚣,于是排除了所有疑虑和戒备,一口啄住了我。

"我本来满打满算它会将我啄住拽出石头,可是没想到外物一旦进入石头,本来虚空的石头内部顿时石化了。山鸡不仅没有将我啄出石面,自己反而被石头夹住了鸟喙。我能感觉到山鸡的挣扎,它努力扑腾,发出惨叫,希望脱身离去。我的希望随着它的力气而变得越来越小,而且更为可怕的是,现在它的嘴夹住了我。我本来可以在石头里面自由游弋,现在却每动一步就困难重重。如果情况得不到改变,我们就像分属两个世界的连体婴儿一样,彼此成为对方的负担和噩梦。

"我原本希望进入另外一个世界,觉得它更为多彩缤纷,不过现在我本来差强人意的生活也难以为继了。现在的情况是,山鸡想要挣脱,我也想要挣脱,我们的力量在我们的结合处消失了,面对这样的困境我们谁也无能为力。我们都变成了石头的囚徒,一个在它的外面,一个在它的里面。

"我本来想利用山鸡挣脱出石面,而山鸡想以我为美食。现在我和它的希望都落空了,我们变成了同盟。我们想到的解决方法是,得寻求帮助。山鸡告诉我,在这个山里有一座寺庙,里面的人或许有能力帮助到我们。不过，看来我此生是无望走出石面的，山鸡或许有可能过去找个人来。当然了，它想要获得自由，只能把头留下来。这就是你见到无头山鸡的原因。"

听到这里，我终于有点明白过来事情的来龙去脉，不过我还是对几个关键点很是糊涂。比如说，山鸡为什么会找到我？是偶然还是必然？还有，如蜈蚣所说，它是在石头内部生活的，那么这种生活是怎样的？此外，我更为关心的是，我该怎么脱身？

蜈蚣还在说下去，"本来我以为你会有办法拉我出去，不过我没想到你也难动分毫。现在看来，我只能困顿于石头内部的生活，而你要想不被挂在石头上面风化成一张皮，就只能留下你的两根手指了"。

听到这里我连连哀叹，眼泪都快要流出来了。"我是一个书生啊，我马上要赶考了。没有了两根指头，我连笔都拿不住，怎么应试写文章呢？也没有先例说应试可以找个代笔的啊。"

蜈蚣毫不同情，它说，"你也不是天生就是书生啊，少了两根指头不过让你忘掉对某种生活的觊觎罢了，少了两根手指你还可以做很多事情。很多樵夫唱着歌砍柴度日，经常会砍掉自己的手指。很多渔夫撒网捕鱼，然而很少人发现他们不仅有严重的风湿病，而且腰间盘突出。即使你赶考高中，成为达官新贵，你过的生活不也是同我一样，也是封闭在石头中间，不得出去吗？"

我还没有丧失希望，也许山鸡会去搬救兵？可是蜈蚣告诉我，山鸡得到自由，已经无暇他顾了。如果我放声求救呢？蜈蚣说这里的偏僻非我所想见，即使喊破喉咙估计也没有人听见。指望有人在这深山老林里路过，就和指望山鸡报信一样。我侧耳细听，万籁俱寂，哪怕隐约的寺院的夜半钟声也不可听闻。至此我终于绝望，用力拔断了自己的手指，十余年的寒窗苦读终于成为一梦。

我凭着记忆，跌跌撞撞地回到了寺庙，不过让我吃惊的是，"山中才一夜，世上已经年"。当年的主持和尚已经圆寂仙去，和尚中平添了许多新面孔。

我告诉他们，我是在这里寄读的书生。新的知事毫不奇怪，因为自从胡生在他们寺院苦读得中状元之后，就有无数的书生前来借读，寺院的厢房已经供不应求。我告诉他我当年住的是偏西厢房，然而这正是当年胡状元借宿之处，现在已经被列为文物被寺院妥善保存了。

这个时候，我才想起，我也姓胡，但我显然不是成为胡状元的那个胡生。那么我是谁呢？对于众僧来说，我是谁并不重要，既然来借读的书生多如过江之鲫，那么偶尔有几个面生的借读者也就再正常不过了。好在，我还记得我是哪里人氏，我的父母亲是谁。于是我辞别众僧回家。让我欣慰的是，我的父母还都健在，但他们已经认不出我来了，只以为我是他儿子的一个同年。但让我震惊的是，我已经不是他们的儿子，他们的儿子现在是植物人，躺在床上已经三年了。为了证明他们说的都是真的，他们还把我带到了陷入昏迷中的胡生的病榻前。当年他们准备送儿子去寺中苦读，结果马车出事，儿子在路上就变成了植物人，不得已被抬回家中，为此他们不知道流了多少眼泪。"也许，这就是命吧。"

我问他们，可知道此间出了个胡状元。他们听说过，这个胡状元也曾在同一个寺庙中借读。他们颇为感慨,如果自己的儿子不出意外,那就会和胡状元有同年之谊了,胡状元做大官,他们的儿子少不得也会受到提携的。"不过,这就是命吧。"他们连连哀叹,既为自己的儿子,也为胡状元。

胡状元得中状元之后,志得意满,少不得要施展抱负。不料此时正逢朝中党争激烈,内宦外戚,你方唱罢我登台。胡状元新晋大才,少不得受到两派的拉拢,拉拢不成,又成为两派排挤打击的对象,最后竟然以莫须有的罪名被砍头了。虽然后来案情昭雪,不过党争依旧,也只是给了他一个忠烈的名分而已,连给家人的抚恤都没能落实下来。

说到这里,他们又破涕为笑,觉得自己的儿子虽然成了植物人,但毕竟留在他们身边,也算是不幸中的万幸了。

面对着陷入昏迷的胡生,想着被砍头的胡生,我在想,我是谁?我从哪里来?要到哪里去?可惜的是,我既没有来时路,也没有去的路,我走的就是一条不归路。

辞别父母,我再次回到山中的寺庙,只不过这次真的是像一个怪物一样孑然一身了。

据说,胡状元进京赶考前的那天晚上,有一只凤凰飞抵山寺,在寺门上啄出了四个大字"二指禅寺",这个情形被众多僧人所目睹,因为大家都被凤凰啄字的声音给惊醒了。伸出的二指犹如西文中的"V",所以胡生高中状元乃是有吉兆的。主持还在冥冥中得到启示,认为"二指禅寺"乃是一个偈,预示新的当家主持必定与"二指"深有关联。在他圆寂之前,特意将此事交代给了知事,新的

"二指禅寺"的僧人们一日参不破这个偈,就一天得不到新的主持。

听到这里,我若有所悟,伸出右手在知事面前做出了"V"的手势。右手的食指和中指正是我用来夹住蜈蚣的,后来留在了石面上。所以我摆出的是一个空无的姿势,代表的是两根不在的手指。在佛家故事里,关于"说"和"不说","在"与"不在",留下了很多的公案。知事茅塞顿开,于是率同众僧奉我为主持。

我自名法号为"石镜",在和众僧研讨佛学的时候,喜欢以"石"为比喻。比如说佛祖"拈花微笑",我却说成"拈石微笑"。在众多的佛学故事里,我最喜欢参详的是"顽石点头",认为其中包含三重境界,第一为"顽石",意味着"无",和外界毫无交流,自成一体,是一个封闭的系统;第二为"醒石",就是"点头之石",就是醍醐灌顶之意;第三为"缺石",指的是虽然存在,但无法自我证明,需要渡向一个更高级的存在。

每一个月明之夜,我都会去山中找那块石头,我称之为"三生石"。但如你所料,至死我都没有找到。

2003 年,三峡大坝即将截流,届时很多景区的原址将被一百多米深的水库淹没。为了在此之前畅游三峡,我辞去了公职(当时我是一个乡镇小学的语文老师),孤身一人踏上旅途。我先是坐火车到了重庆,然后坐轮船一路赶到宜昌,此后或者步行,或者搭便车,三峡的景区我一个没有落下。李白当年是乘船作别白帝城,我却是一路步行,出没在山林里。有时候听到寨民的山歌,有时候深山闻语响,人迹不知处。

这次旅程花了我近三个月时间。我的一个朋友后来问我，为什么要去和三峡告别。老实说，我也不知道具体原因，但总觉得一个行将结束（或者是迁移）的地方，是值得去凭吊一番的。在行程的最后，我翻上了一座小山，在半山腰看到了一个寺庙，我心想这下不要闷在帐篷中的睡袋里了。

寺庙里面只有一个和尚，而且是很老的和尚。他为我提供了不错的斋饭。入夜的时候，满天繁星，是我这辈子从来没有见过的，那么多，那么密集，那么亮。于是我就坐在寺庙的台阶上仰头看着星空。老和尚过来陪我，还给我拿来了棉被。

他是一个潜心佛学的人，而且并不固执，所以我们特别谈得来。我问他为什么一个人在这里苦行。他问我为什么一个人来到这深山老林里。在聊天过程中，他跟我说了一个书生、一条蜈蚣和一只山鸡的故事。也许这些深藏在历史深处的故事有朝一日也会被一百多米的水淹没吧。

我跟他说，这个故事很恐怖，倒是适合拿来解释弗洛伊德的"自我本我超我"学说。不过"石中蜈蚣"这个说法还是蛮有意思的。我觉得他也是来找那块"三生石"的。对此，老和尚不置可否，他只是和我一起仰望星空，沉浸在了巨大的时空困惑之中。

Part2

评论

"上天入地"与巨大的不可解
——赵志明论

李　壮

一

生存本身充满了无法逃脱的悲剧性——察觉并理解这一点,是真正走进赵志明小说的重要前提之一,因为赵志明小说的原动力和最终落脚点,往往都在于对这种悲剧性的体验与表达。这种悲剧性首先源自于生存本身的限度之外。丰盛、复杂的日常经验总是令我们沉溺其中,从而忘却了生命与生俱来的某些本质性的困境:先于我们存在的所在,是一片混沌;后于我们存在的所在,同样是一片混沌。生与死两种最重要的神秘向我们紧紧关闭住大门,真实的经验世界因此被限囿于一段极其狭窄的时空,而人偏偏是一种本能地向往无限和永恒的生物。况且,由于起点与终点在意义层面被无限虚化,乃至近乎取消,中间那段相对明晰的路程也不可避免地可疑起来——当一段旅程被发现是不知所起并且不知所终的,那么途中的风景和情绪就注定会蒙上一层荒诞的色彩,不真实和无意义的幻觉将如影子般蛰伏在光线之中,时刻蠢蠢欲动;因此,对于这路途中的旅人来说,他对这风景越是留恋,胸中的情感越是起伏,自己也就越容易陷入虚无和怀疑主义的包围。这感觉有些像梦境,事实上对于艺术家来说,现实、梦境与小说世界之间究竟存在着多么本质性的差别,这件事本身便颇可以怀疑。赵志明无疑深谙此中滋味。且看他那篇名为《你的木匠活呵天下无双》的小说,在那座被复制(亦即被虚拟)出来的都城中,见证了时空秘密的首相(而他本身又是赵志明小说虚构的产物)在弥留之际的谵妄或者说顿悟中,紧紧握住了皇帝的手:"圣上,我是不是生活在你的梦中?我们是不是被命运抛到了一艘奇怪的船上?"

这何尝不是我们的困惑?那一刻,赵志明笔下的首相感受到一种解脱。他即将死去,所有关乎虚幻与真实、空无与意义的秘密也将随之消散,再也不必也不能构成困扰。但赵志明以及他的读者们依然留在现实的世界之中,那艘"奇怪的船"仍旧在无边的海上日夜航行。与这种近乎终极的困惑作战,是一切有野心的小说家无法摆脱的命运——他们注定将在此一败涂地,继而在失败的废墟中意外地拾获胜利的勋章。而与此同时,在另一方面,我所提到的悲剧性也来自生存本身的限度之内。原本在无尽时空映衬下显得极度渺小的个体存在,却因我们无休无止的悲欢和欲望,而变成了可无尽阐释、无限探索的深渊。爱与恨、聚与散、多与少、得与失……类似的事情,在这个世界上随时随地都在发生,以至看上去显得那般廉价,我们却还是不由自主地为之欣喜若狂或悲痛欲绝。潮水般的经验淹没我们,并非因为这经验本身的庞大,而是由于我们自身的渺小。这潮水里携带着无数信息,有残酷,有艰难,有孤独疲倦和软弱无奈,也有既脆弱又宝贵的善与温情;它们像海水中的盐一样包裹着每一个浸泡其中的个体,最终使我们通体浸透了浓浓的人间滋味。

好的小说家,自然要尝试描绘出这经验的潮水,并且捕捉那浸透了历史和个体生命的人间烟火气。但这同样是近乎绝望的企图。

依然是《你的木匠活呵天下无双》中的想象，宫殿的内部还有宫殿，空间的内部还有空间，所有的经验都可以向内部无限扩张，那"是另外一个世界，可以不停地扩张，甚至我怀疑这种扩张是无限的。就好像宇宙一样，它可能诞生于一个原点，随后就不停地扩张蔓延，大到无边无际，长到无穷无尽"。

以上两方面，不论存在之问还是人世悲欢，不论无限大的还是无限多的，不论抽象而趋于哲学宗教的还是具体而偏向社会历史的，不论最终极的还是最日常的，都呈现出自身巨大的"不可解"：它们没有答案、难以言说、不可穷尽，像空气般围绕着我们却无从捕捉、像水晶般光影流转却拒绝确凿，只留给我们以坚硬、透明、充满悲怆意味的永恒沉默。赵志明对这限度内外的两种悲剧性都有着强烈的触摸企图——他似乎很少去埋头纠缠现实中的某类具体疑难，而总是不由自主地抬起头来，把目光由近及远地投向生存的总体性困惑。在我的理解中，几乎他所有的作品，最终都试图回应这样一个问题：面对谜一般的时空和无尽的人世经验，作为个体的人，该如何把握自身、自我安置？我们与这世界之间，又存在着哪些可能的关联？值得留意之处在于，赵志明在小说中所做的，仅仅是"回应"而非"回答"。这是小说家的谦卑，也是小说家的智慧：他避免去为世界不可解的部分总结答案（可以想象，那种强行得来的答案往往是狂妄而单薄的），而是仅仅寻求建立一种充满弹性的表达。他试着描述，至少通过语言与叙事触碰"生存"这一出本源性的悲剧，从而与之达成某种隐秘的交流，实现生命对自我的确认和安置。这是赵志明小说的落脚所在。

当然，这样的落脚点，其实为世间许多优秀的文学作品所共有。赵志明小说真正散发出独特魅力的地方，在于其寻找到的表达方式。面对所有这些浩大而无解的对象，赵志明选择了两种取向相反却同样极端的做法，我分别称之为"上天"与"入地"。所谓"上天"，是指赵志明小说中依仗非凡想象力和通灵般的强烈精神体验展开书写的一路。这类作品在内部又可分为两脉，一脉近似于"生存寓言"，以既魔幻又真切的象征隐喻贯穿始终；另一脉则属于"奇谈志异"，借用了野史传奇的材料、民间故事的路数和说书人的腔调，尽情挥洒想象力和叙事冲动。所谓"入地"，则是指其作品中完全浸没于日常经验的一路。在这一路写作中，赵志明可以完全放下那些天马行空的想象和思接千载的情怀，只真实地去再现生活中那些最琐碎的事件和最寻常的人，而不显露出任何僭越的企图。前者呼啸着冲破了常规理性逻辑的束缚，在高处与世界的"不可解"遥相对话；后者则将自己彻底地浸没于生活之中，在低处与世界的"不可解"水乳相融。

从这幅分裂的图景中，浮现出赵志明小说写作中个性风格的独特性、令人惊异的复杂性和引人遐思的可能性。这些都构成了赵志明被关注的理由。当然，所谓的"上天入地"或许也属于某种创作上的无奈之举：赵志明试图去触碰的对象体量巨大犹如黑洞，他或者急速逃逸，与黑洞达成引力上的平衡，或者被完全吞没，让自己成为黑洞的一部分，除此之外少有他法。

二

截至目前，赵志明正式出版过四部中短篇小说集：《我亲爱的精神病患者》《青蛙满足灵魂的想象》《万物停止生长时》和《无影人》。此外，还有一本由联邦走马独立出版的《1997年，我们买了螺蛳，却没有牙签》。在他的所有小说中，带有寓言性质的作品在数量上并不算太多，但往往能够给读者留下极其深刻的印象；其想象之奇异大胆、叙述之从容精致、风格之强烈鲜明，的确在当下青年作家的总体写作格局中颇显独特。谈论赵志明这类带有寓言色彩的小说写作，无法绕过的文本首先是那篇《I am Z》。这篇精短的小说被放置在赵志明第一部正式出版的小说集《我亲爱的精神病患者》的第一篇，足可看出赵志明对这篇作品的珍爱;甚至某种程度上,我们还可以将它看作是赵志明对自己小说写作的一种总体隐喻——尽管就小说自身的充实感和完成度而言,我觉得《钓鱼》和《歌声》明显要更胜一筹。

《I am Z》没有什么统一集中的情节,它粗枝大叶地勾勒了Z的一生,通篇都在乡野传说(外在)与先知预言(内里)的双重腔调间游弋飘忽。Z是村子里一位瞎子的儿子,在瞎子死后,他继承了瞎子手中探路的竹竿,从此踏上流浪之途。借助手中的竹竿,他在天地万物的身上打下Z的符号,但终于在这种标记或者说命名的行为中感到厌倦——不论他怎样自以为是地为万物打上自己的烙印,这个世界还是依照它自己的方式存在;甚至作为其自我体认的象征的"Z"字,也最终显示出荒诞的意味来:"他虽然是Z,但他是Z并不重要。他对万物说'I am Z'是可笑的……因为万物没有对他说,我是白云,我是苍狗,我是白驹,我是沧海。"

为天地万物命名并通过这命名完成某种仪式性的占有和自我确认(Z在万物身上打下的记号乃是他自己的名字),这既是对写作的隐喻,也是人类命运深处的古老渴求。那么,"Z"的符号象征着什么?最直接的意义上,它是小说中主人公的名字,同时它溢出了虚拟的文本,正是赵志明姓名的首字母。而在小说的结尾,赵志明还给出了另一种解读,恰恰也提到了我前文所说的"黑洞":"'Z'是零和的意思,代表的是宇宙黑洞……那是一种绝对状态下的平衡和安全,既不衍生,也不消失。或者说,有无相生,活着就是死去。"

一种自我确证并在世间留存印记的努力,最终落脚于永恒的虚无;对存在的执着探究,在终点处却与庄子"齐死生"式的感慨意外相逢——这是人类(同时也是写作本身)始终无法挣脱的命运循环。"万物悠然自得,只有他自己在做着自以为是的毫无意义的事情。"但这一切真的毫无意义吗?在人对自身限度也即对存在之无意义的了悟之中,本身便寄寓着生命的成长;当小说中的Z第一次在命名的行动中体验到挫败（他始终无法在怪兽"须臾"的身上打下印记）、丢失了竹竿并感到筋疲力尽的时候，他同时发现自己的身体出现了变化："这时他觉得自己下腹处有什么在破皮而出。他解开裤子一看，发现长出了几根阴毛。"紧接着，一个女人出现了。他在女人的身体内打下了"Z"，将会有新的生命带着额头上的"Z"字形标记继续行走在世界上，这一切的探询、尝试、失败和希望永无尽头。

小说的转折之处在于那头怪兽的出现，怪兽的名字叫"须臾"。这名字本身是一个时间的隐喻。而须臾的特点是变幻无形，它没有固定的形状，"好似天下万物都在它的拼装图中"，"到最后无限大的宇宙与无限小的粒子也奇怪地拼接在了一起"，这又与空间有关。无疑，这头怪兽是一个巨大的时空象征，它也是小说中唯一无法被 Z 打上印记的东西。须臾抛给 Z 一个谜语，正是著名的"斯芬克斯之谜"。谜语的谜底是"人"，在文学史的阐释中，这则出自古希腊悲剧《俄狄浦斯王》的谜语被赋予了"人类自我意识觉醒"的历史性意义。两千多年过去了，到了赵志明这里，相同的谜底背后却显示出完全不同的意味来：如果说斯芬克斯的谜语打开了个体觉醒后无限宽阔的可能，须臾和它的谜语却暗示着人之为人那充满悲剧性的限度；斯芬克斯在谜题被破解后羞愧地跳崖而死，须臾却任由 Z 将谜语悬置起来，只抢走了 Z 的竹竿，"张弓搭箭，把自己连带着 Z 的竹竿一起射了出去，再也不见了踪影"。

时间、空间与人被直接并置在一起，这样巨大的格局和如此强劲的张力，显然不是依照常规逻辑运行的故事所能够承受的，赵志明唯有借助这种带有强烈诗性和寓言色彩的写法才能够顺利完成。值得注意的是，在这个故事中，那根竹竿成了主人公与天地万物建立关系的媒介，它既是向外探索的工具（初始功能是拐棍），也是自我表达的象征（在 Z 的手中相当于笔）。这根竹竿被"须臾"（亦即无限时空）夺走了——它在"须臾"的面前突然失效，而一次失效也就意味着永久的失败，因此意外丢失是小说所能安排的唯一结局——但那个突然出现的女人告诉他，即使没有竹竿，他也能够继续在世界上留下"Z"字，那就是繁衍后代。由此，这篇小说不再是"Z与竹竿的故事"，它变成了一个永远无法写完、永远没有结尾的故事，赵志明在呈现出生存的悲剧性的同时也写出了一种西绪弗斯式的希望和信仰：世世代代的Z在大地上行走、在我们每个人的灵魂深处渴望着，那根竹竿因而成为了人类命运深处无法被消化的坚硬骨骼。

这根不知所终的竹竿，后来又改头换面、多次出现在赵志明的其他小说里。例如在备受称赞的《钓鱼》一篇中，Z的竹竿就变成了"我"手中的钓鱼竿。钓鱼，这一日常生活中常见的行动，在这篇小说中忽然被赋予了强烈的精神性。主人公最初学习钓鱼，是出于十足世俗的动机：妻子生产，需要喝鱼汤补养身体。但随着日子流逝，主人公渐渐爱上了钓鱼，这种没有理由的爱最终完全盖过了最初的缘由；甚至我们还隐约感到，钓鱼本身不过是形式，主人公真正心仪的又是钓鱼背后的东西，正如"我"在小说开头就预先坦白过的那样："我跟妻子说，我去钓鱼了。如果我不想待在家里，我就只有到外面去，到了外面能干什么，就只有钓鱼了。其实我不是不想待在家里，我只是更想到外面去。"在钓鱼这件事上，"我"不知不觉地忘记了那个世俗生活意义上的"初心"，取而代之的，是生命意义上更本质的"初心"：他只是想与自己独处，想要从生活的困顿和人与人的隔膜中抽身而出、重新找回那种宇宙鸿蒙未开时分的孤独的安宁。

在我看来，这是一篇有关孤独的小说。主人公的母亲不满意他、他的妻子不理解他、他唯一的朋友也弃他而去。最终，他能够拥有的只有自己，而与自己相处的唯一方式就是钓鱼。就这样，小说的主人公在真实的世界中越来越像一个影子，只有在面对鱼群和水面、面对水面中倒映出和鱼影中幻化出的自己时，他才能变得完整、平静和真实。在想象中，他甚至同鱼建立起了神秘的感应与同情，进而从中体会到一种深情满满的悲哀:"我犹豫了,考虑是不是把它放走,让它回到水的深处,把它藏起来,和它建立某种感应,在我钓鱼的时候,它会在水面时隐时现。它会赶跑我的鱼,它会让我眼前的水面热闹起来。可是已经晚了,这样的大鱼一旦精疲力竭,基本上就不可能复原了。即使把它放了,它也是死路一条,在某个水草丰茂的地方静静腐烂。"

在"我"和鱼之间,存在着某种精神上的同构性。"我"慢慢意识到,"生活在水里的鱼最渴望的不是水里的水草,而是长在岸边田野的草,它们也许做梦都想游出水域,游在空气里,大口地吞吃云朵"。"我"又何尝不是这样?"我"和鱼一样,都渴望另一个世界、另一种生活、另一个自己,但注定不得如愿。解忧之道唯有钓鱼:只有在钓鱼而非身处浩大人世的时刻,"我"才真正成为"我"。于是,主人公身后的世界越来越荒芜,只有身前的这片水域能带来安慰;由真实的他人织构出的生活之网渐渐变得模糊,独自钓鱼这梦游般的怪癖则清晰得纤毫毕现。真实与梦境正在悄悄反转(小说中,钓鱼这件事的确有些像做梦,例如他时常半夜出门垂钓,而其钓鱼的过程本身也变得越来越离奇),一个人着魔般地走进自己的内心,并且把门关住再也不想出来。"我"能钓到的鱼越来越多,但钓鱼的结果变得越来越不重要。"我"钓了放、放了钓,渐渐变成了水边的姜太公,不用鱼钩、不用竿子,最后甚至不用到水面坐着了:"在家里的任何地方,只要我想,我就能觉得面前是一个清清水域。一些鱼在里面,很多很多的鱼,它们生活在水里面。"

《钓鱼》的精彩在于,它从真实的日常行为出发,最终写出了一种没有具体来由从而是近乎本质性的孤独。从这孤独的背后,浮现起一个松弛、疲倦、日渐荒芜的世界。在这个意义上,尽管赵志明的小说在取材和叙述腔调上颇具古典东方式的情韵,其最核心的精神体验却带有十足的现代主义色彩。类似的篇章还有许多,例如《歌声》,身患绝症的父亲如同世界荒废破败的隐喻,而"我"作为儿子必须日复一日地为他大声唱歌；"唱歌"变成了"我"强迫症般的习惯，令"我"痛苦、恐惧、绝望又无法自拔，"熟悉的旋律一起，我的嘴巴就不由自主地张开了"；发条般的歌声回荡在屋子里，甚至令人产生了错觉，"不是我在唱歌，而是房子在唱歌"。《我们都是长痔疮的人》对痔疮和排泄进行了人类学式的解读，甚至赋予其某些因果报应论的暗示，真实意图却是通过身体的病变，来引出人世的残缺：那些无法预知的苦难遍布在人的一生之中，而人心偏又是如此的冷酷凉薄。《石中蜈蚣》里，蜈蚣、山鸡和几个难辨真假而命运迥异的"胡生"纠缠旋转在一起，共同拼合成对命运与时空的巨大困惑。如果说《石中蜈蚣》借助这困惑言说出了一种哲学层面上的虚无，那么《无影人》一篇则以"影子复生"和"反噬主人"为由头，对这虚无报以一场自我献祭式的解脱："我更想成为我影子的影子。管他之后世界将会变成怎样，沦陷在谁手上，我只是不想孤单。"

"对着墙根撒尿的时候，我发现墙基已经爬满了青苔。也许有一天，青苔会攀上墙壁、屋顶，会覆满人的身体和灵魂。这是可能的。"《歌声》里的这段描述，可以作为理解赵志明这一类带有寓言性质的小说的注脚。现实中，青苔只是占据了墙基；但对于赵志明来说，青苔已经在未来完整地覆盖住了整座房屋，而其对人的身体和灵魂的占据，也是可能性中无可置疑的必然。赵志明这一路寓言式的小说，往往是将故事放逐到一切可能性的尽头和极端，然后返身回望；借助小说，他把"虚构"的弹性拉伸到极限（比如挥竿刻字、对影成人、凭空垂钓、少年如上了发条一般唱歌不止），从而借助巨大的弹力跳脱出去，得以在脱离了理性逻辑引力的高处俯瞰这荒废的世界——这个世界，无疑是精神和哲学意义上的，而非物质意义上的。面对这样一个世界，他思考着它的神秘、它的坚硬、它的不可解，并且在真真假假虚虚实实的想象力幻术之中，带着悲悯去体悟人类置身其中时所遭遇的、命运般无法逃脱的困境。他所迷恋并书写的，是"真与假""实与虚""色与空"，是那些无限大的终极问题；但透过这些宏大的困惑，他也同样写出了人的限度、人的孤独、人的残酷和软弱，这类人之为人最真实的悲哀。

三

赵志明以上带有寓言色彩的小说，大多借助于想象力对常规理性逻辑和世俗生活世界进行抽逸、超拔，其想象力的爆发模式是竖直的、直指天际的，其方式类似于火箭发射。在同样依靠想象力的另一部分作品中，赵志明采取的则是另一种发力方法：在历史传说与民间故事的框架下，他把自己的想象力和语言天赋用冲刺般的速度摊开、铺展出去，在"奇谈志异"这一为中国读者所熟悉的叙事平面中，努力探索着自己的边界——这种方式不是竖直而是水平的，更像飞机起飞。

在小说集《无影人》中，赵志明将第一辑命名为"浮生轶事"，其中作品大都属于古史演义和民间志怪的范畴；他在豆瓣网和凤凰网读书频道专栏上刊发连载了"中国怪谈"系列故事。"志异"式的写作似乎寄托了赵志明不少热情，我想这大概是因为此种写作能够充分匹配并发挥赵志明的优长：一方面，奇异的故事能够给作者提供发挥想象力的宽阔空间；另一方面，中国自古以来与"志异"故事相搭配的"说书"式的腔调，也是赵志明心仪并擅长的叙述风格[①]。尽管赵

[①] 笔者注：许多论者都曾提到过赵志明的小说叙事风格与说书等中国民间传统艺术形式间的关系。曹寇在《我亲爱的精神病患者》序言《一个货真价实的中国人》中认为，赵志明的写作是在"延续中国固有的记录方式，即记录中国最质朴的民间情感及其美学方式"。丛治辰在《抽打这个世界，并刺下印记——赵志明论》（发表于《百家评论》2014年第6期）中提及过赵志明与中国本土叙事传统间既是继承又是背叛的复杂关系。木叶在《作者与总叙事者的较量——论赵志明的小说》（发表于《文学》2014秋冬卷）提到赵志明的小说叙事"远近轻重雅俗深浅之种种冶于一炉……模糊了家乡话与普通话、古代与当代、中国与西方"。蒋一谈则在《万物停止生长时》一书的序言《说书人的滋味》中，明确地使用了"说书人"这一表达来形容赵志明。

志明曾明确表示，这一路写作"只是戏作，不会是我的写作方向"，但"志异"小说作为赵志明作品中数量不少且独特性极强的一部分，仍然无法被轻易绕过。

"浮生轶事"一辑中，有一篇小说相对较为特殊，那就是《你的木匠活呵天下无双》。这篇小说讲述了一个古代皇帝痴迷于木工制作，最终在复制宫殿模型的过程中发现了时空秘密的故事。这篇带有博尔赫斯色彩的作品，探讨了时空的无限性，进而涉及人性、历史等重大问题，按道理应归入前文"寓言性写作"的分析之中；但这篇小说始终是在历史秘闻乃至皇家隐事的框架内平稳进行，整个故事始终紧紧围绕着"皇帝和他的神奇木匠活"这一具体的"异事"内核展开，故而放置在此。更何况，这篇小说的历史背景虽属虚构，却一眼能知是从若干真实的历史原型中脱胎拼接而来："木匠活天下无双"的戴允常，原型显然是"木匠皇帝"明熹宗朱由校；至于叔父逼宫、皇帝神秘消失、叔父夺位后移驾迁都的段落，又同朱允炆和朱棣的故事高度吻合。小说中，热爱木工活计的年轻皇帝戴允常发现，自己制作出的宫殿模型可任人自由出入，而其内部的空间竟是无限的：只要他在其中添加一样事物，供这事物放置的空间也就会自行出现。于是，戴允常对现实中的天下越来越不感兴趣，他把全部精力用来创造一个新世界；在那个无限复制的空间中，人与人将是平等的，每个人将得以根据自己的爱好选择身份和命运，换言之，"我不是皇帝，你也不是首相"。

这样的构思听起来像是一篇乌托邦小说，但小说后半段的走向却滑向了乌托邦叙事的反面。为了避让叔父的兵锋，避免生灵涂炭，皇帝将整个都城的百姓都带入了自己制造出的另一个空间——当然，除了皇帝和首相，所有人都不了解实情，因为戴允常所复制出的空间与现实中的都城别无二致，常人根本意识不到自己如今所处的世界已不再是原本生活其中的那一个。问题在于，一个全新的空间，真的就能成为"新天新地"的充分条件吗？形形色色的人进入其中，同时带来了比空间更难改变的人性和历史逻辑。人性的贪婪和软弱把一个新空间变成了旧世界，在这座虚拟的都城之中，争夺和背叛再一次上演：小说最后，由戴允常一手提拔起来的大将军发动宫廷政变，将皇帝囚禁了起来。这一次，戴允常没有再带其他人走。他孤独地在这虚拟的空间中又制造了一座新的模型宫殿，遁入其中，继而升入天际，从此不再返回。

戴允常可以用新的空间替换旧的空间，却无法替换掉"彼可取而代之"的历史逻辑和血腥丑恶的抢夺杀伐。小说中，赵志明让戴允常南辕北辙地道破了这个秘密："这只是这个世界的原始状态，一旦有了人烟之后，这个世界就会在自己的车轮上前进。"戴允常以为这车轮能够由自己操控方向，事实却证明，他和他的秘密空间只不过是车轮颠簸下一次无关痛痒的意外。在这里，赵志明记录的是"异"，最终写出的却是"常"。只不过这"常"已将我们环绕太久、以至大多数人都对之熟视无睹，只有在这样奇异的故事中，我们才恍然又察觉到它的存在。

就故事内在的动力来说，戴允常钟情于木工活，是因为他的热情始终都不在现实世界自己所扮演的角色之上。戴允常登上皇位原本是一个意外事件，对他来说，"做皇帝"并不是主动选择的结果。尽管小说明白无误地告诉我们，戴允常生性聪颖、性格坚韧，有足够的能力去成为一位中兴之主，但强行被安排给自己的皇位终究不同于处心积虑抢夺来的皇位，对于"皇帝"的身份，戴允常始终找不到认同的理由。因此，表面上看，他是试图去创造另一个世界；但本质上，他是想要创造另一个自己，探寻自己存在于世的另一种可能。赵志明那些脱胎于历史故事的小说，许多都与此相关：历史的边界在何处？它是否可以有另一套运行的轨迹和讲述的方式？或者说，深陷于历史之中的事件和人物，能否拥有另一种供人解读甚至自我选择的可能？《匠人即墨》中，天才工匠即墨主动申请去修建长城，不再是出于抵御匈奴这样宏大清晰的历史逻辑，而仅仅是为了能在现实中找到梦里的女子。他越走越远，越走越深，直到身边修筑城墙的役卒已逃亡殆尽，直到自己同本来要对抗的对象（游牧民族）成为了好友，这个有关长城的故事终于彻底逸出了历史课本的固有叙述。《凤凰炮》里，高氏兄弟的荒淫被描写得肆无忌惮（极端高贵的身份结合于颠覆理性的情欲，这无疑是"志异"的绝佳对象），但这种放肆最终走向了充斥着酒神精神的迷狂：高洋与高湛们其实是纯粹的，他们只是以极端到病态的方式去追逐美，并最终因为绝对之美的不可得而陷入了深深的绝望哀伤。在历史的价值判断中，这样的皇帝无疑是反面典型；但小说的重写有意错开了历史规律和价值正义的维度，事情就变得暧昧起来。就好像《凤凰炮》的最后，亡国后沦落风尘的胡太后竟然发现，做妓女比做皇后更令她感到愉快。皮肉买卖当然是不齿之事，但在这篇小说的具体语境里，胡太后的行为其实无关肉欲甚至道德，而是关乎人重新选择命运的自主性："做王妃也罢，做皇后也罢，做太后也罢，都不是她所能拒绝的……只有做妓女这件事，让她感受到了自由。"

通过对历史传说的想象和改写，赵志明带领我们看到了人与世界的另外一重面相。至于那些民间奇闻式的小故事，也有着相似的妙处。赵志明的志异故事写得轻松顺畅，但其深层的动机，常在于为人世间以及人心内部的种种寻找一种与众不同的阐释方式、异乎常人的观察视角，或者可以说，是为生活中的诸多郁结打造一个理性之外、似是而非、一本正经却又完全不可信的出口。这种做法产生出一种独特的魅力：为一座迷宫留下一个无法当真的出口，最终只能使迷宫自身的形象更加强大。

"中国怪谈"系列中，有许多小说都是这样。《骷髅行乞》谈人的贪欲，赵志明把这场闹剧解释为仙人对人性的测试；测试之说自是说笑，贪欲的无尽倒是世间真理。《马桶姑娘》和《阅人者妻》写人的色欲，同样是人之为人最难以克服的困境之一；篇末留一笔道德劝喻，半是认真半是玩笑，像对传统民间故事叙述模式的戏仿；赵志明藏在这虚晃一枪的戏仿背后，脸上挂着既是解嘲又是哀悯的复杂笑容。《水中石像》《穿过五百年时光来看你：羊男践前缘》和《爱人尾生之死》写爱情，借助的是人鬼阴阳的壳子，但猎奇中也有认真的观照——在那个"尾生抱柱"的故事最后，冥界判官忍不住拍案感慨"爱情真可怕"，但作者随后也不能不承认这种狂热到可怕的爱情本身构成了人间一景。至于前文谈到的《无影人》《石中蜈蚣》，无疑都有"志异"的色彩打底，然而其故事的离奇飘逸并不会遮蔽背后意旨的巨大与深沉。

赵志明的志异小说，表面上看是对所谓"正常"的世界的畅快颠覆，但夸张的虚构背后，又往往饱含着对现实时空中那个坚固无比的世界的无奈与爱。诚然，赵志明的有些作品无需这样的阐释，其本身可以看作是想象与叙述的一场纯粹放纵：例如收入《无影人》一书的《昔人已乘鲤鱼去》，琴高、田四妃和赤鲤之间恩恩怨怨地纠缠了数个轮回，赵志明用"因果"的线索将这些杂乱的民间传说一口气串联起来，其严密和欢畅并没有留下太多阐释揣摩的空间。但更多时候，赵志明在其"志异怪谈"中展示出来的"轻"恰恰暗含着无从解脱的"重"，"逃脱"之外环绕着更大的"逃不脱"。就像《一家人的晚上》里面，黑暗中起夜的小德被无常鬼引领着去见证父亲的死亡："空气被他破开，两边的空气朝后涌，在小德的身后聚合。"年少的小德就这样被包裹在奇异的真空之中，生与死的永恒命题围绕着他，透明而又令人窒息的沉默压迫着他，看似自由，却无法逃离。依然是前文分析过的命题：在赵志明这里，再飞腾的想象，也终会在情感交杂的一瞥回望中，落归于生存的困顿与悲哀。从他炫目的想象力中，流露出一种自知无望的超越企图，甚至是普世性的悲悯；因为一切正如同他在《你的木匠活呵天下无双》里写到过的那般，"这个世界已经停止生长，就好像星球进入衰变期一样"。在这种时刻，作为小说家的赵志明与那逃离到空中的木匠皇帝在形象上发生了重合，他的虚构之笔也恍惚间变成了戴允常手中的刨子："那些刨花不断飘落下来，就变成了雪花。雪花越来越大，越来越密……遮盖住了世界的贪婪、丑恶和肮脏。"

这一切，"虽然为时短暂"，但毕竟"美好得像一个梦一样"。

四

纵观赵志明"上天"一路的写作，其寓言性的小说带着博尔赫斯、卡尔维诺、安吉拉·卡特甚至马尔克斯等西方现代主义作家的影子，志异小说的写作则无疑挖掘过中国古代《三言二拍》《聊斋志异》和笔记小说的丰富资源。就文学血统而言，同赵志明本人关系最为切近的，其实是他那一路"入地"式的小说。赵志明那些直接书写日常经验、细致真实到几近原生态，甚至带有"无聊现实主义"色彩的小说，很明显隶属于韩东、朱文乃至与赵志明同属"70后"的曹寇等人的写作脉络。从赵志明这一路的写作之中，当然不难看出包括雷蒙德·卡佛等人在内，以描写日常琐屑经验闻名的诸多西方小说家变形后的影子，其影响谱系成分复杂；但至少在中国当代小说的写作脉络之中，我们能够找到一个相对清晰的文学序列来对其进行讨论和放置。对于阅读者和评论者而言，这提供了某种确定和安心的感觉：我们可以拥有一系列固有的参照物，甚至可以在同行前辈们留下的、蜗牛黏液般晶莹的行走路径上进入并理解赵志明的文本；相比之下，其寓言志异类的写作，则是相当特立独行、不太容易归类的。然而，这样的情形，也无形中增大了我们谈论赵志明时的难度：如果说他寓言志异类的作品在着力强化小说的戏剧性和象征色彩，那么这些对日常经验的书写则近乎取消了故事与情节；

前者的天马行空令人瞠目，后者令人瞠目之处则在于演绎到极致的"平实"。"上天"与"入地"之间，存在着如此巨大的风格区别、取径差异，有时甚至令人怀疑这些作品是否出自同一位作者之手。

这是赵志明的丰富性，此种丰富多半来自写作者动机的纯粹、状态的轻松和精神的自由；对于写作者来说，这些是相当可贵的品质。

回到小说本身。单就数量而言，这种埋头直扎日常经验深处的"入地"式作品，是赵志明创作得最多的。《我亲爱的精神病患者》《无影人》《青蛙满足灵魂的想象》之中，这种作品占据了接近一半的篇幅，《万物停止生长时》里则几乎全都是这一路小说。这类小说呈现出赵志明日常经验书写的高度纯粹性：它们没有惊心动魄的起承转合，其兴也勃焉，其亡也忽焉，像日子一样来去无踪，不仅淡化了"因"，甚至无所谓"果"。赵志明在这些小说里剔除了"故"的元素，只留下光溜溜的"事"，一件一件坐在纸页上嘿嘿笑着。

就是这些光杆司令般的"事"，却能够吸引我们读下去，这是赵志明的厉害之处。之所以如此，最直接的原因大概是，书中的人、物、事大多源自赵志明记忆深处最柔软真切的部位，如水溢泉涌一般自然又不可抑制，既显示出自由生长的野蛮活力，又拥有一种珍贵的诚恳真实。乡间少年的野趣、村人邻里的恩怨、青春时代的身心悸动、成人世界的众生百态……赵志明把它们忠实地记录下来，几乎看不出任何修饰的匠心，很少借助精确控制的转折或意味深长的意象来结构小说。他的笔下，这些经验显得那样寻常甚至廉价，但正因为赵志明认认真真地写出了它们的寻常和廉价，这些并不起眼的人和事反而流溢出珍贵的色泽来。在这类小说中，赵志明极少跨越出一个平常人的平常生活所应有的限度，只是一刻不停地向经验和记忆的深处不断开掘——用他谈天说地、东拉西扯、仿佛永远不知道疲倦的嗓音，以及铺天盖地的细节。

《还钱的故事》是赵志明的名篇。"我"家欠了堂叔家 2000 元钱，一直还不上。在乡村的熟人社会框架之中，讨债与还钱、急着要与还不起，无疑并不仅仅是一个经济问题——更何况，债务双方还是亲戚关系。不出所料，这笔长久拖欠的债务最后演变出一场闹剧，双方从开始时的礼节套路、来往暗示，终于闹到了扬言对簿公堂的地步。这本身并不是一个很有新意的故事，引人注意的是赵志明对这个故事的处理方式。如同青年评论家木叶所分析的那样，"还钱的难度一再被掀开，还钱的进程不断被延宕，双方的心情起起伏伏，而你并不觉得故事有多么苦大仇深……更关键的是作者对一个个人物心理的洞察，相互试探，拐弯抹角，有礼有兵。随着叙事的展开，重点转化为如何让人还钱，以及具体如何还钱，涉及借贷双方的困境和恩义问题……赵志明不会放弃沉重有力的细节，但不做讨巧的渲染与廉价的升华。他在意的是揭示与延展"。甚至可以认为，尖锐而清晰的冲突（债务纠纷）只作为线索或者说引子，就像过年时挂鞭的引信，贯穿始终却并非真正的主角；赵志明真正的书写意图乃在于由引信串联起的一颗颗鞭炮，而在小说中，那些鞭炮又都不会特意炸响，只是拖曳着赤红色的火光绚烂舒展到夜色之中，继而在无边的黑暗里依次湮灭了痕迹。堂叔堂婶、堂弟周小亮、送粽子的女邻居、煤建路老街和镇上简陋的菜市场、多年未见的老同学王海龙以及童年往事、真假难辨的回忆及由此引发的梦……无数的时空和人物穿插进来又无声溜走，赵志明的笔触一再溢出了一个严格意义上的"故事"所应保持的框架，却在"生活"的幕布上将水渍漫得越来越大、越来越深。赵志明的讲述始终是从容不迫的。令人着迷而又隐约感到恐惧的地方在于，他的讲述是如此地平稳均匀、不动声色，仿佛可以一直持续下去，仿佛这个故事可以永远讲不完、不停地接续上或衍生出更多的故事。就这样，《还钱的故事》最终胀破了"还钱的故事"，它描绘出广阔的生活世界、庞杂的世俗经验和复杂的内心体验，却不是以高空鸟瞰的方式——如同其小说中多次提到过的水鬼，赵志明通过滔滔不绝的讲述和催眠般的语调制造出无形的漩涡，将企图在船头观望的读者拖进水底，淹没并迷失在千头万绪的暗流之中。

"因为我们是穷人，习惯被人怜悯，却不知道怎样去怜悯别人。"《还钱的故事》最后，赵志明这样写道。这是不露声色的赵志明，偶尔打开的一次心扉、偶尔没能压抑住的一声感慨。这个世界当然拥有着自己的温情与趣味，例如《小德的假期》里写到的"钓团鱼"便是有趣的经历（即便在小说的最后，此事也渐渐变得无聊）；《侏儒的心》里，男女侏儒的故事固然悲哀，却依然有浓浓的深情在；而《广场眼》在得过且过的杂乱生活之中，也透露出亲情的微光来。但生活的残酷悲哀依然是近乎本质性的存在，它的艰难和苦涩挥之不去，更大的问题在于，人们早已对这一切习以为常，最终变得无动于衷——对苦难的忍受，最终变成了对苦难的麻木，这才是最可怕的事情。好吧，既然人们已无动于衷，那我索性也无动于衷地讲吧。就这样，赵志明自顾自讲述起来，语调平实、不慌不忙、不动声色。他讲女儿们满心怨气地深夜去镇上寻找父亲，她们寻访了一切父亲认识的人，电筒光扫视过任何可疑的角落，心情由埋怨逐渐变成担心和恐惧，却命中注定般地恰好错过了在身边小河中酒醉溺亡的父亲（《一家人的晚上》）；他讲王家庄上的杨户头"命硬"的一生，这唯一的外姓男子自幼经历变故，又在村人有意无意的排挤欺压下灾祸不断，"像畜生一样过活"，终落得穷困潦倒、孤独终老（《头上长角的人》）。他讲爱情，讲爱情的迷惑，讲昏昏沉沉的年少时光里性意识得不到解脱的焦渴（《我们的懦弱我们的性》）；讲爱情的挫败，或者是南辕北辙放错了期待（《两只鸭子，一公一母》），或者是缘尽时分只剩下冰凉的挽歌（《告别》、《四件套》）；讲爱的焦渴和虚无，它曾给我们带来一瞬间天堂般的欢畅（《一根火柴》），却终将消亡于无尽的倦怠和茫然（《楼上楼下的爱情》）。

赵志明就这样一刻不停地讲着。然而，在他滔滔不绝的讲述中，隐约出现了一种"静止"的幻觉。我在此前一篇评论赵志明的文章中，采用了"亡魂的深情"这一比喻。赵志明的叙述像一种亡灵般的叙述，他不是面对读者，而是面对神佛（当然，这里的神佛很有可能正是他自己，或者说是另一时空中的自己）。神佛眼中的世界是无所谓时间的，事情的因果也已然裸呈在外；飞速流转的表象背后，永恒不动的只有生活那难以名状的悲怆之核。在此意义上，作为写作者的赵志明并不想告诉我们什么、构造一些什么、用整个故事揭示一些什么，而只是想试着去说一些什么。由此，机窍重重的"叙述"变成了从容舒展的"讲诉"，语言的流淌变成了对生存之痛的最后抚慰。

"一个沉默的坚果，在钳子下渐渐碎裂。这是生命内部的无言……沉默不是不想，而是无从说起，没有现成的语言，没有概念、观念，没有自我表意的系统和习惯，既不能自我诉说也不能自我倾听。"李敬泽谈论雷蒙德·卡佛的这段话，我认为对赵志明的写作同样有效。用语言的流动覆盖文本深处的静止，用声色起伏的讲述包裹起生活内在的沉默——这是赵志明所谓"入地"类型小说的秘密。这沉默，也就是我一直提到的那种生存本身的、无解的悲剧性。他以质感丰富的细节作为血肉，包裹起这坚硬的"不可解"之核，用冰包住了火（在如今泛滥的个人化书写之中，这隐秘的"火"时常是缺席的），用滔滔不绝甚至喋喋不休的谜面让人忘记了谜底——或者说，忘记了谜底本身的不存在。

五

赵志明小说的形式，与生存自身的悲剧性之间存在着一种强烈的同构性。如同生存自身的悲剧是难以解读、无法解脱的，赵志明的小说无论是借助想象力"上天"的一路还是在日常经验中"入地"的一路，其叙述本身也是"不可解"的：它们或者给出一种常规逻辑范畴之外的解读，精彩却在现实理性的层面上无效；或者干脆不给解答，让滔滔江河般的经验最终蒸发于酣畅的叙事过程之中，如同《画龙在壁》一篇中那条活灵活现却是用水画成、只能存留片刻的神龙。当然，这种"不可解"并不必然地意味着被动与消极。赵志明不惜打破那种精致、稳妥、讨巧的常规小说形式，为此甘愿上天入地大费周章，正是试图对那不可解的存在之问给出自己的反应与回应。他的超逸或浸没、思接千载或沉溺日常、用魔幻象征冲破天穹或用经验细节充塞时空，其实都发端于这样一种最简单而又最终极的动机：一个从事艺术创造的人，渴望通过另一种途径和视角来审视有关生命的一切，并借此触摸人的灵魂。

因此，我始终认为，赵志明是一位深情而有大关怀的作家。不可否认，他这种"上天入地"的写法有时会令作品陷入"失形""失控"的风险，引发小说结构意识的垮塌，或在语言和想象的快感中迷失方向。例如《小镇兄弟》便有过于随意之嫌，《一根火柴》里老张和叶明明这两条线索显得前后脱节，《乡关何处》的衔接镶嵌本可做得更加巧妙，而青年评论家木叶指出的《你的木匠活呵天下无双》中的瑕疵也颇具代表性："开篇时罔见、道听、途说三个人的出场很酷……不过，他们只是以异禀为王爷预言，此后便消失了。充满想象力的桥段，作者自是不忍割舍，一写就是1500字，却很快就给（故意）写丢了，后面他们不再参与叙事，亦再无照应，那么，这种开篇就成了一种想象力的过剩，一种智性的炫技。过犹不及。"但大多数时候，他能够把握好小说的火候，用非凡的想象、真切的细节、微妙的情绪和独树一帜的"说书人"腔调，对冲掉这类风险。一旦小说能够顺利进入赵志明得心应手的节奏，我们大可以对这篇小说抱有充分的期许。

赵志明小说的优长之处，也常常让我反过身联想到当下中国文坛青年小说家写作中出现的某些问题。例如，赵志明的小说，常能透出一种粗粝的真诚、超越的诗意，以及不受规训、自由而原始的生命热度。这种真诚和自由，本应是小说写作的题中应有之义，在今天却成为了颇为珍罕的品质。大量的写作套路和旱涝保收的"期刊腔"小说被制造出来，"模式化"正在成为日益严重的问题；恰如张定浩近来在《大量的套路和微小的奇迹》一文中所谈到的那样，"很多业已成熟的小说写作者，似乎也还在满足于一些模式化的写作，满足于写出一篇篇像小说的或者说符合现有审美套路的小说"，而对于小说而言，那种超越性的诗意"一旦沦为可以操控和机械复制的诗意……就难以动人"。再如，他是一位富有幽默感的作家，有时在讲述的过程中，他会有意无意加入些"不正经""无厘头"的元素来进行调节。这种幽默和不正经，轻盈却不轻浮，它让我想到卡尔维诺在谈论"轻"作为优秀文学品质时，关于"幽默"的一句表述："幽默把自我、世界以及自我与世界的各种关系，都放在被怀疑的位置上"。如前所述，赵志明的小说与这种"怀疑"之间无疑存在着密切的关联，因而他的幽默里带着悲悯，或者可以说，他绝大多数的小说中都回荡着一种诗意的残酷、一种"哀而不伤"的悠远旋律。如果说赵志明喜欢"轻快地谈论重大的事情"，那么当今中国青年小说家常常出现的一种病症，则是"郑重地谈论廉价的事情"。用崇高感十足的方式去谈论单薄甚至庸俗的话题，用圣歌般声泪俱下的唱腔去吟唱充满自怜情调的一己悲欢，这只会导致小说写作的格调、格局被一再拉低——反观赵志明，即使在其最日常性、最私人化的书写中，他也在竭力避免流露出那种自我感动式的廉价浪漫主义腔调。在此种反思的背景下，赵志明对模式套路的抗拒、对个体风格的坚持、对小说边界与可能性的探索、对存在之问的执着追寻，便又具有了超出文本自身的意义。

这种追寻，注定是艰难的道路。或者不妨这么讲，可能在所有对叙事心怀虔诚、对存在之奥秘抱有野心的写作者那里，等待着他们的都将是一场场狂热又无望的战斗。而我愿意再次重复我开篇时写下过的句子：他们注定将在此一败涂地，继而在失败的废墟中，意外地拾获胜利的勋章。

抽打这个世界，并刺下印记
——赵志明论

丛治辰

  2014年4月，第12届华语传媒文学大奖将"最具潜力新人奖"颁给已不年轻的赵志明。对于一位1998年开始写作，1999年便在《芙蓉》发表处女作的作者来说，这一褒奖显然来得有些迟了。与该奖项的其他候选人相比，赵志明在此之前并不十分为主流文学界熟悉，评委苏童和马原都坦承"赵志明的小说在正规出版物和评奖系统里很少见"，"与目前国内主流的小说写作有很大差异"。而如此惊异的阅读体验当非孤例，据说《今天》102期刊发赵志明的小说时，北岛即对作者感到陌生，询问王安忆，王安忆甚至表示这样的小说根本读不下去。

  类似的掌故花絮当然足以拿来揶揄所谓主流文学界的失察，但或许更加重要的是，它们极为生动地证明了赵志明本身的独特性。总会有一些好奇的人，更愿意躲开人群，独自行走在大道边缘，他们将走出自己的足迹，看见一个不同的世界。判定哪个世界更值得赞颂是狭隘的，但必须感谢独行者们所提供的丰富可能和他们的勇气——在选择道路的同时，他们也选择了寂寞。正如赵志明对小说写作艰难、勤勉而低调的探索，由于逃脱了那些已被操持熟练的话语，当然难免让读者、同行和批评家们感到陌生、错愕甚至鄙夷，并难以置喙。这大概正是时至今日，对赵志明的评论仍然少之又少的原因所在。

因此在念及赵志明时，我总是想起《I am Z》中那个名叫Z的男孩。在父亲死后，他从村人们的视野中消失不见，一个人默默行走在花花草草山山水水之间。2013年，已从事小说创作十五年的赵志明终于将自己的部分旧作结集为《我亲爱的精神病患者》，而最晚创作的《I am Z》被他放在文集的最前面。在我看来，这篇寓言般的小说简直可以视为对其创作之隐喻。赵志明以小说的方式，清晰地记录了他如何丈量这个世界，以及旅程中的张狂、遭际与迷惘。某种意义而言，《I am Z》堪称《我亲爱的精神病患者》这部小说集的说明书。

> 瞎子听到Z喊出这一声的时候，呆了一呆。然后他就说，你要是能这样活着也很好。我也没什么留给你，就给你这根竹棍吧。以前我用这个竹棍探路，以后你就用这根竹棍打上你的标志吧。

Z的父亲乃是一个说书的瞎子。每天早上，Z都要拉着竹竿领父亲到镇上去，让人们一遍一遍地重温那些耳熟能详的传奇往事。如果我们还记得，说书艺术被认为是中国小说的源起之一，瞎子父亲的身份当然便有了隐喻的意义。Z因此可算是某种叙事艺术的继承者，他的身体里流淌着一个小说家的血液。然而这个眼盲的父亲却无法看到世界的真实模样，他的所有讲述都来自模糊不清的历史和口耳授受的传统，而对他一生游走其中的乡村所发生的变故懵然无知。电视的时代一旦到来，瞎子赖以为生的技艺当然节节败退，至死他也不知道古老的叙事艺术要如何与影像的力量相抗衡。

于是 Z 当然早早就表现出对于父亲的背叛。最初，Z 拉着父亲一前一后笔直地走，让父亲走在自己的脚印里。"不过后来好心人告诉 Z，他不能这样给他的父亲指路，因为虽然他是他的父亲，但他是一个瞎子，让瞎子走在自己的脚印里，会让一个人越来越倒运。"这里儿子与父亲的认同/被认同关系存在着奇异的颠倒，看似是儿子为父亲指路，但因为时刻期待着父亲的脚步确认，领路人反而成为亦步亦趋的追随者。而现在儿子要偏离父亲的轨道了，向大道边缘的探索由此开始。Z 将在他自己的道路上越走越远，以至于小说对其父子关系的表述也变得模棱两可："但是瞎子究竟有没有入过 Z 的娘，这事谁也无法确定，因为谁也没有见过 Z 的娘。Z 很有可能是瞎子在地上白捡的……"如此一来，曹寇在小说集序言中对赵志明的评语便须仔细辨析："小平的小说虽有来自对现代主义经典作家阅读所产生的影响痕迹，但在我看来更多的是延续中国固有的记录方式，即记录中国最质朴的民间情感及其美学方式。"赵志明当然是一位以纯净和诚恳的态度书写民间情感的作者，但在美学资源上，他是某种叙事传统隐秘的继承人呢，还是一个明目张胆的叛徒？又或者兼而有之？

若将瞎子父亲这一形象所隐喻的叙事传统最直接地理解为说书艺人的传统，进而理解为中国本土叙事传统，当然可以从写作立场、写作态度、写作技术等多个层面对赵志明的小说创作细加讨论。但如果能将这一隐喻理解得更曲折模糊一些，或许反而更有助于我们认识，在今天的文学语境下，Z 或者赵志明的背叛究竟是什么，其意义又何在。

长久以来，乡村是中国当代文学至为钟爱的题材，然而时至今日，被反复讲述的乡村故事早已陈陈相因，成为僵硬的叙述定式，与瞎子口中几十年不变样的说岳全传并无二致。而小说家们背对真实的乡村，一味搬运经典、重复成规的创作惯性，与瞎子的残疾也并无二致。诸多赵志明的拥趸如此厌烦所谓主流文学叙述，或许正与看腻了这些模式化的乡村书写不无关系。论者甚至往往以鲁迅和沈从文两个传统来概括乡村书写的脉络，其实乡村书写岂是两个传统可以概括的？又岂该是两个传统可以概括的？《我亲爱的精神病患者》所选小说皆以乡村为背景，赵志明对鲁迅和沈从文也都极为热爱，但是将他武断地归于任何一个传统都必然遮蔽其创造力与丰富性。在此意义上，赵志明的确是和 Z 一样不驯的叛逆者，有意将自己的脚步与父辈走歪错开，从当代文学乡村书写的俗套里翻出新意来。

女疯子形象在当代以乡村为题材的小说中所在多有，但像《疯女的故事》这样以短短 1300 字便写得特异别致且回味无穷的，罕有他例。女疯子往往是肮脏和愚昧的，被动承受着乡村人性之恶的侵犯；然而赵志明笔下的女疯子却是和水、和月亮一起出场的。她游荡于乡村之中寻找有趣之事，她在自己喜爱的男人门外放声歌唱，她怀着高尚的惆怅离开摒弃她的乡村。她和 Z 一样，是乡村的叛徒和意外；而赵志明书写她的方式，同样是这一形象书写史上的叛徒和意外。一个形象姣好的女疯子，若在其他小说中出现，难免要以莫名怀孕作为收场，如果作者心狠一些，或许还要投水而亡。赵志明却偏偏让他的女疯子逃过了这样的宿命，也逃过了廉价猥琐的叙事格调："女疯子长得并不丑，如果她是正常人，再讲究点穿着打扮，说不定整个村子的男人都想跟她睡觉。问题是她是疯子，所以没有人想沾她，都嫌弃她。村子里的几个光棍宁肯到处轧姘头，被人打断腿，被扭送派出所，他们也从来不打女疯子的念头，她不是一个女人。"短短数语，让赵志明获得比以往任何同类书写都更为复杂的效果。当小说言及女疯子的长相时，那些耳熟能详的女疯子故事已经在读者的眼前浮现，但是赵志明从俗套当中轻轻抽身而去，却最终重重落下判语。那句判语让我并不信任他的叙述，也不必信任：村里的光棍们有没有沾女疯子已不重要，重要的是无论沾或没沾，女疯子都从未被当作一个女人对待。这当中透出的悲哀，远远超过投水而亡的惨痛。

赵志明就是能够如此准确狠辣地将我们似乎已经读腻的乡村，一笔刺出伤来，鲜血乍然喷射，却又乍然凝结。我因此极为喜爱《I am Z》中瞎子父亲将竹竿交给Z的那一幕，他说，"以前我用这个竹棍探路，以后你就用这根竹棍打上你的标志吧"，然后便死去，留下Z一个人不断向他所路过的世界万物刺出那根竹竿。再没有一个词比"刺"更能贴切地说明赵志明介入和书写乡村的方式了，他是将自己对乡村的所有经验与感知凝于一点刺出去的。刺是一个最令人心生寒意的动作，正如赵志明的小说从不拖沓，无论故事结构还是语言修辞，都准确简练，直抵核心。有时他会耍一段迷魂枪，在看似无甚紧要的情节上兜兜转转，却又出其不意地陡然急转，像是从眼花缭乱的枪花里迸发的致命一击。

更为重要的是，当"刺"作用于对象就变成了铭刻。在逐渐淡忘了Z的存在时，村里的人们赫然发现，山间的流水、空中的白云，乃至飞鸟游鱼，乡村的各个角落，都被打上了"I am Z"的标志。被打上了印记的村庄当然已经不再是原来的村庄。而赵志明也和Z一样，在刺出竹竿的同时便留下了痕迹，或者说，刺出正是为了留痕。作为乡村书写的后辈，赵志明已无意继续做一个现实主义的乡村描摹者，而选择用现代主义的方式重建叙述的价值，以此为那些被俗套捆缚而死于电视时代的父亲们复仇。他并不致力于再现乡村的面貌，而将自己作为现代知识分子的内在思考命题烙印在他烂熟于心的乡村当中，于是一切外在的世界都将发生变形扭曲，不复从前。电视将在这样的世界面前失效：无论影像可以多么完美地重现真实，都永远无法替代人的精神内面。

这就是赵志明笔下的乡村为何能够显得那样特异的原因：对于

赵志明而言，乡村不过是一个器皿，是他借以叙述和思索的对象。在这一意义上，赵志明非但没有被当代文学的乡村书写传统所束缚，也没有被乡村本身所束缚。他的乡村中那样刻骨的孤独、恐惧、痛苦、窘迫与仇恨，当然是乡村本身的，但更是赵志明个人的，是唯有以赵志明的方式才能袒露于我们面前的。唯其如此，赵志明才有可能如外科手术医师一般准确和冷静地面对乡村，将那些与他所要表达的侧面无关之物飞快剔除，而对自己心心念念的病灶小心动刀，不断往深处去，往乡村芬芳的土壤深处去。

> 于是Z不管须臾怎样千变万化，只是一个劲地用竹棍抽打它。怪物吃痛不已，越发地变化无穷，好似所有的物种都在轮番地拼接它的形体……Z对眼前的一切景象视若无睹，只是一顿猛揍。

在Z的旅途当中，最为重要的当然是与须臾的遭遇。第一次，Z发现无论如何都无法在这只怪物身上打下自己的印记。赵志明将这只怪物取名叫作须臾，当然很容易让我们想起庄子的那则寓言。这并非仅仅因为须臾的命名与倏、忽如此相像，还因为须臾与混沌有着某种神似之处。混沌是暧昧不清的，当倏和忽企图认知它，将它的七窍凿开时，它便死去了。而须臾则同样神秘莫测，"Z发现告诉怪物它长什么样是根本不可能的，因为它随时在变化莫测，好似天下万物都在它的拼装图中，就像一个最复杂的魔方，永远翻不出同一的一面来"。所谓须臾，据说大致约等于现在的48分钟，常用以形容时间之短暂。而在赵志明笔下，"须臾"一词在日常表达层面的速度感，与小说层面的复杂性结合在一起，成为某种微妙难言之秘。

每一位致力于向小说艺术的深微处探索的写作者或许都将有和Z一样的遭遇，志得意满的写作总有一天会停下来，那一刻曾经自认为熟悉的外在种种都将发生奇妙的幻化，冥冥之中有某种不可捉摸的微妙体验，构成莫大的诱惑。好的小说家或许终其一生都在寻找最为合适的方法，将这如须臾一般的微妙体验叙述出来。在赵志明不断刺向乡村大地的冒险旅程中，一定也在某一个深度遭遇了那只名为须臾的怪物。他必须制服它，以文字的有形之手捕捉文字本身其实无法触及的怪物的虚无之躯。而赵志明所采用的办法正和Z的反应不谋而合："不管须臾怎样千变万化，只是一个劲地用竹棍抽打它。"当我们惊叹于赵志明作为刺客之狠辣，或作为雕刻师之精准的时候，不能忽略的是他拷问世界时所付出的艰辛努力。更多时候，赵志明是以坚持不懈的抽打，来逐渐逼近他漂亮的致命一击，终于刺中那个变化莫测、难以言说的名为须臾的怪物的。

《还钱的故事》是赵志明的早期成名作，至今仍为朋友们津津乐道，在这篇小说当中，我们能够清楚看到赵志明不断抽打的努力。小说讲述的并非一个底层苦难的故事，它不仅仅要焕发读者廉价的同情，或者袒露内心难以启齿的窘迫。在乡村的人情与经济关系当中，赵志明要挖掘的内容远为复杂，那正是对于小说家而言极为难得的微妙体验，是Z所遭遇的怪物须臾。

小说共40小节，每小节只一个自然段，甚至只有一句话，但是却像Z不停抽打须臾的竹竿一样，每节都狠狠落在怪物的某种变化上，将世情人心的某个侧面写透。甚至同个小节便几度笔锋周折，读来如万象纷呈。小说起笔干净利落："我们欠着堂叔家一笔钱，2000块。"作为小说中一切纠结的缘起，这句看似内敛到吝啬的表达中所透出的森森寒意，几乎已不能为这孤立无援的十余个汉字所承受。"一直没还的原因是我们家没钱，而堂叔又是村子里最有钱的人，堂叔虽然住在村子里，但他不是农民，大家相信堂叔一家迟早会搬到城里去。"通过这个近乎白描的长句，我们不但对借贷双方的贫富差异，以及他们在乡村生态中的位置有所了解，更为重要的是我们似乎已能探知借钱者的某种隐秘心态：既然堂叔如此有钱，区区 2000 块的欠款似乎也可以心安理得。然而这样的揣测仍未免显得简单:"我的父母的打算是,一定要在堂叔一家搬走前把钱还上,因为一有了距离,人难免会疏远,就不那么好说话了。"弱者的无奈与羞耻,以及凭借其对乡村情感逻辑的熟稔而做出的卑微算计,还能够写得更加通透吗?但有趣的还不仅仅是借钱者,堂叔一家的尴尬同样被赵志明写入骨三分:"每到年前,主要是我的母亲就会上堂叔家的门,目的只有一个:打声招呼,钱是年看样子还不上了。我的母亲神态已经够羞愧,而堂婶甚至比我母亲表现出更多的不好意思来。他们忘了借钱给我们的好处,相反却好像突然发现借钱给我们是为了有巴望着我们还的想法,或者看到我们因为还不上钱表现出来的卑微,让他们有了压力。他们是喊我母亲为嫂子的人。"对乡村中人际关系之复杂微妙,绝少能写得如此穷形尽相,又如此富有分寸感。然而这不过是小说第 1 小节的内容而已,只有短短 270 字。我们再一次见识了赵志明的简练有力,而正因这样的简练有力,他可以从 40 个方向不断抽打他的须臾,逼近他所想要表达的那种微妙体验。精练的好处在于,赵志明可以最大限度地撑开他的细节,挥舞他的竹竿。

在几乎每一篇小说当中,我们都能够看到赵志明不知疲倦的抽打,这就是为什么赵志明的叙述似乎总是旁逸斜出的原因:《歌声》当中那只叫作阿黄的母狗和外地的演唱团;《春耕秋收》的结尾阿牛突然想起多年前某个暧昧的夜晚;《世上的光》中,阿宝翻墙去侵犯他的弟妹时,让他蹲了几年牢狱的那次入院强奸的记忆突然从黑夜深处飘来;还有《村庄落了一场大雪》,赵志明在已近尾声的时候,又毫无征兆地用两个梦将已经完成的整一性打碎了……那些在先锋文学之后已被用滥的现代小说技术,在赵志明手上重新产生了意义。赵志明对顺畅叙述不可遏止的破坏欲望的确来自于真实的需求:他必须在文字落下的时候不断动身,去追击须臾的又一次变化。

"Z"是零和的意思,代表的是宇宙黑洞。宇宙黑洞在吞吐之间维持着零和系数,那是一种绝对状态下的平衡和安全,既不衍生,也不消失。或者说,有无相生,活着就是死去。

须臾最终吃打不过,"突然抢过了Z的竹竿,张弓搭箭,把自己连带着Z的竹竿一起射了出去,再也不见了踪影"。在《未来千年文学备忘录》中,卡尔维诺极为推崇小说之"轻",对《十日谈》中诗人吉多·卡瓦尔康蒂越过墓石的轻盈一跃赞不绝口。而在我看来,赵志明这一笔之轻盈同样使人久久难忘。如果说那根竹竿正是对小说写作的隐喻,那么赵志明对小说的思考或许从此时才真正开始。失去竹竿让Z懊丧不已,那意味着他不再能够在经过的路途上打下自己的标志。但正是以此为契机,Z开始思考自己不断刺击和铭刻的意义:"他走出他生活的村庄,向世界进发,志得意满,沿途给自己遇到的所有事物打上Z字。那些事物是那么谦卑,但又是那么自由,即使被他打上了Z字,依然像什么事情也没有发生地继续着自己的旅程。而他呢,他孜孜不倦于给万物打上Z字,其实什么事情也没有做。"

对于赵志明这样一位极富智性诉求的作者而言,小说远远不是一门手艺,而更像是一个超越性的哲学命题。因此不但《I am Z》,《我亲爱的精神病患者》中多篇小说都更像是对小说、小说家,或者小说写作这一行为的自反思考。《钓鱼》中那个孤独的男子,对钓鱼无比痴迷,然而钓鱼有什么用呢?"钓鱼能钓到儿媳妇吗?"更何况已经没有人需要他的鱼,而钓到鱼的欢快也为时极短。"钓到鱼甚至成为一件悲哀的事情,因为黄昏日落,你不知道把鱼儿贻阿谁。"妻子、母亲、儿子,亲人们纷纷对他在这件无用之事上投注的热情感到怨恨甚至恐惧,终于连那个只想在他这里蹭鱼吃的朋友也不再能够理解他纯粹为了乐趣而钓鱼的怪异行为。然后,他终于不再钓鱼,但钓鱼已经成为他生命的一部分:"后来,我连竿子什么的都用不着了。"那根竹竿在这篇小说里再次消失,但是这一次,"在家里的任何地方,只要我想,我就能觉得面前是一个清清水域。一些鱼在里面,很多很多的鱼,它们生活在水里面。我垂饵钓起它们……"待到老去的时候,妻子告诉他,"你好久没去钓鱼了",而他则平静地回答妻子:"我一直是在钓着鱼的。"

2005年,赵志明离开他那班志同道合的朋友,离开南京的悠闲与浪漫,来到北京,每日为生计奔波,小说顿时成为一种奢侈:"换了几份工作,主要是为了解决生计问题。有几年工作的繁忙程度可以用恐怖形容,我和一个小伙伴几乎天天都在公司加班到21点,然后在公司楼下的成都小吃店点一份水煮肉片,每人猛扒两碗米饭,回到家倒头就睡,食不知味,睡不沾梦那种,连梦都没时间做,更加没有时间写小说了。"很难想象那个在异乡的成都小吃店猛扒米饭的赵志明,在某个瞬间想起南京快乐的文学生活时,会有怎样的感受。在我的想象中,那一刻的赵志明和《钓鱼》中的男子合成了同一个身影。失去了他的竹竿之后,赵志明同样没有放弃钓鱼,或许生活给他的磨炼恰恰让他能够像Z一样重新思考写作的价值,在世界向他敞开的无限宽广和荒凉中更加笃定自己选择的道路:"我在北京的朋友一直担心我会不写而废。有的人是写废了,我却是一直没时间写,他们怕我笔生了,写不出来了。其实我自己倒没有这种担心,因为虽然没有付诸笔端,但腹稿还是经常打打的。有空闲翻翻书,为一两个故事打打腹稿,权当解馋了。"

这让我不由得思考,小说对赵志明而言到底意味着什么?现实中的赵志明还在偌大的北京城里漂泊。跟很多人相比,他可以说一无所有,却又富可敌国。在为生计持续不断的忙碌当中,他始终没有放弃思考和写作。小说或许什么都不是,但是作为一种无可替代的智性活动又意义重大。正如"宇宙黑洞在吞吐之间维持着零和系数",它是对存在的反抗,是反意义的存在,但恰恰因为如此,它得以成为最不可回避的存在。

作者与总叙事者的较量
——论赵志明的小说

木 叶

1

"我们似乎注定要过一种疯狂和不体面的生活,这是命运——最后的、反讽的、讨厌的总叙事者——告诉我们的。"在名作《沉默之子》里,迈克尔·伍德轻描淡写而又意味深长地称命运为"总叙事者"。除了最后的、反讽的、讨厌的,还可以有更多褒贬不一千回百转的修饰语。每一个作者、叙事者,在行进的途中会有各式各样的遭遇和邂逅,并无时无刻不处于引力场之中,总叙事者正是其间一个无形而庞然的存在。

对于一个作者而言,总叙事者可能有几层意思。第一,是作者的生活之和,包括他的成长背景,他的经验(成功、苦难、屈辱或俗常),他看见并体悟到的现实,他的精神资源等,这里蕴含着一个作者的可能性。第二,总叙事者是命运,又不仅限于此,还可能是神,时间、空间,无尽的宇宙,未知的存在,抑或是绝对之美。作者既在其中,又在对面。第三,总叙事者是作者想象力与赋形能力之和,是作者所塑造的人物、虚构的世界和创造的宇宙,于作者而言,这些是另外的真实和存在。在创作过程中,每一层面的总叙事者都在对作者的思维和文本进行干预,与作者有共谋,也有反作用力。几个层面的总叙事者,共同规定了一个作者想写且能写、想创作且能创作的东西。而作者又注定带有偏离、冲撞,乃至颠覆。作者和总叙事者之间,相互靠近、质询、冲突、和解……

因为先锋作家是众多作者中一个殊异的存在,用总叙事者来考察先锋的轨迹,也许会有更多的发现。

特定称谓每每指向特定历史阶段和特定人物,在此意义上,马原、余华、苏童、格非、孙甘露,以及莫言、残雪等被称为先锋作家。一直有人贬抑1980年代的先锋文学,但我神往那种风云际会、叙事激荡,并相信这些革新即便未必完美,其精神与精华也早已化为当代文学进一步生发的重要气血。也正因此,我还越来越关注先锋作家"后先锋"或"非先锋"时期的作品。我喜欢《十八岁出门远行》和《现实一种》的一往无前,我欣赏《许三观卖血记》的悲喜疏朗、《兄弟》的气象万千;我喜欢《透明的红萝卜》和《十三步》的神奇多变,我欣赏《丰乳肥臀》和《生死疲劳》对历史和当下的深度触碰。

先锋,是文学思维的革新,语言和形式的实验,是对文学本体和文本辐射力的大胆探索,是超前性和异质化的书写,呈现出的整体面貌是独异的。当年读《中国现代小说史》,受启发之余,也有几处不敢苟同,譬如以下判词,"《故事新编》的浅薄与零乱,显示出一个杰出的(虽然路子狭小的)小说家可悲的没落"[1]。在我看来,《故事新编》是历史和现实的双重焕发,是开创性的虚构之旅。借用后来的说法,是解构主义,是发自深处的文本实验,《铸剑》当属短篇杰作,其余几篇也各有祛魅与别裁。将目光移转到当代,绕不过

---

[1] 夏志清:《中国现代小说史》,广西师范大学出版社2014年版,第37页。

去的是王小波。他虽在死后方才为更多的作者和读者所发现，但在虚构这条路上，着实是异数一个，《万寿寺》《红拂夜奔》和《黄金时代》等体现出多方位、多层次的试探与抵达。

以上二人的起点不一，风致有别，同时也均不是人们谈论先锋时势必谈论的对象，但在我心中，他们是无冕的先锋，将得久长而迷离的回响，其间，自是包含着不同程度的辨认与推敲。鲁迅为什么几乎每一部以故乡为背景的文字都极具神采？又为什么几经努力还是未能完成关于杨贵妃的长篇？这和他所面对的总叙事者有关，除了天分，他的文化背景和生活之和，决定了他想象力和虚构能力的长板与短板。至于王小波，他的经历和精神资源等都有别于同时代人，他的独特性和复杂性使得他的创作变化多端而又瑰丽自足。在冲击自身极限以及探索叙事的可能性上，他们均属垂范而流芳者。

一般而言，人们也不说贾平凹先锋，刘恒先锋，刘震云先锋，阎连科先锋，而《废都》《逍遥颂》《一句顶一万句》《受活》真真是冒犯之书、不羁之作。已不止一人说，《繁花》也是一种先锋。他们都接受了总叙事者的催迫和照耀，并回之以光辉。

古今中外有那么多人写了那么多的好作品，纵是想有一丝丝的创新，亦属不易。就小说而言，风采不一的独异性书写令人振奋，他们以实绩冒犯于传统，冒犯于现实，冒犯于自身。1930年代的自出机杼也好，1980年代的八仙过海也好，后来那些各自为战的奇峰突起也罢，一代作家走来，一代作家远去，更年轻的作家在崭露头角，在开疆拓土。在当下活跃的作者中，赵志明的身影渐渐清晰。

有人说，赵志明是中国的胡安·鲁尔福，而我更愿意说，这个作家已然发现了自己，并和"总叙事者"相互辨认、较量。他在貌似毫无故事可言的地方发现了故事，并以故事召唤故事，将想象力推到远方，推向自己心中的世界和宇宙。

2

赵志明目前著有两本小说集，另有一些篇什散见于报刊和网络，包括一些诗歌。所写小说大多为中短篇，内容关乎乡村，学生时代（《两只鸭子》《一根火柴》等）、社会生活、城市生活（《刹车坏了》《午睡醒来》《午餐之后是晚餐》等），幻想性的志异新编（《你的木匠活呵天下无双》等）……两本集子均面世于他36岁这一年。先是《1997年，我们买了螺蛳，却没有牙签》，由"联邦走马"独立出版。稍后，中国华侨出版社推出《我亲爱的精神病患者》。前者题材广，后者系专以乡村主题结集。两者均收有《I am Z》和《钓鱼》等名篇。下面主要谈谈《我亲爱的精神病患者》里有关乡土的叙事。

赵志明童年和青少年时代在江苏溧阳度过，多年的乡野生活是吃喝拉撒，是漫不经心，是耳濡目染，是刻骨铭心，这些过往里有着太多"总叙事者"的痕迹，构成了一个小说作者在创作上的"原始积累"。赵志明的独异在于，自一开始，就没有陷入简单的城乡两元对立。他很清楚，"乡村只是一个切入点而已，归根结底还是和现代有关联的"。现代两个字是饱满的，有丰富的内涵与外延。

《我是怎么来的》里，有钱人王进财连生了三个女儿，他和"我"的父亲讲好，如果"我"的父亲生了儿子就给他，他则把他的女儿给"我"的父亲，谁知他自家生了儿子，"我"的到来便成了多余。小说有着乡村的大背景，又深刻牵连到三十年以来的计划生育政策，乃至千百年来重男轻女的观念，换个角度看，这也是最朴素的对于生命、尊严以及虚无的追问。《村庄落了一场大雪》里，女人乙敲开女人甲的家门，女人甲给女人乙吃的，留她过夜，次日，女人甲却再也没醒来。女人甲与女人乙是施主与乞者的关系，又带出了父母与儿女的关系，同时映射出人情的淡漠、无尽的孤独和弥漫的穷苦。《一家人的晚上》里，父亲老德天晚了还是未归，两个女儿出门去寻，后来，白无常满足了起夜撒尿的小德的要求，让他看到父亲是如何死在乡间河中,这种亲人间的相互依靠,生死福祸的不可预知,将读者引向远处。

"因为我们是穷人,习惯被人怜悯,却不知道怎样去怜悯别人",《还钱的故事》以此收束,它也许未必是解读这篇小说最终或最佳的路径,却陡然彰显了张力。小说中,还钱的难度一再被掀开,还钱的进程不断被延宕,双方的心情起起伏伏,而你并不觉得故事有多么苦大仇深,不苦大仇深却又令人想到很多很多。首先,是堂亲,需要还钱的数额是2000,关系不近但也绝不远,钱不算少却也不是那么有压迫性,更关键的是作者对一个个人物心理的洞察,相互试探,拐弯抹角,有礼有兵。随着叙事的展开,重点转化为如何让人还钱,以及具体如何还钱,涉及借贷双方的困境和恩义问题。一种邈远与超拔,悠悠地显露出来。赵志明不会放弃沉重有力的细节,但不做讨巧的渲染与廉价的升华。他在意的是揭示与延展。

再参阅《疯女的故事》和《我的叔叔林海》等篇章,不难发现,他直书他们的卑微与辗转,拒绝美化乡村。他对所写的乡野人物没有居高临下,没有概念先行,他"作为"他们中的一员,爱着他们的所爱,恨着他们的所恨,无力无奈于他们的无力与无奈。这样的乡村书写,无论是和前辈还是一些同辈作家相比较,均透出独异之处。这时,作者的生活之和,尤其是乡村经验,推动着他。他写的是"乡村生活生死场",又令人觉得是广阔天地间最寻常也最真切的一幕幕,想象力和赋形能力自然流露。

写一个村庄也会折射出一个世界,但这些作品的重心还不是去虚构一个世界或宇宙。不过,赵志明对总叙事者的辨认和对话,已然相当充分。那些乡村瞬间、民间情感、人生遭际,在纸上一层层洇开,忧伤是节制的,探问是无尽的。

3

卡尔维诺有言,"对我们来说,整个问题就是文学的问题,就是如何把我们认为是世界的那个世界转化为文学作品。"世界就在那里,但是每个人看到的并不相同。赵志明用他自己的方式体悟着世界,写在纸端便有了独特的样貌。这时,更多的是第二和第三层意义上的总叙事者的现身,作者和总叙事者的博弈越发微妙。这一类书写中,他的文字和思绪仿佛能飞起来。

《渔夫和酒鬼的故事》讲的是乡野之事,作者动用了不少知识资源和趣味元素,提到庄子《秋水篇》,还说鲶鱼"比所有 DISCOVERY 里发现的鱼怪都要庞大";《侏儒的心》更是旁征博引,侏儒女孩说,"埃梅有一篇小说,叫《侏儒》,你有印象吗?"这种写法的巅峰之作当属晚近所写的《I am Z》,他将"须臾"这个主要表示时间之短的词想象成一个"怪物",它不断变身变形,而且是少年唯一不能在它身上标注上"Z"的事物,作者还安排它说出舶来的斯芬克斯谜语;小说触及亲情,性,生死;"Z"关乎声光电化中的佐罗,又可能意味着零和、宇宙黑洞,甚至会让人想到作者赵志明全拼的首字母……六千字的篇幅里,多种物事在交汇,多种智识在跳跃,在碰撞,在相互推演,在上天入地。

这样的叙事体现出作者的文化自信,他是将世界作为一种源泉。在出色的驾驭之下,远近轻重雅俗深浅之种种冶于一炉,而又自然、轻盈。1980 年代很多人还为外国影响与自身传统如何相处而纠结,先锋作家因其大胆"拿来",尤其为人所诟病,到了这一辈作家或者说赵志明这里,几乎无所束缚。他模糊了家乡话与普通话、古代与当代、中国与西方,就像曹寇在和赵志明对谈时所归纳的,"喜欢就是喜欢……有价值都一样"。

他如此开阖自如,是因为骨子里向往一种更高的合一。他直面总叙事者,看得较为透彻,下笔也就透出一种放肆的坦诚,或坦诚的放肆。

太阳也会死。太阳身体内部到处都是癌变,而且是晚期。它的寿命已经是一个定数,谁也无法阻止。太阳的存在,只是证明了这种死亡的无可阻挡。(小说《刹车坏了》)

毕业就是看着他们一点点死去(他们也包括我们)。(小说《我们的懦弱我们的性》)

在生活的污水里她们苦苦挣扎

在赞美诗中她们烦心,变老,死去

(诗歌《唱赞美诗的老女人们》)

恒星并不是永恒的,纵是亿万年的天寿,又和几年、几天有多少本质的区别呢?人生也是一种流逝,小小的毕业便是一种不可逆的告别。他笔触那些一点点死去的人与物,那些无名的攀行,无辜的消隐。在更开阔的生活之中,人们有摇摆,有无知无觉,也有不计后果,坚忍,持守。他把一个个人和千百情愫都安放于纸端。

《侏儒的心》里,侏儒女孩说,就在和侏儒男友婚礼前的一个晚上,他突然奇异地长高了。他们无法向别人解释。他表面告别了不正常的身高,却在知情者那里由一个侏儒突变成了"怪物"。即便在京城艺术家圈子里,也被人们窥察或议论。同时,他的身体在加速衰败,无法真正照顾她,只得选择消失。这是一个悲悯的故事,自是受到了同类小说的影响,但透出此间独特的生活质感。我甚至想冒险过度诠释一下:有时,这个社会不会允许你一个人独自变好起来,你与其同流合污才可能生存。

《刹车坏了》里,一个上班男被打了一个耳光,瞬间老了三十岁,成了一个小老头。这耳光来自孕妇的丈夫,他觉得上班男是假寐,不让座。上班男没有还击,只是说,"我已经五十多岁了,但我还是要假装成二十多岁的年轻人"。不这样,他就不知道该怎么维持生活。现在被打回了原形,就像那个侏儒男孩一样,他无法向人们和社会证明"我是我"了。世间有太多东西可能成为这个"耳光",个中几多悲辛。结尾处,因急刹车,孕妇在车上诞下婴儿,婴儿拼命要爬回母体,被剪断脐带后,婴儿又咿呀学语,见风长个儿,全车人都惊恐莫名。这里有魔幻,有荒诞,有现实,关键是相互之间的转合那么妥帖。

"生活总是让我们遍体鳞伤,但到后来,那些受伤的地方一定会变成我们最强壮的地方"——我赞同这句广为流传的硬汉名言。但我以为,赵志明的小说也是对遍体鳞伤的一种书写,他注目于那些挣扎的魂魄、那些奄奄一息的日子,同时他还警示人们:很多伤口无法或不可能成为"最强壮"的地方。世界不断在伤害着人们,终究又不了了之。当年,有的作家觉得辛亥革命并没有在民间实实在在地改变什么,在赵志明这里,尚未触及什么所谓的大事件、大题材,但这不妨碍你隐隐感到,在广阔的民间,在幽微的深处,改革开放以来的"盛世盛举"并没能切实改变多少,所谓的全球化也没能改变多少。太多太多的人,为了使生活有一点点的改善,正付出高昂的代价。磨难,以及有中国特色的磨难,困苦、卑微、挣扎、无名,依旧是活生生的存在。

这两篇小说,各有神秘诡谲,不过都指向时间与身体这一"总叙事者",是作者与内在宇宙间的较量。

"Z"标注了很多事物,对此厌倦后感到万物之自由以及某种虚空;《歌声》里到底是房子还是"我"在唱歌?《家具总动员》里家具们走出家门,浩浩荡荡去寻找主人,也引人遐思连连。赵志明另有一些作品,指向更旷阔的新时空。"四方上下曰宇,古往今来曰宙。"赵志明是一个颇具时空观念和探索性的小说家,似乎在撕开宇宙的缝隙给我们看,有缝隙也就意味着可能另有宇宙。这主要是作者,和第二和第三层意义上的总叙事者的对冲。

《石中蜈蚣》里，蜈蚣被困于巨石，月明之夜可在石中游弋。山鸡要吃这个美食，头却被困住。舍了头的山鸡找胡生求助，他救出它的头，自己的指头却被封石中。待胡生抽身返回，另一胡生已考得状元。回到家中，另一胡生已卧床三年……这个有关三生石的故事，终点又落在三峡大坝的现实中，和尚对"我"说，"也许这些深藏在历史深处的故事有朝一日也会被一百多米的水淹没吧"。如此自由的叙事，让我们看到的却是世间的不自由和种种贪恋。一块石头成了一个封闭而又可以打开的世界，一个小宇宙，见证了古与今、自我与其他的自我的相遇。

《你的木匠活呵天下无双》，葆有一种无限张扬的想象力。戴允常进宫后，继位当了皇帝，他却爱着做木工，琢磨着在现有空间之内再造一个可以无限蔓延的世界。叛军压境，他让全京城的人进入自己创造的世界避难……小说是架空的，又有着历史根基。戴允常是暗指不爱江山爱木工的明熹宗吗？他最后的隐遁又暗含了多少帝王的故事？首相是张居正吗？他是皇帝实现自身梦想的重要臂膀。太监王德是贪婪的魏忠贤？他以死为皇帝和子民换得了某种平安。小说里，戴允常最后寄身的那个宫殿可能就漂浮在所有后人的头顶之上。作者把戴允常（也把读者）带进一个时空，又带进一个时空，戴做木匠活儿时产生的刨花，飘落下来就成了雪花，雪未必能遮盖住世界的黑暗与种种问题，却引领人们去信赖，去探察，去怀疑。

探索现实，探索现实中被隐匿的部分，探索历史，探索历史的另一面，探索宇宙，探索另一种宇宙，一切最终都是在探索自我。这是作者和总叙事者在生命、世界、宇宙层面的较量，作者用幻想对抗着遗忘、平庸以及死亡。作者关心的是人生的真问题，存在的真问题。小说家不是直接说出道理，而是用语言去收拢、去触摸、去打乱并安置自己缤纷的思绪。赵志明完成得不露声色。

4

和许多先锋作家不同,赵志明一出手便极其尊重故事,铺排得当,疏密有致,同时,他的叙事有一种野逸,不血腥,不暴力,深者得其深,浅者得其浅,他带来了好且好看的小说。不止一人说他有如赤子,我喜欢的是,他的语言和调子素朴,景致则可能是幻美的。既有专注于现实的作品(典型如《还钱的故事》),另有一些满足人们对现实之外的时空的想象(如《你的木匠活呵天下无双》)。当然,两种作品的界限并不是截然的。他的叙事澄澈而准确,同时文字会思考,善幻想。作者本人和读者都喜欢谈胡安·鲁尔福的影响,自是颇有道理。我以为,某种意义上,赵志明的写作有几分接近于马尔克斯(他年少时便接触到他)。于马尔克斯而言,要扎实的肖像有《礼拜二午睡时刻》和《没有人给他写信的上校》,要幻想或天马行空之作有《巨翅老人》和《百年孤独》。同时,前者不无奇思,后者的细节又精确真实。

有人欣赏写于早期的《我们都是长痔疮的人》,我则认为需要小心,因为生理和命运的这种"对位法"并不十分牢靠。在《1997年,我们买了螺蛳,却没有牙签》里,有几篇不够饱满,如《五分钟素描》和《叫春》等。"生活的横断面"固然重要,但除了即景之外还有赖于一种超越性。

赵志明的独异,很大程度上凭借的是知与智以及识,还有与此相关的幻想力、想象力。发挥得好,自是八面玲珑、神出鬼没,不过,一些作品里也出现了些状况,或是智识轻飘,或是想象力未竟抑或过剩。写作在飞起来时,既需要长风的鼓荡,也少不了来自雨雪的节制。

太依赖智识和幻想,会缺乏"骨头",这也是有人觉得即便是备受推崇的《I am Z》也存在猎奇、不够严谨厚重的缘由。又如《侏儒的心》,有融汇贯通的一面,但并不是都妥帖,譬如在写到侏儒男友打摆子时,作者说,他牙床对撞的声音"与凯鲁亚克在打字机上自动写作的频率差不多",这么写看似符合热衷于写诗的侏儒女孩的那种文艺范儿,却颇可商榷,要害在于偷懒,写起来容易嘛,也就不再去思考更符合情景的更俗常而又更具神韵的描写方法。再如《你的木匠活呵天下无双》,作者有过自我辨析,同时也已有人指出,开篇时罔见、道听、途说三个人的出场很酷,"罔见"既聋且哑但能看见,"道听"既瞎且哑但听力好,"途说"既瞎且聋但能说话。三人合体,便有了神奇的能力。不过,他们只是以异禀为王爷预言,此后便消失了。充满想象力的桥段,作者自是不忍割舍,一写就是1500字,却很快就给(故意)写丢了,后面他们不再参与叙事,亦再无照应,那么,这种开篇就成为了一种想象力的过剩,一种智性的炫技。过犹不及。

《你的木匠活呵天下无双》把贪官的本性与操守进行了颠覆性的扭转,同时赋予了帝王以探求另一世界与宇宙的宏图。但是,有几个贪官真的能如此舍生取义呢?更值得思量的是,皇帝戴允常说,"我希望有一个更大的世界,是属于每一个人的。在那里,每个人都自由平等。"无论是回到久远的历史现场,还是检视晚清直至当下的权力基因流变,中国皇帝真曾有过自由平等的普世思想和远见吗?皇帝对皇帝这个身份乃至人类自身的局限,究竟有多少反思呢?从小说的结尾来看,个中倒是不无反讽性。终究,这种立意和大胆虚构,是否也是一种智识和想象力的轻飘,一种过或不及呢?事实上,智识和想象力本身并不存在轻飘或不及的问题,问题在于想象力和赋形能力是否强悍而合理。归根,问题在作者,是作者在和自己以及和总叙事较量时,露出了短板。

阿乙的《鸟看见我了》是新世纪以来惊艳的小说集,而他的长篇就尚有待验证,至少七万字的《下面,我该干些什么》还缺乏说服力,作者用力过猛,把自己的思考都塞给了年少的主人公。我也欣赏田耳,几年前他便以中短篇闻名,长篇《天体悬浮》带来更广泛的称誉,内有一条线是用望远镜"观星",有人喜欢,认为是小说超拔之处,不过也有论者指出,这一部分与警察故事、现实欲望的连接还不够自然有力。

智识、幻想性在短篇中较为容易自如驾驭,甚至可以天马行空,在长篇中就特别考验作家(博尔赫斯没有长篇,我国几个实验性极强的作家也在长篇上不尽如人意,这些或许不完全是偶然的)。赵志明在不止一处说到自己在写长篇,这将考验他的内在先锋性和综合驾驭力,他的优势和潜能会被放大,也可能被阻扰或遮蔽。

另外的声音、另外的美、另外的时空都充满魅惑。虚构指向真实,想象创造新的世界与自我,飞翔更是为了更快更高地抵达,这一切实现的过程却也十足煎熬。智识和想象力如何开天辟地而又与种种凡俗以及细节相融合,可能是远行途中的一个谜题。

《你的木匠活呵天下无双》里,首相临终前问皇帝戴允常:"我是不是生活在你的梦中?我们是不是被命运抛到了一艘奇怪的船上?"这里又出现了"命运"这位"总叙事者"。他们正处在皇帝所创造的世界或者说宇宙之中,而他们无法让广大子民沐浴在平等、自由等普世价值的春风中,子民们甚至不知道自己在另一个时空里,就更谈不上回归现实世界了——叛军铲除皇宫时便也毁了连通两个世界的秘密通道。人在摆脱一种命运的时候,又进入另一命运。人在一个时空不如意,在另一时空也未见得就如何。

"天地不仁,以万物为刍狗",这是一种来自"总叙事者"的敌意,同时,命运、上帝、世界、宇宙又都是敞开的,它们的偶然与必然,静穆与强力,虚空与浩瀚,无情与无尽,又都是透明的,对每个人,每个作者、叙事者都是平等的。

Part3

创作谈

我与我的写作

我 1977 年生,那时很快就要承包到户,乡间朴素而光怪陆离的生活,人与人之间粗犷而又细密的关系,让我印象深刻,百思不得其解。

我所经历的生活显然构成了我的写作第一课。人活在一种本人难以自况的情境中,多少有些麻木,有些狡黠,有些自私。家长里短的流言蜚语,甚至同一件事的不同版本,其中的精彩处让我很难忘记。我没有想过有朝一日要讲述这些人和事,一旦有这种念头产生,就难免蠢蠢欲动。这些构成了我写作的"原始积累"。

想成为一名作家,是我孩提时就有的梦想。但没有人告诉我怎么做。从高中开始,我开始做我的"文学梦",首次接触到马尔克斯等作家。我报考了中文系,以为这样就能离自己的"作家梦"近一些。但是我的同学很多都是不爱看书的,更不用说热爱写作了。在中文系几百个学生中,我和李黎可能是唯一的纯文学爱好者,但在他们的眼中是一对怪胎。在大学里,我从图书馆借阅了大量小说,主要是中短篇小说集。但我没有信心写作,我也不知道我为什么要去写作。

我的写作比较晚,大学毕业后接触到网络,又受到身边师友的影响，觉得写作不是难事，更在于自我挑战，于是开始尝试写作，并乐此不疲，虽然少有建树。通常我按照我喜欢的节奏去铺陈一个故事，细密而迂回。我想要传达的是我的兴趣点，故事只是一个载体，它传达的是我个人的情趣和兴致，有时仅仅是对语言的一种迷恋。例如，我喜欢玄谈之类的故事，也喜欢写一些非常富于细节化的生活。

我一直认为，写作是"百工"之一种，无需人为拔高。一个人可以源于兴趣写作，也可以通过写作去努力解决生计问题。互联网的兴起，更证明了这一点。不过写作的门槛降低，并不意味着写作要求的降低。作家可能要对自己的创作更加小心翼翼，才不至于丧失判断力和累积的写作经验。

母鸡下蛋是本能，就好像我们说话写字一样，只有抱窝才能孵出小鸡，但有的母鸡并不喜欢抱窝，不仅不喜欢，还模仿抱窝的母鸡咯咯哒地叫，假装它在孵小鸡。这值得警醒。人类的通病是轻浮，"假装热爱"就是一种发病的症状。例如，假装热爱写作，假装热爱阅读。假装抱窝的母鸡多了，就会让人对母鸡失去信任感。即使是抱窝的母鸡。

然而老老实实抱窝的母鸡，已经可以不在乎这些目光，置身于喧嚣中孤独地抱窝。因为抱窝，意味着诚实，意味着耐心，意味着牺牲，需要忍受饥渴，放弃在阳光下的悠然觅食。等到小鸡出来后，它已经形神憔悴，惊喜交加，鸣声微弱，饥肠辘辘，实在是无暇向他人报功炫耀。

在幽微晦暗的世界洞若观火

我刚开始写小说的时候,有一次,我们十几个人组团去楚尘的老家,同行的还有远道从广州而来的李苇,我和他坐同一辆车。在去兴化的公路上,沿途田间相隔不远就会很有规律地出现一棵孤零零的树。我告诉李苇,这是分界树,防止田埂走线,相邻的农户或沾光或吃亏,徒惹口角官司。李苇不同意,他觉得那是乘凉树。李苇说:干农活累了,在树下荫凉处休息,不是挺美挺舒服的吗?我和李苇围绕这个问题探讨了很久,一个实用论,一个美学论,谁也说服不了谁。

北京南京的高铁开通前,我往返都坐 T65 和 T66,晚上发车早晨到,十多个小时里,车窗外黑漆漆的几乎一无所见。现在方便得多,一般买中午发车傍晚到达的车票,因此,只要有兴致就可一直盯着窗外看。从天津段一直到徐州段,是北方的景致,不是高粱就是麦子,我看到田间经常跳出一抔小土堆,土堆前偶有花圈、纸钱之类,应该是坟墓无疑。在溧阳,我的印象中没有坟墓是圈在农田中的,每个村一般都有坟山,集中埋葬先人,也有的人家将坟墓选址在自留地上。究其原因,可能是北方种高粱小麦,而南方种水稻,水稻者,离不开水,水稻田里当然不能存有坟墓了。若真如此,其实很简单，而我苦思很久才想明白。

在冯梦龙的《警世通言》中，有一篇《王安石三难苏学士》，苏东坡才高八斗，也难免自以为是犯下错误。以世界的广和大，时间的久而远，越是言之凿凿的定论，恐怕越容易受到新知识的挑战，站不住脚。历史如此，现实也如此，个人经验恐怕更是如此，无论喜恶情感。

我在家里排行老六，其实是老七，因为在我之前还有一个夭折的兄长，不刻意强调的话很容易忽略。在我母亲生我时，我的大姐已经是大姑娘，结果她们在我出生日期这点上记岔了，相隔了一天。莫衷一是，我就索性连着两天都过生日。日期都会混淆，更不用说详细的时辰了。因此，我不太喜欢星座学，因为它讲究精确，而我恰恰是一个万事都很糊涂的人。

基于此，每当我母亲和哥哥姐姐们聊起往事时，我在一旁默听，常会猛然惊觉：她们这次说的和上次说的有不一致的地方，甚至截然相反。推广开来，邻里之间、亲朋好友之间，所谈论者也都很可疑。无关乎对错，在表情之反应、事件之叙述和情感之表达上都有明显的变化。对此，我很愕然，常常无所适从。

反映到写作上，大致也是如此。要写什么，怎么写，并不自信，识途老马是没有的，每一次都像小马过河那样战战兢兢，好在我有勇气，不怕失败，心想：大不了就像人们在日常中的闲聊，闲聊哪有一定的准则和规矩，不过是每个人根据自己的年龄、身份和经历，或畅所欲言，或惜字如金，而已。所以我的小说显得很笨拙，立意不高妙，逻辑很混乱，人物也立不起来，大概是作者糊涂，笔下的人物也就混沌，因为没法像须、臾两位为之开窍。鉴于此，我不敢，也写不来那类聪明、漂亮、得体的小说。

曹雪芹大约会反对一个糊涂的人从事写作这件事，因他说："世事洞明皆学问，人情练达即文章。"所谓洞明、练达，都是聪明人的标签，但《红楼梦》里的聪明人大都没有好下场，万般宠爱集一身的贾宝玉，也因爱以及失玉之后神志愈发不清不楚了。曹雪芹自己，大概也是不善变通的人，似乎接受了自己的命运，因而才发奋著书的。可见，世上事不如意者十之八九，无论是清醒者还是混沌者，一生所经历的事，大抵都逃不过这个比例。

所以，蒲松龄写《聊斋志异》，鲁迅写《彷徨》《呐喊》，他们既聪明又糊涂，还不是假装糊涂，是真的糊涂，他们寄身于此幽微晦暗的世界，偏又火眼金睛洞若观火，活该他们要饱尝撕裂般的痛苦。我做不到他们的高屋建瓴，我的格局眼界小太多，但依然勇敢，不惮以他们为榜样。

Part4

访谈

"写着写着大鱼就出现了"
——李壮、赵志明对谈

李壮：志明兄好！你我之间现在是很熟悉了，周末经常一起踢球，各种文学场合也会频繁遇见，嘻嘻哈哈地谈天说地聊八卦。不过我一直很清楚地记得我们初次见面时的场景。套用一句经典的文学表述，"多年以后，面对访谈提纲，李壮会回忆起在中国人民大学见识赵志明的那个遥远的下午"。的确是下午，当时我还在北京师范大学读研究生，去人民大学杨庆祥老师组织的"联合文学课堂"参加蒋一谈老师的研讨活动，你也来参加了。那之前已经有朋友跟我推荐过你的小说，说一个叫赵志明的青年作家，小说写得特别有意思，值得一看。我记在心里，还没来得及买书，谁知没几天就在现实中遇见了本尊。回来后我读了你的小说集，就是那本《我亲爱的精神病患者》，的确是非常喜欢，后来也有推荐给很多人。我记得很清楚，那天下午你坐在窗户底下的位置，正在我斜对面。阳光从你身后进来，直落在我的眼睛里，因此每当我看过去，都无法看清你的脸，只能分辨出圆滚滚黑乎乎一颗脑袋——从脑袋往上瞧，头发很短；从脑袋再往下瞧，哈，脖子也不长。然而谈起文学来，你的话却是一点儿都不短。如果把每一句单独来看，似乎属于那种短平快的风格,很简单、很利落;但所有句子结合起来看,延展性又特别强,我相信如果没有时间限制,你可以用同样的语速讲上一个小时。

这是我对于你的最初印象,看不清五官、看不清表情,但听得清声音,听得出这是一个"讲述狂人"。这样的印象之所以产生,本身带有很强的随机性(比如你当时所坐的恰好是窗户下方的位置)。但我觉得此种印象是非常合适而恰当的。后来读你的小说,我也常常是着迷于其中那种"讲"的气场。你经常被形容为"说书人"。于我而言,小说里的你就同那个下午的你一样,会在某个让观众逆光的位置,一拍惊堂木,开始讲你的故事。那逆光的所在,也许是在人民大学的会议室,也许是在圆明园的大水法,也许是在人来人往、烟火气十足、杂糅着街拍摄影师与广场舞大妈的北京街头。你让我们看不清面孔,但我们知道你陶醉其中,甚至忘记了面前有没有观众。

这是一种非常感性也非常直接的印象。它由一个场景以及此场景所引发的感受和阐释构成,类似于古典文学常说的"起兴"。我觉得当我们谈论文学的话题,倒不妨就从这样感性的、经验性的话题引入。在此意义上,我首先想问一下,在你的生命记忆中,有没有哪个场景、哪种印象,是直接与你的写作发生过关联的?比如说,会猛然开启了你的表达冲动,或让你感受到了写作与个体存在的关系?往小里说,这可能关乎你写作的发生学;往大里说,这或许会涉及你写作的潜意识。

赵志明:谢谢李壮。你当时拨冗给《我亲爱的精神病患者》撰写的评论,我还时常翻看,特别是你提到"凝视亡魂的深情",让我醍醐灌顶。我确乎在小说中多处写到亡魂,像《我们都是有痔疮的人》《一家人的晚上》《另一种声音》等,死去的父亲的形象一直徘徊不去,但我此前并没有很明确地意识到我在"凝视",且饱含"深情"。可能是因为我父亲早殁,这种痛楚或者说是羞愧感,在很长一段时间内我都难以释怀。在初中、高中甚至大学阶段,填写相关表格中的家庭成员项时,我都会在母亲之前写下父亲的名字,还有他如果活着到现在的年龄。很难解释其中的缘由。因为这种经验和记忆,当我看到费尔南多·佩索阿写他父亲的诗,因为诗人做了和我类似的事,在其父亲去世后多年来一直刻意遮蔽着父亲的死亡,制造父亲仍然活着的假象,特别有触动,甚至心悸惶然。我因此正式写下了我第一首看起来很不像诗歌的诗歌——《一道简单的算术题》。一个家庭蚕食死亡的方式,是母亲和儿子围绕丈夫(父亲)的死亡做算术题。好像始于佩索阿所鼓吹的狂风,在我心田掀起的涟漪,到此诗为止。当然,我不会忘记我和佩索阿做过的相似的梦,努力忆起的煎熬,努力遗忘的痛苦,诸如此类,不一而足。说到身边亲人亡故的悲痛往事,我不会忘记两个朋友和我分享他们的经历,对于我而言,他们的举动不仅大方,近乎慈悲。一个比我年长,我视其为兄长,他在某一个晚上说到他的亡母,突然泪涌哽咽的场面,让我感动,并且有种如释重负的感觉。好像多年来我一直耻于启齿的关于父亲的死亡,终于可以向身边人、向所有人、向全世界坦承。好像只有到了这般年纪,才可以放肆地大说特说这种糟糕的厄运,才能够承受并全然不惧死亡带来的伤害。似乎就等这样的时刻,禁令完全被解除。一个和我同龄,他有一次说起他外婆家复杂混乱且冰冷的家庭关系,他外婆不易、不幸地生活在这种一头乱麻的关系中,他感到痛心,觉得外婆生不如死。正是说到这里,他才恍然惊觉,原来二十年来死神没有从他身边带走一个亲人,他深感遗憾。言外之意,不就是有为他外婆开脱的意味吗?想来,一个人的成长从来不会缺少死亡的陪伴,除非他用早夭将生命固定住,并以此馈赠给其他活着的人,用他的死亡陪伴其他人的活着。似乎是,我在父亲去世的同时(获得消息时),猛然间成人;又或者是,前面都是假象，我仍然是一个孩童，躲在父亲去世的阴影里，直到发现我有勇气说出父亲去世的真相并且不会感到羞愧的时候，我才真正长大。如此一来，造成两者之间些微差别的时间，该如何审视和考量呢？陷在时间裂痕里的死亡又该如何重新置放呢？这可能是我情不自禁喜欢去琢磨时间和空间的初衷。像《你的木匠活呵天下无双》，像《石中蜈蚣》，像《I am Z》，都带有这样的痕迹。说到这里，不免要提到胡安·鲁尔福的《佩德罗·巴拉莫》，我最初是经诗人刘立杆推荐，并从他那里借阅到，因为在我写了《还钱的故事》后，他当时就说我的小说带有胡安·鲁尔福的风格。当时，我是不知天高地厚，竟然堂而皇之地接受了。现在想想，胡安·鲁尔福让一帮死去的人复活，在一个封闭的笼罩着白雾的山谷里，不知生死地一再演绎着他们的命运无常，这岂是初涉写作的我所能仰望其项背的。不止鲁尔福，还有带给我们《莫雷尔的发明》的卡萨雷斯，以及写出《中国长城建造时》《在流放地》的卡夫卡，现在有"装置小说"一说，他们的小说整体上确实像装置一样，形成闭环，在设定好的轨迹上运行演绎，但又滋生出无穷的可能性，使得阅读和解读看起来更像是尝试一次游戏。我渴望写出这样的作品，它若能成功分娩，在拓宽小说的边界上，建立哪怕只是毫厘寸功，也会让我引以为傲，快慰平生。

李壮：韩东有两句诗，"我有过寂寞的乡村生活/它形成了我生活中温柔的部分"。你也有过寂寞的乡村生活吧？你对于"讲"的激情，那种天马行空奇思怪谈背后的温柔与深情，是不是都与此有关？如果把你的小说和一些访谈、创作谈放到一起来读，不难发现，你笔下的故事经常会同你的真实经历有交集。比如《我是怎么来的》，里面写到主人公的出生与计划生育政策的关系，我初读时印象很深，后来发现并不是虚构。包括《小德的假期》，里面极其生动、极其详细地描写了小孩子暑假吊团鱼的细节，我猜也跟你的真实经历有关。

篇幅所限，这两篇并没有收进本书，但我觉得有兴趣的读者不妨单独找来读一读。对于童年和故乡，你曾用"乡间朴素而光怪陆离的生活，人与人之间粗犷而又细密的关系"来概括。这样的童年经历或者说成长环境，对你的写作产生了怎样的影响？

赵志明： 在溧阳，有很多神奇之事。我举几个例子。在早先，溧阳的行政中心不在溧城镇，而在旧县。旧县者，就是很旧的县，以前的县，现在沦落为一个村镇了。旧县曾经发现大规模墓葬群，据说村户家家都挖掘到宝物，秘不示人，当作传家宝传之后世。在我十几岁的时候，我的耳边就全是盗墓的故事。当时还流传一个致富口诀，"要想富，去挖墓，一夜一个万元户"。对了，在那个年代，万元户还是农人祖孙三代都为之奋斗不已的目标，类似于脱贫，奔小康。还有一句，叫"小小的溧阳城，大大的前马村"，这里面有个来头。当年陈毅率领新四军抗击日本侵略者，在溧阳很多地方都留下事迹。日本军队虽然占领了溧阳，但拿转战于山山水水的新四军没有办法。有一次在追击游击队时到了前马村，日本兵竟然被村里巷弄整得头昏脑胀，才发出这样绝望的叹息。前马村也因此留下美名。别桥是一个年代久远的古镇，因为马姓世家而声名远播，其中最有名的是马一龙，他留下很多故事被一代又一代人津津乐道，其中一个就是他不希望女儿嫁人，在女儿新婚夜让女儿吞吃红鸡蛋，而让女儿窒息而死。促邪，阴缺，这些词都明确无误地指向他。后来人又自行脑补，说一个盗墓贼，知道马一龙女儿殉葬颇丰，夜里去盗墓，移动尸体时，将卡在喉咙口的鸡蛋挤出，马一龙的女儿因此复活。在我们小学旁边，有一棵古树，树下有青石板墓门，原来被土盖着，后来水土流失，慢慢显露。当年曾有几个人奉村委之命去锯树，而离奇生病，说什么的都有，简直就是《聊斋》的现代版本。树老心空，年轮出现裂缝，就有蛇鼠鸟雀在其中藏身，阴雨之前闷热天气，就会看到丑陋的赤链蛇，或者修长的司母蛇从缝隙咻溜出来。那确实是一个古墓,但年代不是很久,墓主生前应该是寄居在清末或者民国,我和几个小伙伴曾经钻进去,猫腰走了大概三五米,不知道通向哪里,因为害怕就退出来了,冒险戛然而止。乡下人家为了沤田,会做草淹塘,将各种杂草、粪便之类堆在里面,任其腐烂,以为肥料,撒在地里,作物会长得很茂盛。乡村就像一个天然的草淹塘,千年人物万年怪,都会被她沤成肥料,称之为"讲古今""讲空话",不就是古今多少事,都成转头空吗?偏偏乡人生活又浸泡在开门七件事里面,沉溺于亲朋来往的"一碗水要端平"之中。我写小说,若关乎到我熟悉的场景、事件,会忍不住杂糅些个人私料进去,为的是让叙述生动和有情一点,不然干巴巴的,不要说读者,我自己都不能卒读。

李壮:说到一个地方"神奇",可能多数人会首先想到西部,像西藏啊新疆啊这类土地广大、人口密度低,又有宗教背景的地区。至于你的家乡溧阳,地处东南,自古属于人口较多、生活还算富庶的地带,想不到也有这么多神奇的故事,也会显示出如此光怪陆离的一面。对于小说家而言,这样的话语背景确实可以称作是"有很多肥料可沤",这种滋养我想真的是特别珍贵的。

说完生活经历,再说说写作经历吧。你开始小说创作的时间很早,但大量发表和出版作品、为文学界所熟知,基本是近五六年的事情。二者之间,似乎间隔了比较长的一段时间。你自己也在许多文章中提到过,大学毕业后有一段日子,为生计四处奔波,没有太多进行文学创作的时间。看你发来的创作年表,从 2004 年到 2012 年之间,的确存在着一段接近十年的"空白期"。那段时间是如何度过的?对于你的写作,这段"空白"是不是真的空白?你如今的生活及创作状态又是怎样的呢?

赵志明:我表面上是乐观派,骨子里透着些虚无主义。阅读和写作很对我脾性,日常生活和工作中不尽如人意之事,我也能安之若素。1998年我开始写小说，在暑假一口气写了五篇，投了出去，《另一种声音》很幸运地在《芙蓉》上发表，我并不知道当时韩东在负责小说栏目，不然会更加喜出望外。但这次发表对我也仅仅是点到为止，并没有激发我去写更多小说，争取更多发表机会。随后，我认识了楚尘，并经由楚尘认识了韩东、顾前、朱朱、刘立杆、崔曼莉、李樯、朱庆和、外外、赵刚、毛焰、王小山等人，兴奋雀跃，溢于言表。相比于写作，相比于发表，我觉得和他们的交往更有意思。他们都是我的老师，在阅读上开拓了我的眼界，在写作上让我沉潜，因为他们都渊博犀利，不是浅薄之徒可比。我一直很庆幸，我在南京上大学，并且在大学快毕业时认识了这些人。楚尘的书架成了我的私人图书馆，在那里我看到了格里耶、西蒙、卡佛等人，带来了奇妙无比的阅读体验。然后就是像小学生那样听他们聊天。确实是小学生，恨不得把舌头、嘴巴都变成耳朵，变成六耳猕猴，因为不敢插嘴，在他们的博学和洞见面前，我噤若寒蝉，这话并不为过。毕业后，我认识了曹寇、彭飞、慢三等人，混迹于他们论坛、西祠胡同，受到激发，开始写小说，写诗歌。小说写完都贴在他们论坛上，然后悄悄看各种留言，我觉得在那里聚集着当时对我来说是最好也最有帮助的评论家。也看其他人的帖子，小说、诗歌，真是目不暇接，真是盛宴和狂欢。于是，我写了《还钱的故事》。当时《芙蓉》的田爱民也在他们论坛，看到了，帮我发表在《芙蓉》上。从《另一种声音》到《还钱的故事》，都发在《芙蓉》上，这让我对《芙蓉》怀有特别的感情。毕业后我在楚尘的公司上班，做图书编辑，每天看稿子，"年代诗丛""外国诗歌译丛"，我简直如饥似渴，快乐如鱼。但南京的这种生活很快落幕了，2004年我收拾行装，孤身来到北京。但这段经历太丰富了，值得我花八年、十五年去消化。所以说，从2004年到2012年的这段空白期，我自己反倒没有意识到。我一直沉浸在南京的余韵中。据说，运动员们会进行一种想象中的模拟训练。当没有训练场地或训练场地不适合训练时，就会通过冥想，假想自己在高山滑雪或者击打一颗不存在的高尔夫球。我觉得打腹稿与此极为相似。一个故事在想象中逐渐成形，通过精雕细琢渐趋完美，然后封存在脑海中；如果不顺利，也可能胎死腹中。好几年时间，我就是这样玩味小说，至少没有全然陌生化。这是就我内部环境来说，至于外部环境，在北京遇到的人事和南京大不同，也需要我调整，去适应，以找到俯仰和呼吸的空间。这些在一定程度上也会反哺我的小说。我的朋友都相信我的写作能力，因为我在生活上如此低能，难以获得哪怕是任何一种成功，而这种成功他们愿意相信可能是对写作有害的。换言之，如果在这几年，我不是那样潦倒困顿，疲于奔命，而是鲜衣怒马，多金广厦，那么我很可能漂离写作，越来越远，即使还心心念念系于写作，也回不来了。不写是一种状态，写不来是另一种状态。我自己，我的很多朋友，都相信我只是不写，而不是写不来。不写而写，写而不写，其间区别，值得深思。有时候，空白可能是留白，我个人觉得留白是中国文化的一种神髓，将棋谱熟谙于心娴熟调素琴的人，未必能尽得弦外之音。说到我现在的生活和创作状态，一言以蔽之，就是虚席以待。孔子说四十不惑，我已年过四十，生活也好，写作也好，早失去年轻时候的心火，但愿能够从容些、慢一些，不仅心有余，力也要充足。

李壮：不写是一种状态，写不来是另一种状态。我觉得这话说得特别好。有关于"写"，你最早的成名平台是豆瓣，你在豆瓣上有一大批忠实的读者，而且据我所知，豆瓣上很多读者的专业水准都很高。从豆瓣上火起来，随后在所谓"传统文学"领域获得认可的作家，以往还不算太多，近些年已经比较常见了。这样一种相对特殊的写作发表平台，对你的写作风格包括写作心态，有没有潜在的塑造作用？相较于那些通过传统期刊发表、作协系统推荐成名的作家，你会不会觉得自己身上或作品中有哪些比较特殊的气质，是与所谓"出道方式不同"有关的？

赵志明：发表平台不一样，对自己的要求肯定也会不同。在豆瓣发表作品几乎没有什么门槛，会让写作者有所松懈，而在形成自己风格上则助益颇多。不过，很多小说家在豆瓣发表作品，我觉得很大程度上是把豆瓣当作一个存放文档的抽屉，他们上豆瓣，更多的是利用豆瓣进行其他方式的阅读，比如看书、听音乐、看电影。豆瓣的评分还是有公信力的。拥有豆瓣账户的作家，包括很多其他豆瓣用户，受豆瓣的影响其实很小。拿我举例子，我是 2007 年加入豆瓣的，但直到我在豆瓣上传《还钱的故事》等小说，我的好友一直是三百多，几乎都是认识的，平时互动也很少。后来写中国怪谈系列，突然涨了很多友邻，但也几乎是零交流。若看到有些留言比较有意思，偶尔才会回一下。属于典型的不活跃用户。我和很多豆瓣作者还是很不一样的，他们更年轻，和网络更亲近，同理，我和期刊青睐的很多作家也不太一样，我重视和别人不一样的我，所谓"出道方式不同"也在这一范畴。如果试图挖掘一些比较特殊的气质，我认为是，首先和他人不一样，其次，和自己不一样，求新求变。打一个人用的桌子，和打一张足够一百人用的桌子，其中的区别远不如打一张桌子和造一条船。

李壮：问一个很没有新意但任何访谈都很难绕开的问题——你的阅读谱系和影响谱系是怎样的？对你影响最深的是哪些书？你有哪些最喜爱的作家？

赵志明：在语言上我受诗人影响颇深，在结构上我则努力向小说家学习。结构好比鱼的骨架，语言好比鱼鳞。我偏爱细密的鱼鳞，胜过规则的骨架。阅读谱系和影响谱系就穿插在那些优秀的诗人和小说家之间，他们的名字若繁星，他们的影子会使文学殿堂的光线变暗。枚举显得多此一举，看山跑死马，会让人气馁灰心。对我影响至深的作者，有但丁、索德格朗、金宇澄、苏童、韩东、朱文、卡夫卡、马尔克斯、奈保尔、塞林格、于小韦、小安、顾前、卡瓦菲斯、胡安·鲁尔福、麦卡勒斯、圣埃克絮佩里。

李壮： 总体来看，你的小说写作内部会呈现出两种差别很大的风格。一种很魔幻，脑洞大开，天马行空，想象力爆表，走的是传奇故事或生存寓言的路子。还有一种，特别现实主义，很琐碎，很真实，贴地而行，丝丝入扣。我写过一篇你的作家论，题目里用到了一个词叫"上天入地"，就是分别指称这两种风格。如果放到文学史脉络里观看，前者似乎植根于我国古代笔记小说、志怪故事、《三言二拍》和《聊斋志异》的叙事传统。而后者，则让我想起90年代以来韩东、朱文，包括更年轻的曹寇等人的写作。在我看来，两种风格的区别其实不小，你是如何兼顾这两种风格的写作的？在写作时间上，二者会不会交叉进行？在你心中，是否会存在"谁为主谁为辅""谁守正谁出奇"的考量？

赵志明： 我曾经打过一个比喻，叫写作的跷跷板。写作像跷跷板，只走一端必然会导致那一端下沉，不复弹起。两端同时加码，则能保持跷跷板的平衡。日本的一些小说家一边自己想写的作品，一边写受市场欢迎的作品，很多作家同时创作小说和诗歌，一些作家热衷于冒险。我觉得这不是心有旁骛，而是以写作滋养写作，让写作在写作者那里不至于陷入千篇一律、循环往复的枯燥中。求变存在变数，更是极大挑战。但写作毕竟不是寻常意义上的工作，有时候经验反而是沼泽，更会让人裹足不前，甚至有没顶之灾的危险。不管是魔幻的上天入地，还是现实的低到尘埃中，风格迥异，但根源是一样的，相不相信，诉求也是近似的，不仅自己信，还能让他者信。煞有介事，还是脱不开事的本质。枝繁叶茂，毕竟离不开根基深稳。

李壮： 当初第一次读到《歌声》《钓鱼》《I am Z》等"名篇"，

心中真的是会产生某种近乎震撼的感觉。包括现在回过去再读,也依然会有这种感受。原因就在于,这些小说虽然在篇幅上都很短小,但它们触及到了人类生存的许多根本性境遇,触及到了人之为人诸多终极而又无解的关切。说得通俗一些,即便这些故事在情节和经验内容层面上跟我没什么交集(我既没有卧病在床的父亲,也没有钓鱼技能),我依然会觉得这篇小说是与我的生命有关的。在今天的文学写作图景之中,这样的作品并不多见。有趣之处在于,你切入这些大问题的入口,似乎都很小。比如《钓鱼》一篇,在我看来写的就是"孤独",但你曾经谈到,这篇小说的缘起是你想写写"狐臭"。从"狐臭"到"孤独",这是一种魔法般(甚至也可以说是"史诗般")的跨越。你是如何做到的?是有意为之吗?

赵志明: 在我遵嘱整理这本书的相关篇目时,我发现你说的这几篇在体量上非常近似,那就是很短小,每篇几乎都在 5000 字左右。我当时就想,如果有 20 篇这样的短制,结集成册,我会很满意,会联想到《九故事》《米格尔大街》《小城畸人》,还有埃梅、爱·伦坡、卡夫卡等人。具体到《钓鱼》中的"狐臭"和"孤独",有个缘起。在溧阳话中,狐臭称为"下风",因为在下风处闻得尤其明显。"下风"是一种遗传病,父亲或母亲有,孩子基本也会有,早年间,汽车站火车站的厕所里贴的大都是治疗狐臭的广告。我姐夫有个朋友,据说就患有狐臭。我们那还有一个说法,比如夫妻、父子、或者亲密的朋友,是闻不到对方的狐臭的,这大概是久居鲍鱼之肆不闻其臭的意思。上大学时,我们一群同学在操场打篮球,有时人不够,也会和其他人组队,有时候是附近的中学生。有一次一个中学生就指着我的一个同学说,你是不是有狐臭?问得很突兀。其时我那同学打得兴起,赤膊上阵,闻言便嗅闻自己的腋下,很鄙视地跟中学生说,你小孩子不懂,这是荷尔蒙的味道。我们笑倒。虽然一直听到狐臭,但我并没有真正闻到过,我想写一个热爱钓鱼的人和他从不钓鱼却患有狐臭的朋友如何交往，写钓鱼的人和家人，这里面更多的是容忍迁就。然后，写着写着大鱼就出现了，它好像就潜伏在字词句子组成的河水中，单等时机出现就上钩，被人像牵一头牛一样慢慢靠近村庄。大鱼的出现，我才意识到我想写的是孤独，是隐藏在河水深处大鱼的孤独。

李壮：在《石中蜈蚣》《无影人》《你的木匠活呵天下无双》《侏儒的心》等小说之中，我看到了一种强烈的"戏剧性结构"。一个非常漂亮的创意，或者说一对很鲜明很强烈的冲突关系，在文本中起到了最主要的承重作用。这样"强戏剧结构"的写法在今天的文坛并不多见，原因可能是写作者会在此种写作中遭遇多方面的难题。例如很多作家缺少想象力、虚构力，例如定力不足的写作者容易被戏剧性拖着行走以至陷入被动，例如戏剧性结构的诞生对写作者本身的创造性灵感要求极高，故而此种写作可持续性相对较差，等等。你是否遭遇过这类难题？又是如何克服的？

赵志明：在大学时，我集中读过一些戏剧、诗剧，从古希腊的悲喜剧，到莎翁、瓦格纳、韦伯，还有拜伦和普希金的诗剧，以及荒诞派戏剧等，甚至构思过一个实验剧本《手套》，但经验不足，没有能够完成。这种尝试带来的好处是，在我构思一个小说，或者对某件事进行复构时，经常会预先描摹出一些矛盾冲突点，类似于一条鱼的骨架，然后才是把鱼鳞一层层镶嵌上去。但这种方法并不是总能奏效，像《乡关何处》这篇小说，结构就没能立起来，其实是坍塌了的。可能这种结构对偏重想象的小说更加有效，因为想象力能够做到举重避轻，遇到障碍，完成轻盈一跃。

李壮：《中国怪谈》一书里，几乎都是志怪故事。有些是你的原创，有些则是从民间故事、历史传说甚至古代小说中化用改写而来。你如何定位这些故事？它们是你叙事才华和讲述冲动任性喷薄的景观性成果（瞬间的），还是意味着你未来写作的又一种方向（持久的)?

赵志明：写《中国怪谈》，源于一次尝试。我和小说家孙智正协商，既然豆瓣上发表作品比较自由，我们何不尝试写一些好玩有趣的故事。这和我的兴趣不谋而合，本来我就闻怪而喜，真挚可以做到过耳不忘。之后，我们就一人写了一篇，他写了《秃尾龙》，我写了《花瓶女》，没想到还挺受欢迎，这算是鼓励我坚持写系列作品的一个外部激励。其实，就算不写《花瓶女》，没有豆瓣平台的支持，我也会进行类似的写作尝试。在《中国怪谈》里面，故事几乎都是古代背景，语言也是文白相杂，虽然囿于古代知识和古文能力，行文破绽极多，但我是想利用这种训练来趋近古代的生活和语言，为我的写作开拓新的出路。我想写一些中国古代的小说，效法鲁迅、王小波和苏童，但争取写出不一样来。我知道道阻且长，但我不着急，可以慢慢来，哪怕是六十岁，能写出就不算晚。

李壮：很多读者都喜欢你小说中的事无巨细、不急不缓、娓娓道来。《还钱的故事》是一种典型，它与乡间生活有关，这种典型很多。《四件套》也是一种典型，它是都市生活题材，这种典型似乎少一点。事实上，就文化气质而言，都市文化以及都市生活是快速的、焦灼的、节奏不稳定的、呼吸不均匀的。想要在都市经验的领域内，展开你那种娓娓道来的叙事魔术，难度似乎不小。而与此同时，如何处理和展示都市经验，又是当下小说写作者要面临的一项非常重要的课题。有关都市经验和都市题材，你有什么想法、感受或者说野心、计划？你固有的写作策略、写作风格与都市经验发生碰撞的时候，迸出过哪些不同以往的火花？

赵志明：有时候听到关于城市小说和乡土小说的讨论，我会哑然失笑。这里面有一个再明显不过的悖论，假使一个在城市生活描述城市生活的小说家不能称为城市作家，那在一个乡村生活过并把乡村生活写进作品的小说家为什么就能言之凿凿地被视为乡土作家？

胡安·鲁尔福写的很多小说，都和乡村、土地、土地上的人有关，我从来不觉得他是乡土作家。卡夫卡，谁能告诉我，他写的是城市还是乡村？因此，我倾向于认为，无论是城市还是乡村，都是一个场域，类似戏剧舞台，在上面既可以上演基督山伯爵和王子复仇记，也可以上演白毛女和小二黑结婚。时代偏重哪里，侧重表现什么人物，就会在典型上体现出来。这是时代的鲜明印记，也是对时代的一种反向迎合。但是，小说家作为自由的崇尚独特的个体，会谨守自己的写作准则，对我来说，不会为了写而写，不易冒进，也尽量避免用力过猛。我非常喜欢金宇澄的《繁花》，视其为具有代表性的成功的城市小说。因为，至少我反复读之，没有在里面发现可疑的个人经验，取而代之的是他人经验，是时代使然。换言之，假使说现在都市题材的小说乏善可陈，那是源于很多作者急于把自己的个人经验强行塞进去，以为城市的就是城市的，殊不知这些经验乏善可陈，来历不明，而且更加站不住脚。在更年轻的写作者那里，这些问题可能就会不攻自破，因为他们有了真实的对城市的体验，并且不会轻易被假象所迷惑，或者对自己的写作欲望望风披靡。

李壮：在你眼中，小说家最理想的写作状态是怎样的？对于未来的生活和写作，你有什么样的规划？

赵志明：小说家最理想的写作状态是不是就是从写作中脱缚，和写作达成平等的关系？比如说，恪守工匠式写作，每天像上班一样写作，写出固定的字数，并且质量上乘，完全匹配自己对写作的虔诚和野心。但是这需要强大的毅力，而且需要源源不断的才华，提供支持。我不否认通过训练可以提高写作的能力，但前提应该是适合写作，具有起码的写作才华。我绝对不相信，一个人从会走路时就开始练习踢足球，到了十几岁就能具有梅西的水平，或者接近四十岁还能像伊布那样攻城拔寨。如果说，我确实能够胜任写作，并值得有所期待，我自然会希望在写作道路上不断精进。毕竟，在我身边这样的师友比比皆是，像阎连科、韩东、于坚、李宏伟、刘汀、马拉，他们在写作上的严格、勤奋、多产，每每让我汗颜。我也希望像他们那样，和写作的关系越来越平等，越来越自如。就好像高僧，能够如常地对顽石讲经，也好像武林绝顶高手，摘花飞叶，取胜如探囊取物。我希望能踏上更高一级的台阶。

赵志明创作年表

2000 年

短篇小说 | 《另一种声音》 | 《芙蓉》 2000 年第 2 期

2004 年

中篇小说 | 《还债记》 | 《芙蓉》 2004 年第 6 期

短篇小说 | 《歌声》 | 《红豆》 2004 年第 12 期

2012 年

短篇小说 | 《钓鱼》 | 《延河》 2012 年第 7 期

2013 年

短篇小说 | 《石中蜈蚣》 | 《小说界》 2013 年第 1 期

短篇小说 | 《两只鸭子》 | 《一根火柴》 | 《今天》 2013 年第 102 期

短篇小说 | 《世上的光》 | 《东渡》 2013 年第 3 期

小说集 | 《我亲爱的精神病患者》 | 中国华侨出版社 | 2013 年 12 月

2014 年

短篇小说 | 《侏儒的心》| 《西部》2014 年第 5 期

短篇小说 | 《广场眼》| 《小说界》2014 年第 6 期

短篇小说 | 《刹车坏了》| 《南方文学》2014 年第 9 期

短篇小说 | 《四件套》| 《芙蓉》2014 年第 4 期

短篇小说 | 《鬼脸城墙》| 《东方早报》2014 年 5 月 22 日

短篇小说 | 《缩微胶卷》| 《南方都市报》2014 年 9 月 10 日

短篇小说 | 《妈妈老了》| 《南方都市报》2014 年 11 月 26 日

短篇小说 | 《午餐之后是晚餐》| 《中国故事：传统版》2014 年第 8 期

短篇小说 | 《父母离婚二十年》| 《中国故事：虚构版》2014 年第 11 期

2015 年

评论 | 《一个"70 后"小说家眼中的时代缩影》|《新京报·书评周刊》2015 年 1 月 31 日

评论 | 《在南方：有一群畸零人和一个善良的傻子》|《新京报·书评周刊》2015 年 4 月 11 日

小说集 | 《青蛙满足灵魂的想象》| 作家出版社 | 2015 年 3 月

短篇小说 | 《雪地白菜》| 《红岩》2015 年第 4 期

短篇小说 | 《秦淮河里的美人鱼》| 《青春》2015 年第 7 期

短篇小说 | 《村庄落了一场大雪》| 《一家人的晚上》| 《青年作家》2015 年第 7 期

小说集 | 《万物停止生长时》| 上海文艺出版社 | 2015 年 8 月

2016 年

评论 | 《那些年，我们有幸生活在神话的国度》|《新京报·书评周刊》2016 年 4 月 16 日

短篇小说 ｜ 《水中石像》｜ 《小说界》2016 年第 6 期

短篇小说 ｜ 《晚稻禾歌》｜ 收录于 《碧山 09：米》｜ 中信出版社 ｜ 2016 年 5 月

短篇小说 ｜ 《挟持去燕郊》｜ 《深圳特区报》 "人文天地首发" 2016 年 5 月 26 日

小说集 ｜ 《无影人》｜ 百花文艺出版社 ｜ 2016 年 6 月

创作谈 ｜ 《在幽微晦暗的世界洞若观火》｜ 《文艺报》 "聚焦文学新力量" 2016 年 6 月 8 日

短篇小说 ｜ 《我们的朋友小正》｜ 《青春》2016 年第 8 期

中篇小说 ｜ 《莉莉周和我》｜ 《鸭绿江》2016 年第 8 期

访谈 ｜ 《"说书人"赵志明：好好说故事是基本功》｜ 《文学报》2016 年 8 月 24 日

短篇小说 ｜ 《父亲的宝藏》｜ 《龙门阵》2016 年第 9 期

评论 ｜ 《一幅小镇青年的"废柴"肖像》｜ 《新京报·书评周刊》2016 年 9 月 23 日

访谈 ｜ 《赵志明：撒豆成兵的说书人》｜ 《晶报》2016 年 10 月 15 日

短篇小说 ｜ 《小赌场》｜ 《大家》2016 年第 10 期

短篇小说 ｜ 《哑巴离家》｜ 《西湖》2016 年第 11 期

2017 年

评论 ｜ 《每个人的生活中都有一个窟窿》｜ 《新京报·书评周刊》2017 年 2 月 18 日

短篇小说 ｜ 《哑巴离家》｜ 《西湖》2017 年第 3 期

短篇小说 ｜ 《万物停止生长时》｜ 《作家天地》2017 年 8 月

评论 ｜ 《科技、超人、外星文明，会是人类的止痛片吗？》｜ 《新京报·书评周刊》2017 年 8 月

短篇小说 ｜ 《姐妹》｜ 《长江文艺》2017 年 11 月

短篇小说 ｜ 《看不见的生活》｜ 《创作与评论》2017 年 10 月

小说集 ｜ 《中国怪谈》｜ 三秦出版社 ｜ 2017 年 11 月

短篇小说 ｜《黑活》｜《青春》2017 年 12 月

评论 ｜《活着就是一种寂寞的游戏》｜《新京报·书评周刊》2017 年 12 月 16 日

2018 年

短篇小说 ｜《如果你是我》｜《天涯》2018 年第 1 期

短篇小说 ｜《三哥的旅行箱》｜《青年作家》2018 年第 1 期

中篇小说 ｜《逃跑家》｜《小说界》2018 年第 1 期

短篇小说 ｜《洞中男孩》｜《青春》2018 年第 4 期

评论 ｜《大屠杀后，笑话对以色列人是多余的》｜《新京报·书评周刊》2018 年 4 月 15 日

短篇小说 ｜《流动的盛宴》｜《雨花》2018 年第 7 期

2019 年

评论 ｜《沙岸风云：一个世纪儿的军事观察报告》｜《新京报·书评周刊》2019 年 1 月 19 日

短篇小说 ｜《半夜狗叫》｜《芙蓉》2019 年第 3 期

短篇小说 ｜《一封电报》｜《小说界》2019 年第 3 期

小说集 ｜《黄帝》｜ 中华书局 ｜ 2019 年 6 月

短篇小说 ｜《参与商》｜《人民文学》2019 年第 9 期

短篇小说 ｜《小姜的故事》｜《青春》2019 年第 10 期

评论 ｜《在美国钓鳟鱼：这本怪小说，好魔性》｜《新京报·书评周刊》2019 年 10 月 27 日

短篇小说 ｜《扑中点球之后》｜《文艺报》2019 年 11 月 20 日

2020 年

短篇小说｜《夏日》｜《花城》2020 年第 2 期

短篇小说｜《大沼泽》｜《小说界》2020 年第 3 期

中篇小说｜《路口》｜《芳草》2020 年第 3 期

短篇小说｜《英语课》｜《雨花》2020 年第 4 期

短篇小说｜《鞋匠的故事》｜《草原》2020 年第 5 期

随笔｜《高乡》｜《南方周末》2020 年 6 月 4 日

短篇小说｜《弦上》｜《湖南文学》2020 年第 9 期

小说集｜《于成龙》｜中华书局｜2020 年 9 月

诗歌｜《简单的算术题》收录于《汉诗》｜长江文艺出版社｜2020 年第 2 卷

2021 年

随笔｜《稻草》｜《南方周末》2021 年 1 月 14 日

短篇小说｜《一段旅程》｜《小说界》2021 年第 2 期

小说集｜《张巡》｜中华书局｜2021 年 8 月

中篇小说｜《歧路亡羊》｜《青年作家》2021 年第 9 期

评论｜《窥视者眼中的人世冷风景》｜《长江丛刊》2021 年 11 月

随笔｜《地震》｜《南方周末》2021 年 12 月 23 日

2022 年

短篇小说｜《怪客》｜《小说界》2022 年第 3 期

短篇小说｜《风和马和牛的故事》｜《十月》2022 年第 5 期

中篇小说｜《长江引航记》｜《广西文学》2022 年第 10 期

小说集｜《看不见的生活》｜广西师范大学出版社｜2022 年 10 月